最親愛的蘭齋：

自從你去馬公後，我們天天在念你想你，孩子一天講好多次爸爸，你的耳朵發燒過嗎？你也想我們嗎？你在那裡過年過得如何？

家裡一切都很好．除夕晚上震哥、帶兒子、孫子和戴師母在我們家吃飯．飯後孩子們給客人唱唱歌．到八點多鐘大家才走．初一那天拜年的客人不少．不過沒有往年那么多就是了．因為許多人已經參加了公約，彼此不拜年．我覺得這是進步的作風．我們是在十一點鐘以後去震哥那邊拜年，在他那裡吃的中飯．他頭一天和我們約定的．他說往年我們都去鄉下拜年，所以今年也該到他那裡去．飯後孩子們他和錦妹夫婦到我們家來玩．在我們家吃晚飯．初二那天帶小強、小德去他們的老師那兒去拜了年，再往錦姊處吃中飯。孩子們在那兒玩得很好。昨天仍然有幾個人來拜年，我們沒有什麼。今天我們讓秉元去玩一天。她早上一早就和她的世叔十孩等一同走了。（他們來接她的。）大約要晚上才能回來。

孩子們都好。信鳳也都好了。十六日昨天晨跟程哥哥（程家最長的兒子）去看了一場電影，是第二次世界大戰的作戰故事，看了回來告訴我那場面太激烈了，他以後不想再看戰爭片子了。不過他們仍很喜歡玩槍。這次過年，西師傅給他們兩兄弟每人買了一枝手槍玩具手槍，一些玩具子彈。兩個人就一天到晚砰砰斷斷的打，吵得要命。不過我沒有給他們要去私劃孩子也是玩玩我們給她們買回來的玩具。沒有做什麼。她們都很乖。

最親愛的，當我寫到這裡時，接讀你二月二日的來信，情詞真摯，情意綿綿，愛吸使我感動得淚盈眶。我的好丈夫，沒想到那天你離回去卻細密在整理那十幾年來我給你的書信。河山變色，人事已非，雖有你在經過那麼多艱難困苦的旅程之後，仍然保留著你愛惜的信件。由於這些使我更相信我丈夫用情之專，愛我之深。欣慰之餘又覺慚愧。我有何德何能蒙神賜我這樣一位好丈夫君？此後惟仰賴更加以堅貞自勵以報答。相夫教子，自助，助人以慰主神而已！

東弟當送來到，到時當將我們所藏的丟失的手書拿來對照一想吧！那些信我也沒有損失，以前寫起來的也有不少！親愛的，西洋有一句話說「生活始於四十」！照這說法，我倆都還很年輕。這一本信可說是我倆生活的第一集。此後我倆將更有第二集、第三集的，想起將來當我倆都已老態龍鍾時，也許還可以把這些信拿出來讀讀，溫習溫習吧！

晚在我先洗出來這封信拿去付郵，明天當再給你信。我的好丈夫，我真可惜到你這封信。我這真是我所得的最可貴的禮物吧！東山說你安好，吻你，親愛上帝祝你們快樂！愛你

祈禱着快樂

你的愛妻

二月三日

情到深處

胡宗南將軍與夫人葉霞翟**在戰火中**的生命書寫

如果不是國家萬分需要你的話，
我真想你現在回來，
讓我們找個荒野僻壤去墾荒，
我不想任何的榮華富貴，
只盼望能夫唱婦隨、
平平安安的過一輩子。

胡為真 口述
汪士淳 撰寫

自序

胡為真

對我父親黃埔一期的同學和他同輩的朋友們而言，作為一個海內外聞名、位高任重的戰區司令長官，到了五十二歲結婚，實在是一件稀奇的事；而對我母親而言，一位時代女性在訂婚之後竟然還要堅守十年，攻讀到留美博士擔任教授後才步入婚姻，更是絕無僅有。事實上，他們的交往完全受到我國近代戰亂的影響，使得個人的命運與國家的命運密切相連，而父母最後終能成為眷屬，不但充分的顯示了彼此的確情到深處，而在這漫長的過程中，人們看到他們用情最深的共同對象，其實卻是　孫中山先生所建立以自由、平等、博愛為理想的中華民國。

父母一生，經歷了中國的國家統一、對日抗戰、國共內戰，以及保衛並且建設臺灣。他們所處的大環境變幻萬千，錯綜複雜，而各種詮釋隨著相關史料的湧現，更是層出不窮。因此，為了讓各界更加了解我們中華民國的現代史，我願把父母所親身經歷的獨特故事忠實地介紹出來，包括父親一生面臨的挑戰和參與的重要戰陣，以及母親為了服務國家而刻苦進修的經過，因為他們的歷史就反映了我們全民族和國家的奮鬥史；而且，在當前社會價值觀已經逐漸改變的新時代，本書中所首次引述的他們彼此所珍藏多年的甚多信件，不只是一部愛情長跑的難得紀錄，更明確表達了那個時代人們所珍守的寶貴價值。

為了感受父親於七十年前，也就是在父母心目中最糾葛的一九四九年的想法，我於二〇一九年邀了幾位朋友，包括前年撰寫我個人口述歷史的資深新聞界好友汪士淳，去那幾個父親當年去過的城市實地觀察體會，再將我們所見所聞和七十年前父母的感受加以比對。經過士淳兄的努力，整理出一個完整的故事，還原了歷史真相，呈現在讀者面前。在此也要特別感謝老友臺灣商務印書館王董事長春申兄和他的同仁費心將之編輯成書，讓我們整個胡氏家族，能在父親民國三十九年三月底離開大陸七十週年的前夕，將這本紀錄作為給當今和今後世代的獻禮。盼望海內外的各界有心人士，也都能把自己家族奮鬥的歷史忠實記述，來共同推動　國父在百多年前便開始的、我們中華民族的光榮復興。

目錄

精誠感召
化及萬有
二石巍然
與天同壽

西安事变旧址
兵谏亭

楔　子

亂世之際

二〇一九　臺灣．大陸

一九五七年二月二日　擔任澎湖防衛司令官的父親，自澎湖寄給臺北母親之信

親愛的妻：

廿九日清晨一別，分赴各地摒擋冗俗，九時到機場，王總司令叔銘兄在場親送，甚為過意不去。登機一笑，從睡夢中飛渡臺灣海峽，直到澎湖。

下午整理吾妻多年來給余的信件。從見面、戀愛而至結婚，自上海、南京、成都、重慶直至臺北凡三百二十七封，而大陳、澎湖時期尚不在內，以生花之妙筆寫愛情之至上，靈慧之質、名貴之品見於相思，溢於紙上。因之在風雲變幻之中，大陸沉淪之候，悠悠歲月，草草人生，窮愁煎迫，謗毀漫天，而門庭無欺凌之聲，閨房有相敬之樂，是非相處之雅，用情之摯，期待之襟懷，相思之殷切，抱負之真誠，何克臻此。茲將此項信件，專人送上，尚望於治家之暇予以整理，而予編訂，庶幾白頭相對，無負平生，逝水年華尚非虛度也。如何盼復，此祝

新年快樂

宗拜

母親自從一九三七年六月與父親訂下婚約以後，不久就發生七七盧溝橋事變，戰火始終沒有停歇，身為女性，她所期待的姻緣，也就遙遙無期。那個時候，她和父親絕大多數時日分隔兩地，要想聯繫只有靠寫信，雖然父親總在沙場，但他顯然還是能接到信，並且慎重的把信留下來。以後母親去世，我和弟妹在她的床頭一只箱子裡，發現了幾百封信，其中三百多封是在大陸時期所寫，這都是他倆接到對方的信之後保存下來的。

這些書信記錄了六、七十年前乃至於近百年前的情境，還原了在戰火下，當時中華民國政府、部隊與人民的處境，以及他倆的感情。但是通信的前十年，絕大多數是母親的去信，父親極少回信；婚後兩人信件才稱得上往還。再過十年，當國家局勢穩定下來，父親在澎湖擔任防衛司令官時，重新審視母親「生花妙筆」所寫的信，這才心懷感謝與肯定的，給母親寫了上面那封信。

如今，這些信不僅敘述了我父母親的感情路，更見證了中華民國所走過的艱難歷史。我願在此刻引用父母親——特別是母親的信，呈現他倆之間的感情路與對於生死的考量，並為中華民國艱難的時代做見證；為我們的國家曾經爭取中華民族尊嚴與自由、平等的普世價值；為我們的人民曾歷經如此磨難，開出一扇真實視窗。

二〇一九年，我已自國安會祕書長一職退休達七年，超越了那時政府限制我赴大陸的三年管制，於是我先返回父母的原籍浙江家鄉探視，然後準備走走父親在大陸變色關鍵時期走過的路——一九四九到一九五〇年，父親親身參與了那場慘烈的內戰，並度過了中華民國在大陸的最後一刻。我身為人子，熱切希望重返故地，追尋並緬懷父親當年最後生死關頭的行蹤。我期待還原父母親與我在生命中，最糾結之時。

七十個年頭了。臺海兩岸，雖然臺灣這邊已然解除「動員戡亂時期」，不再把武力反攻大陸當國策，但大陸方面尚未有相對應的舉措。我這趟旅程是從南京開始，到西安、延安、漢中、成都、雅安乃至於西昌，每個城市對父母親和我而言，都有特殊的歷史背景與意義。

身為基督徒，出外我是會帶聖經隨行的。然而打包行李時，我帶了許多準備當紀念品的書，太重了，只好改帶本小聖經——這本聖經是好友沈正牧師早於一九八三年送給我的，如今已經舊了。出發之前沈正打電話告訴我說他夢到我跌倒受傷，要過來為我禱告，前一晚他來了，拿起那本聖經，一翻開就看到三十多年前他自己題贈給我的〈詩篇〉二十三篇第五節：

「……祢為我擺設筵席，祢用油膏了我的頭，使我的福杯滿溢。」

他說：「為真，這就是你去大陸的經文！『擺設筵席』就是以你和你家為中華民國的奮鬥與貢獻到大陸尋訪的這趟行程，這是筵席，就中東地區傳統而言，也有和好的意思！」我心想好巧！前兩天我禱告，求神對此行賜下指示，結果沈正拿著聖經講了〈詩篇〉二十三篇這經節，這不正是神對我說話嗎？過去數十年在外交和國安的政府崗位上，我為了維護中華民國主權，致力爭取國家利益，如今兩岸在九二共識的基礎上已經開啟了多年的交流，今後我衷心希望兩岸之間能夠和好，不再互為敵對，而要合作相融，才對得起我們共同的民族祖先。

二〇一九年三月十三日，我和妻子林惠英，中學同班好友——電子工程師盧濟坎和綠色環保科技專家鄭期霖，歷史學者張璉，政治大學國關中心研究員袁易，以及我的口述歷史[1]執筆者汪士淳，搭乘大陸東方航空公司班機，自臺灣桃園機場首途飛往南京，展開追尋父親在大陸最後關頭之旅，在國臺辦和各地臺辦官員友善而盡心的協助下，幫助我們在短短的十三天跑了大陸七個城市，回顧了國共內戰的若干歷史現場，以及父母親的人生旅程，這都該是我有生之年，記憶以外的事，如今雖然人景全非，依然觸動我靈魂深處孺慕之情，終究這都是父母親曾經倘佯、生活、愛戀，掙扎奮鬥，以及獻身報國之地。

1　胡為真講述、汪士淳撰寫，《國運與天涯：我與父親胡宗南、母親葉霞翟的生命紀事》（臺北：時報出版社，二〇一八）。

第一章
中山陵・生死之念

一九二四　南京・黃埔

二〇一九年三月十三日。入夜之後，東方航班在南京祿口機場落地，我們住進金陵飯店，這家飯店位於新街口廣場旁，也就是市中心，要去哪裡都很方便。南京是中華民國在大陸時期的首都，在大陸變色之前是人文薈萃之地，也因此，我想查訪的歷史地點與時間點，從一九二〇到四〇年代，分散將近三十年。南京是我和惠英出生之地，查考父親的日記，母親也是在這裡懷了我。

南京寬闊筆直的大馬路，名為「法國梧桐」的二球懸鈴木，以百年之姿、崢嶸地在道路兩旁撐向天際，訴說城市的悠長歲月。百年，這意味著父親年輕之際，它們已好端端地種在南京了。

次日，當我們一行人乘車前往中山陵，瞻仰孫中山先生陵寢時，一路走在梧桐樹大道上，直到中山陵入口。孫中山

矗立在南京市中心的新街口廣場圓環的孫中山銅像，街道旁遍植法國梧桐木。

先生是中華民國的國父，大陸山河變色之後，他仍然受到崇敬，最常用的說法是「民主革命先行者」，也因此，他的銅像矗立在南京市中心的新街口廣場圓環，甚至在文化大革命之際也受到保護。

謁中山陵，長久以來一向是中華民國、中國國民黨領導者的重要行程，以緬懷國父建國精神、莫忘革命初衷。七十年前，國共內戰決定性戰役徐蚌會戰接近尾聲，國軍大部分部隊遭殲，一九四九年一月一日，父親在南京隨蔣中正總統謁總理陵。當天日記記載，他是坐蔣經國親自開的車前往，接著和蔣總統一同走上長長的臺階，一路交談，談到一些將領，也談到時局，以及當天的總統文告；回程則和總統同車續談，又共進午餐。父親也對蔣總統文告中提出的願意同中共和談和下野，直接表達不贊成，不過毫無疑問的，父親是蔣總統極為信任的將領。

如今到了中山陵，就令我這個中國國民黨黨員感慨良深了。因為雖然處於中國共產黨治理之下，中山陵仍然維持百年前奉安的原貌——完全是中國國民黨的元素及精神，從博愛坊進入陵寢園區，走過墓道進入上題「天下為公」的陵門，接下來是碑亭，內有九米高的石碑，上書「中國國民黨葬總理孫先生於此　中華民國十八年六月一日」。這碑、這碑文使我肅然，因為這個國家、這個黨，都是我一生持守、全心全意效命的對象，如今有如回到起初的信仰。

過了碑亭，是三百九十二級臺階，直往祭堂也就是陵墓主體部分。祭堂上方有「民族」、「民生」、「民權」陽文篆字，這是孫先生從事革命活動最基本最概括的指導思想。居中門楣上端，有孫先生手書「天地正氣」四字直額。

祭堂中央是孫中山先生坐像，孫先生身著長袍馬褂，手持一本長卷，以深邃目光凝視著前方。後方為圓形的浩氣長存墓室，頂部用彩色馬賽克鑲嵌成國民黨黨徽，地面用白色大理石鋪砌。中央是長形墓穴，上面是孫中山漢白玉臥像，下面安葬著孫先生的遺體。我們行三鞠躬禮，看到創建中國國民黨的國父，想著當前的中國國民黨，我不禁紅了眼眶。

一九二三年十一月黃埔軍校成立，父親初試錄取；黃埔軍校初時全名是「中國國民黨陸軍軍官學校」，位於廣州四十四里外的黃埔長洲島上。考生在廣東師範學校複試後，錄取三百五十人、備取一百二十人，加上保舉共四百九十九人，於一九二四年五月五日正式入學。國父曾向黃埔軍校第一期學生訓話，而父親是底下聽訓學生中的一位。

父親進入黃埔軍校那年二十九歲，年齡卻少報三歲，在通訊錄裡寫成二十六歲，通訊處為「浙江孝豐縣鶴溪」。

孫總理與蔣校長均強調要為革命犧牲生命

這也是父親首度與影響他一輩子的蔣中正委員長、蔣總統——當時是蔣校長，聯結在一起；蔣校長在一九二四年開學之前五月八日以「軍校的使命與革命的人生」為題，第一次對學生講話，除了談黃埔軍校的使命，也強調了死節：「我們的生命，究竟是什麼東西呢？在此說明生命意義之先，有一句要緊話，請各位聽著：就是我們軍人的職分，是只有一個生死的『死』字；我們軍人的目的，亦只有一個死字；除了死字之外，反面說，就是偷生怕死，如果偷生怕死，不單是不能做軍人，而且是沒有人格，就

墓室中央，國父長眠之處。

不能算是人。……所以古人說：『死有重於泰山，有輕於鴻毛。』如果我們的死，有如泰山的價值，死得其所，如為主義而死，為救國、救黨而死，那麼死又何足惜呢？……」[2]

六月十六日清晨，孫中山先生抵達黃埔，以中國國民黨總理身分向黃埔一期五百多位師生發表演說。他也勉勵學生要為中國、為革命奉獻，犧牲生命在所不惜：「當革命軍的資格，要用什麼人做標準呢？簡單的說，就是要用先烈做標準。要學先烈的行為，像他們一樣捨身成仁，犧牲一切權利專心去救國。像這個樣子，才能夠變成不怕死的革命軍人。革命黨的資格，就是要不怕死。」[3]

那時中國內有軍閥割據、外有列強欺凌，國家確實已到危急存亡之秋，孫中山先生成立軍校，是要先從消滅與外國帝國主義勾結的軍閥做起，要作戰，就免不了必須獻出生命。不怕死，成為黃埔軍校學生持守的品格。

孫中山先生其實已經病重。由於軍閥戰事不斷，他秉持和平奮鬥救中國的信念，在十一月十日發表北上宣言，提出召開國民會議及廢除不平等條約的主張之後，抱病從廣州啟程前往北京準備共商國事，一九二五年三月十二日不幸病逝北京，享壽六十歲。

孫中山先生逝世後，政府發布國葬令，中國國民黨中央執行委員會以先生終身為民主奮鬥，先安厝於西山碧雲寺內石塔中，以待全國統一後安葬於南京紫金山。一九二八年蔣中正總司令繼承先生遺志

---

2 張其昀主編，《先總統蔣公全集》（臺北：中國文化大學、中華學術院編印，一九八四），第一冊，頁四二五～四二六。

3 出自國立國父紀念館中山學術資料庫，《國父全集》，第三冊。國父演講題目：「革命軍的基礎在高深的學問。」民國十三年（一九二四年）六月十六日在廣州對陸軍軍官學校開學訓詞。

完成北伐，一九二九年五月二十六日由迎靈專員自北平奉移靈櫬南下；二十八日由國民政府蔣中正主席率文武官員渡江恭迎至南京，六月一日正式奉安先生之靈於南京紫金山麓，以中山陵為中國歷史永久聖地。一九四〇年四月一日，國民政府通令全國，尊稱孫中山先生為中華民國國父。

校軍作戰，父親快速晉升

經過半年軍事訓練後，黃埔一期學生於一九二四年十一月底畢業考，連父親在內，總共四百六十五人通過，整個黃埔一期隨即改編為部隊，教官任營連長、畢業生則以見習名義入列。父親為少尉，被分發到教導第一團第三營第八連見習。

邁入一九二五年，包括父親在內，黃埔一期校軍開上戰場。出發東征，迎擊軍閥陳炯明之前，父親致函從上海一道投考黃埔的同學賀衷寒：「國危民困，至今而極，既不能救，深以為恥，獻身革命，所為何事，此次出發，但願戰死。」雖然是基層幹部，但父親已有必死之心，也就是執行孫中山、蔣中正的訓示，許多同學也是如此，以單純愛國之心獻出自己生命在所不惜。

一九二五年二月一日，陸海軍大元帥大本營發布「東征動員令」，討伐陳炯明。

當時各路地方軍隊軍紀敗壞，人民畏之如匪，但黃埔校軍軍紀嚴明，讓人民耳目一新。校軍以革命精神獨立作戰，二月下旬到三月初大破陳炯明部，這次東征，父親晉升教導第一團機槍連中尉排長，仍兼代班長職。

十三日清晨，第一團在普寧以西的棉湖首先與陳炯明主力林虎軍遭遇，著名的棉湖之役開打。教導第一團孤軍奮戰，以十二個連約一千多人對抗林虎一萬兵力猛烈進攻，團長何應欽率軍苦戰，父親率兩挺重機槍迂迴敵側後方，占領陣地密集射擊，使得敵陣大亂，掩護第一團步兵攻擊成功，擊潰林虎軍。何應欽以後回憶：「棉湖之役，余率教導第一團與敵苦戰，宗南弟以機槍連排長，掩護本團作戰成功，自是即嶄露頭角，深為領袖所器重。」[4] 棉湖之戰是父親作戰生涯的起點，他隨即以戰功晉升上尉副連長。

父親接著在東征幾個戰役立下戰功，他未經過連長階段，由第一團機槍連上尉副連長直接升為第二團第二營少校副營長，這是軍隊裡極少見的升遷例子，可見他日常表現與戰場上的勇敢與機警，已為上級長官所重視。他隨即又在第二次東征以戰功升任第一師第一團第二營營長，駐防汕頭梅縣地區。

在梅縣時，父親展現了他在政治上的選擇，乃至於政治信仰立場表白的起點。

首次政治表白——發起組織孫文主義學會

先是，一九一七年俄國發生十月革命，第一次建立了社會主義制度國家，也成為二十世紀國際共產主義運動的基地，觸發了各國社會主義運動在全球範圍的擴張，包括中國在內。隨著蘇俄十月革命對中國影響的擴大，主張思想革命的雜誌《新青年》開始宣傳馬克思主義，中國共產黨就此於一九二一年在上海成立，講的是無產階級解放鬥爭。

共產黨成立之初為求壯大，一九二二年六月發表〈中國共產黨對於時局的主張〉，正式提出要與以

4 何應欽，〈胡宗南上將年譜序〉，收入於憑遠、羅冷梅編纂，葉霞翟、胡為真校訂，《胡宗南上將年譜（增修版）》（臺北：臺灣商務印書館，二〇一四）。

孫中山為首的「國民黨等革命的民主派」，「共同建立一個民主主義的聯合戰線」，次年六月中共在廣州召開黨代表大會，決定全體共產黨員以個人名義加入國民黨。這就是第一次國共合作。中共領導人周恩來曾經加入國民黨成為黃埔軍校成立之初的政治部主任，他於一九二四年六月一日發表〈再論中國共產主義者之加入國民黨問題〉一文裡，如此論述：「不錯，我們共產主義者是主張『階級革命』的，是認定國民革命後還有無產階級向有產階級的『階級革命』的事實存在。但我們現在做的國民革命卻是三民主義革命，是無產階級和無產階級合作；以推翻當權的封建階級的『階級革命』。」[5]孫中山同意聯俄容共，則是希望革命能夠獲得俄國奧援。

在黃埔軍校的共產黨人祕密組織了「青年軍人聯合會」，並且在孫中山於逝世前赴北京之際，發通告詆毀他；此一通告以及軍校全體共產黨員名單，為國民黨同志所獲，主要分子為李之龍、周逸群等人，不僅攻擊國民黨員，並且曲解三民主義、散布謠言，離間黃埔學生，將國民黨人分為左派和右派，拉攏左派、打擊右派，又主張孫中山北上後，大元帥職應交給左派的汪精衛，不應由胡漢民代理。

黃埔一期的袁守謙、酆悌等人乃發起組織「孫文主義學會」以求制衡，父親也是發起人之一。但當時到政治部簽名參加學會的，許多是列名在共產黨人通告的分子，企圖藉參加來謀取學會而造成同志間的猜疑。那時的軍校衛兵司令胡公冕是已知的共產黨人，因與父親有同鄉之誼而過從甚密，有人因此認為父親一定加入了共產黨，不過賀衷寒畢業後分發到學校政治部當祕書，清楚父親的思想，辯白說：

5 周恩來，〈再論中國共產主義者之加入國民黨問題〉，收錄於《赤光》（旅歐中國共產主義青年團機關刊物，一九二四）第九期，一九二四年六月一日。

「共產黨名單裡並無胡宗南，不應把篤信三民主義的同志，猜疑為跨黨分子。」

由於東征部隊推進快速，前方需要連級黨代表人員，賀衷寒因此調部隊服務，他抵達梅縣，與父親會晤，把共產黨在校內的作為與言論告訴父親，父親知曉後，認為這是革命軍人的人格問題，於是在梅縣發起組織孫文主義學會，並禁止跨黨分子參加，以求國民黨同志與共產黨人劃清界線。

當時父親的反共立場明確，孫文主義學會因此成為軍校國民黨忠貞同志的核心。而東征指揮部政治部主任周恩來見事態嚴重，於是調李之龍赴後方擔任兵工廠黨代表，接著又調為海軍代理局長兼中山艦艦長。

然而，共產黨員加入國民黨，因為信仰、目的都不同，本質上就有矛盾。蔣中正為了確保黃埔軍校統一號令，決定要求軍校裡的共產黨員，要是不退出共產黨，就必須退出黃埔軍校與國民黨。三月二十日中山艦事件發生後，包括周恩來在內，所有的共產黨人二百餘人均離開黃埔軍校，蔣中正也自這時起，終他一生和共產黨對抗。就在蔣中正領導北伐之際，等於第三國際中國支部的中國共產黨也在蘇聯的指導下製造動亂，凡共產黨所到之處皆以激烈的農民運動、工人運動方式沒收土地和暴動，蔣於是要求驅逐蘇聯顧問，同中國共產黨決裂。

一九二六年七月初，蔣中正擔任北伐軍總司令，九日揮軍北上，父親則由第二營營長升任第一師第二團上校團長。此刻父親三十一歲，是自黃埔軍校第一期結訓的第二年，忠誠以及在軍事上的才華，使得他快速地晉升，肩負起更沉重的責任。他在湘贛交界的銅鼓之役擊潰軍閥孫傳芳部，再率第二團向南潯鐵路推進，全團擔任正面作戰主力，奮不顧身地在多次慘烈戰役作戰，終於克復南昌，江西底定，孫部最精銳部隊瓦解。

蔣中正於次年二月克復杭州，收復全浙，父親親身參與每場戰役，接著率領第二團為先頭部隊，於三月二十二日收復上海，兩天後他率部隊高舉國旗強行闖入租界，市民夾道歡呼。這個情節，父親以後在認識母親之初，親口描述了一番，母親為文：「……接著參加北伐，一路打來，戰無不勝，攻無不克，打到上海他已升為第一師第二團團長，他帶著一團兵由閔行偷渡黃埔江，占領了莘莊、龍華，和上海兵工廠，進而光復上海，把青天白日滿地紅的國旗插遍全市，當他進入上海的那一天，集合全團官長，隨帶武裝衛士乘坐敞蓬汽車，直入法大馬路、愛多亞路、跑馬廳、南京路等熱鬧街道，繞行大上海一周，所經過的地方，人潮洶湧，民眾夾道歡呼，本來這些地方都是租界，我們自己的軍隊是不能進入的，他這一次以不可一世的聲勢，陣容堂堂，威風凜凜的長驅直入，租界巡捕，看到這威武的情景也不敢出來阻擾了。這次不但替上海的百萬居民出了一口氣，更為中華民族爭了一口氣……」[6]

國民革命軍北伐勢如破竹，但共黨分子卻有其他作為，除於上一年十二月間協助製造「武漢政權」分裂中國國民黨，在兩湖地區製造事端外，並在上海、南京等地光復後，相繼引發暴亂，引發國民政府與英、美、日之間開火的國際事件。[7]「四月十二日，支持蔣中正的國民黨不得不展開清黨，也就是清除有中國共產黨身分的中國國民黨員，從此數十年間，國民黨人與共產黨劃清界線。[8]

6 葉霞翟，《天地悠悠》（臺北：幼獅文化出版社，一九六五），頁十八。當時第二團的參謀長史銘也敘述過同樣情境，史銘為黃埔一期畢業，後來經父親推荐給戴笠先生，成為軍統局重要幹部。

7 郭廷以，《近代中國史綱》（臺北：曉園出版社，一九九四），下冊，頁六五〇。

8 中國國民黨黨史會編輯，《中國國民黨與中華民國》（一九八八年七月七日），頁一〇九。

國共之間衝突表面化之後，十七日，在武漢的中國國民黨中央宣布撤銷蔣的國民革命軍總司令職務，並開除黨籍；但在南京的中國國民黨中央執行委員會則宣布國民政府定都南京，以胡漢民為主席，並且通令全國肅清共黨分子，這就是寧漢分裂。

國民革命軍蔣中正總司令繼續率軍北伐，但亂局持續，蔣中正為促成寧漢合作，於是在八月間通電辭職，使得軍政頓失重心。軍閥孫傳芳六萬大軍趁機渡過長江進攻南京的門戶龍潭，由於第一師師長鄧振銓久假未歸，父親以副師長指揮作戰，血戰六晝夜，消滅了孫部主力，父親奉命率第一師回駐杭州，十一月第一師再度渡江克復蚌埠，經新任第一師師長蔣鼎文力荐，父親以戰功升任第二十二師師長，時年三十二歲。三年後，母親在杭州老家考上高中，他帥氣的師長照片，意外吸引了她的注意。

此刻，蔣中正已成為全國望治之所繫，一九二八年元月，國民政府電邀蔣中正入京，復任總司令職，四月七日揮軍二度北伐，父親的二十二師編屬第一集團軍、第一軍團、第一軍系列，擊破直魯聯軍王棟守運河之敵，克復韓莊；接著又戰於八里窪，斃敵數百人，掩埋時發現有日本人冒充直魯軍參戰，父親進攻濟南，因西門是日租界，擔心引起糾紛，因而改攻北門及南門入城，並與第三師占領濟南，軍閥張宗昌、孫傳芳殘部向北潰退。[9]

不樂見中華民國全國統一的，尤其是日本。一九二八年五月三日，日軍公然進兵山東濟南，釀成五三慘案，企圖阻止國民革命軍北上，破壞我北伐大業，蔣中正洞悉日軍陰謀，但因當時日軍遠比我軍強大，不能硬拚，乃命令北伐軍包括父親部隊在內撤出濟南，繞道渡黃河北上，方能完成北伐、統一全

9 《胡宗南上將年譜（增修版）》，頁二一九～二二〇。

國。八月間，蔣中正在上海首次接見表現極佳的父親，以「後起之秀」稱之，關愛之情溢於言表。[10] 十二月二十九日，奉軍不受張作霖被炸死的影響，張學良通電中央：「奉、吉、黑、熱四省，改懸青天白日滿地紅國旗，服從國民政府遵行三民主義。」全國形式上至此統一，但苦難還在後頭。

父親願意為國犧牲奉獻，作戰而亡的「死節」也成為他身為軍人對生命的最終期盼，然而他作戰一輩子，衝鋒陷陣，不知是幸或不幸，沒有一彈招呼到他身上，他因此在槍林彈雨中倖存。我用了相當的篇幅敘述父親與軍閥作戰至全國統一，以及對日抗戰方面，因為這是民國史中最需要敘明之處，也就是中華民國與國軍對中華民族的貢獻，青史絕對不能盡成灰。

中山陵，還原了中國國民黨起初創黨的精神，如今卻是中國大陸的「全國愛國主義教育基地」。在臺灣，中國國民黨也正面臨建黨以來，另一波滅黨的挑戰。

10 《蔣公事略稿本》，民國十七年八月，頁一〇七。胡宗南之名首次出現在蔣公行誼的記載之中，其後每年均出現多次。

第二章

外侮與內憂・遲遲未婚

一九三六　臨潼・華清池

從歷史來看，苦難與戰火一直是中華民國建國以來，人民生活的日常。這次在南京，我們參觀了「中國近代史遺址博物館」，也看了「南京規劃建設展覽館」。所謂「中國近代史遺址博物館」，其實就是中華民國在南京的總統府和行政院，保留了近一世紀前的原貌；而後者則展示當今政府對南京市的現況與規畫，我對大陸當局在歷史展示的敘述特別不滿意，也當場表達了——怎麼可以寫中華民國的歷史只到一九四九年呢？中華民國到現在還傲然立於臺澎金馬以及千千萬萬海內外中國人的心中啊。

中華民國和中華人民共和國不但是國家的名字，也是中國不同性質的政府之名。所以聯合國只有一個中國的席位，在一九七一年以前是由中華民國政府代表（我就有幸地在當年八月代表「中國」作聯合國的實習生），而在一九七一年以後由中華人民共和國政府在聯合國代表中國。如果不承認這點，那一九四九年到一九七一年之間的中華人民共和國是不是一個國家呢？如果是政府又是國家，一九七一年以後的中華民國，當然既是國家，也是政府。

國民黨內部紛亂引發中原大戰

對日抗戰前的一九三〇年代，定都南京的國民政府面臨三方挑戰，內部是軍閥據地為王以及中國共產黨不斷以工運、農運為名組織暴動，外部則是日本的野心。

父親所帶領的部隊逐漸成為國民革命軍中堅力量，各種戰役無役不與，由於以善戰聞名，敵軍只要聞其名就不戰自退，因此甚至有友軍在戰場假父親部隊之名威嚇敵軍。他的出名，也映照在母親的心緒裡，因之她少女時期就仰慕這位青年將領。

雖說北伐後全國統一，各地擁兵自重的軍人未必全然遵從中央號令。一九三〇年由於北伐後國民黨內部的紛亂，使得戰事繼續，特別是為了經濟發展而進行的裁軍更是主要原因，當時中央與地方各路軍隊都開始裁減，父親就從師長降階為旅長；不幸的是，一直到大陸淪陷，許多非黃埔系統的軍事首長總在內心裡覺得自己是「雜牌」軍，而不能對蔣中正全心地效命。

春天，汪精衛自日本潛返平津，聯合馮玉祥、閻錫山等，準備對中央發動戰爭。四月間，閻、馮集結重兵五十餘萬於隴海、鄭州一帶伺機南下威脅南京，中央軍雖然兵力不及，但素質較佳，尤其是有革命精神，因而戰力堅強。中央勸阻無效，五月下令討伐，與以閻錫山、馮玉祥等為首的各派新軍閥之間的激烈內戰爆發了。

大戰首先在隴海線戰場點燃。中央軍第二軍團劉峙揮軍向戰略要地歸德猛攻；父親所在的第一師，因師長劉峙兼任第二軍團總指揮，由副師長徐庭瑤任代師長。中央軍起初作戰順利，父親指揮第一旅三個團擔任正面，戰況空前慘烈，代師長徐庭瑤在李庄戰役中被迫擊砲炸傷右臂，父親被任命為第一師代師長。

七月下旬，父親奉命指揮第一師轉津浦線作戰，他率第五團墊後。當大部分部隊開走後，馮玉祥軍的孫良誠部突然向中央軍菜油坊陣地發動猛攻，張治中的教導第三師抵擋不住，孫良誠軍前鋒攻至距蔣委員長的總司令指揮列車不及十華里（約五公里）處，在危急關頭，父親親率第五團下車投入戰場，力戰數小時，終將孫良誠部隊擊退。

這就是中原大戰中，著名的菜油坊之戰。時隔八十多年後，婦聯會主委辜嚴倬雲女士告訴我，蔣宋美齡夫人生前曾在與她談話中一再盛讚我父親的忠誠勇敢，並舉例說他不止一次在蔣委員長危急時及時趕到相救，根據她的敘述，此戰當為其中一例。何應欽將軍則說，「中原事起，宗南弟率第一師轉戰津浦、隴海兩線，菜油場一役尤著聲威。」[11]

父親擊潰馮玉祥叛軍之後進駐開封，蔣委員長以功實授他為第一師中將師長。可是，蔣委員長以及黃埔軍人和桂系之間的矛盾，卻影響到後來整個國家的命運，實在是太不幸了。

日軍覬覦東北挑起九一八事變

一九三一年九月十八日夜間，日本關東軍炸毀南滿鐵路瀋陽附近路軌，誣指我東北軍破壞，隨即兵分多路突擊我東北軍駐地北大營與瀋陽城，數日後更侵占二十多個東北主要城市，傷我軍民無數。日軍侵占我東北後，全國反日民情沸騰，知識分子紛紛要求政府立即對日宣戰，多年以後張學良受訪時親自說，九一八事變後的「不抵抗」是他盱衡時局之後下的令；[12]蔣委員長當時是主張透過外交管道解決。

此刻，父親接到蔣中正命令，立即回師開駐鄭州，維護這個交通樞紐，他在鄭州平伏豫豐紗廠工潮並解

11 何應欽，〈胡宗南上將年譜序〉，收入《胡宗南上將年譜（增修版）》。

12 《中國抗日戰爭真相》紀念中國抗日戰爭八十週年紀錄影片精華版。中華戰略學會於民國一〇六年九月八日發行。

決學生會、商會之間的日貨糾紛，而第一師鎮懾中州，隱然為華北安定力量。然而非常遺憾的是，中共卻於此刻建立新「國家」，自稱「蘇維埃」。

這年十一月七日蘇聯國慶，中共在江西瑞金召開第一次蘇維埃代表大會，成立「中央」政府，由毛澤東擔任主席、朱德為軍委主席，建立「中華蘇維埃共和國」，並發表宣言說：「它是中國工農兵以及一切勞苦民眾的政權，它是代替帝國主義與中國地主資產階級的國民黨的統治，並且繼續號召與組織全中國勞苦民眾起來推翻這一統治的政權。它正式宣布它是世界上唯一的無產階級的祖國——蘇聯的最好的朋友與同盟者。……」[13]所以，在中國領土上出現兩個中央政府或兩個國家，早在上世紀三〇年代就有了。

十一月，蔣委員長親赴徐州校閱第一師，父親所統率的第二旅被譽為模範旅，第三團受教成績則列全國陸軍第一，蔣中正在南京官邸召見第二旅的團長以上軍官嘉勉，蔣夫人也出面與軍官們一一握手，父親的軍職生涯，開始與蔣委員長緊密相連。但因黨內分裂，使得蔣中正為了黨內團結第二度下野，不過接下來的發展，顯然沒有蔣的領導不行。

日軍自九一八事變之後，在東北瘋狂攻擊，焚掠長春、攻陷吉林，又派機轟炸錦州，並進攻黑龍江及齊齊哈爾，國際聯盟理事會數度要求日本撤軍未果，派遣代表團調查。在日本侵略東北之際，中央政治會議因為蔣委員長辭職後，政治、軍事頓失重心，民心激盪，抗日怒潮瀰漫全國，於是在一九三二年元旦決定邀請蔣重返南京，共商大計。

13《紅旗週報》，根據一九三一年十一月二十七日出版的第二十四期刊印。

日本駐上海的海軍陸戰隊眼看其陸軍在東北得勢，乃於一月二十八日深夜突襲我上海駐軍，強占閘北，是為一二八淞滬事變。二月中旬，父親接到蔣委員長電令，立即率第一師從鄭州開赴京滬線，進駐距上海百餘公里的常州。第一師第四團團長史銘回憶，為了防守江陰要塞以封鎖長江，官兵們夜以繼日地構築工事，以致多數官兵雙手起泡，泡穿流血，僅以紗布包裹，血漬殷透，而工作不輟，父親「數來視察，目睹裹傷赴工之熱烈情況，每感動至淚盈眥眶，如己身受，慰勉有加，犒賞添菜，其愛護部屬之忱，於此可見一斑。」[14]

母親赴南京陳情抗日，父親剿共

日軍蠻橫地發動一二八事變，引發了中國人民的憤慨，紛紛要求政府要強硬起來，對日作戰到底。父親正於江蘇常州率軍全力備戰之際，我母親正在杭州念高中，她也參加了杭州市學生請願團，坐四等火車到南京去請願，要求政府出兵，逐出占我領土的敵人。當時兩人尚未結緣，但她已知道父親的英名，十分欽佩。

中央雖然派出中央軍，為了把這起抗日作戰局限在地方，於是名義上以十九路軍連同駐滬部隊抵抗，父親的部隊對外用另一個番號四十三師為後繼，並修築澄錫、常溧等地公路，做為抗戰後方交通要道。日軍發動戰事後，隨即於三月九日在長春成立「滿州國」，以清朝廢帝溥儀成立傀儡政權；上海戰局方面，則在各國代表出面下舉行停戰協商會議，確立了日軍立即撤退，恢復戰前原狀，並於五月五日

14 史銘，〈先生，性情中人〉，收入《令人懷念的胡宗南將軍》（臺北：臺灣商務印書館，二〇一四），頁二九一。

簽訂停戰協定。

上海戰事一結束，父親的第一師就奉命入皖剿共，這也是蔣委員長前一年宣示的國策：「攘外必先安內，團結乃能禦侮。」自從一九二七年七月國共分裂後，共產黨在全國多地發動武裝暴動，建立紅軍、蘇區根據地與蘇維埃政權，武裝對抗國民政府。影響較大的是位於湖北、河南、安徽三省交界大別山的鄂豫皖蘇維埃區，以張國燾為主席、徐向前為紅軍師長、徐海東為政委，並趁著淞滬作戰時猛犯皖中。五月淞滬停戰，中央決定剿滅這股共軍，父親於是率第一師進剿，半月間收復了六安、霍山兩縣。

父親派同鄉部屬戴濤組織民眾、救濟被害人民，整修道路及被破壞的村寨，他告訴戴濤：「以軍隊剿共，軍隊去則匪又來；若組織民眾使抗匪，則可省軍隊之力，使民眾安居，如有生之可樂，自不願從匪，匪乃無所施其技，而匪患潛消矣。」他對共黨問題了解透澈，曾在清黨之後告訴王微、戴濤：「清黨在軍隊容易，問題在青年與農民；今後農民問題如不解決，中國的命運前途，是堪憂的。」所以父親在反共鬥爭中，一貫堅持組織運用民眾，使民眾成為反共壁壘，收復六霍之後，就開始這麼做，辦民眾診所、夜校，協助安居生產，使得共軍不敢侵擾。當地民眾都稱第一師為「我們的部隊、我們的胡師長」。但不幸的是，國民黨後來在大陸的失敗，真的就是種因於對青年與農民工作的失敗。

父親繼續追擊徐向前部隊，自鄂北、豫南直入陝西，但陝西省政府主席楊虎城部隊不願攔阻共軍，放任通過天險漫川關，以致父親得一直追至川、陝交界的大巴山脈。

我在國史館裡查到蔣委員長給父親的電令：「曹參謀長轉胡師長宗南：近日進剿詳情如何？據報，倭寇不久必侵犯熱河，進取華北，甚望努力將徐匪肅清，俾得早除匪患，專力抗日，克竟全功。近日各處軍政皆有進步，而以杭州航空為尤好，如能自強不息，當不難轉危為安，希嚴督所部，猛力進剿為要。中正」[15]顯現當時的時局，是日軍、共軍都為禍中國時，蔣中正政府已決心抗日，而父親的領導能力則受到肯定。

可惜此時四川地方軍人劉湘等人不願中央軍入川，乃向中央強調他們可以擔負剿滅徐向前共軍之責，以致父親在漢中駐軍約兩個月，而楊虎城所部十七師師長孫蔚如部在蘭州鼓動學潮，驅走南京政府派到蘭州任甘肅省政府主席的邵力子。孫蔚如部又在甘肅侵擾百姓引起民怨，蔣委員長於是在一九三三年二月電令父親，要他立即率領第一師開往甘肅，與原駐甘肅天水的孫蔚如換防。[16]

父親臥病，蔣委員長惜才關切婚姻

這是父親日後經營西北的重要一步，父親的第一師經過半個月的行軍，於三月三日下午進駐甘肅南部的天水碧口，成為國民政府第一支派駐西北的中央軍。他在天水為了訓練部隊，設立中央軍官學校西北軍官訓練班，培養軍官人才及無線電人才，同時修橋築路、提倡新生活，禁止鴉片惡習，協助地方建設，改進當地風氣。

這個時刻，父親已是蔣委員長手中的極為倚仗的將領，蔣中正關心父親的身體健康，甚至婚姻。父親剛移駐天水時，蔣委員長在一則要求父親久駐西北的信裡寫：「鄭州第一師辦事處轉胡師長：接函甚慰。未知近日安抵防地否，此次來廬相見，未盡所懷，別後殊拳拳不置；弟已卅五而當無家室，尤為繫

15 國史館檔案，民國二十一年十二月二十五日電令。

16 《胡宗南上將年譜（增修版）》，頁五〇。

念，此後久駐西北，應為革命盡職，立德立功，為人生一切基礎，古人成業而後立室者，不止一二。希專心服務，如未得電召，勿思東歸為要。　中正」[17]

這封信提示了本書重點之一——父親的感情與婚姻。早年在家鄉，我祖父際清先生及叔公鏡清先生就為父親安排婚事，他卻認為門戶不相稱及沒有感情而逃避了。[18]父親一直未婚引起了蔣委員長的注意，其實他當時實際年齡還要更大，是三十八歲，因為少報年齡以求進黃埔——連最高領導人都關切了，再過十年，蔣中正夫婦在抗戰時甚至主動地安排親人介紹給父親，希望促成姻緣。

至於西北與四川局勢，幾年之後，川軍已證明無法抵禦共軍，中共徐向前部已發展成十萬大軍，占領了四川東北大片土地，並且率軍攻廣元。於是蔣中正乃令父親率軍入川，父親命獨立旅丁德隆部以四團兵力堅守，不滿六千人卻禦敵五萬之眾，廣元終保全。父親繼續追擊，率所部第一旅李鐵軍、第二旅李文、獨立旅丁德隆（均黃埔一期）、西北補充旅廖昂共十二團，入川剿共，軍事委員會並派陸軍兩個師和中央第一旅鍾松、獨立第三十二旅王耀武等部都歸他指揮，在自然環境極劣的松潘等地，與徐向前和毛澤東等的紅四、紅一方面軍等苦戰八個月，共軍竄入甘肅。[19]

中央軍於一九三五年控制了四川後，蔣委員長乃在國民黨會議上宣布對日長期抗戰終於有了後方的

17 國史館檔案，民國二十二年九月二日電令。

18 張朋園、林泉、張俊宏訪問，張俊宏記錄，《王微先生訪問紀錄》（臺北：中央研究院近代史研究所出版，一九九七），頁十八。

19 《胡宗南上將年譜（增修版）》，頁七〇。

基地，可以實行持久作戰──此項持久戰之戰略，較毛澤東於一九三八年所提出的「論持久戰」，要早了許多。

父親於一九三五年年底因為天寒卻只蓋兩床軍毯而臥病，並遲遲未癒，蔣委員長急切的關問，並且派醫師到天水，仍未治好；蔣委員長再派父親同期同學冷欣專程偕醫飛陝，將父親接到南京醫治，父親歷經一個月的養病才痊癒。蔣委員長愛惜父親，由此可見。

一九三六年三月，第一師移駐陝西潼關，又因兩廣有變，獨立組織軍事委員會，桂系軍人陳濟棠自任「委員長兼抗日救國軍總司令」、李宗仁副之，形同公開背叛政府，中央於是派第一師赴長沙。九月，粵空軍二十四架反正，李宗仁、白崇禧通電和平，陳濟棠也撤回部隊，衡湘因此解嚴。中央命第一師仍回駐關中，蔣委員長電令軍政部部長何應欽：「第一師先改為軍，將來可分編三個師，先發表胡宗南為軍長。」[20]第一師擴編為第一軍，轄第一師、第七十八師；一九三六年三月二十四日，父親被任命為第一軍軍長兼第一師師長，隨即全軍入隴東剿共。

從一九三六年起，弱勢的中共開始提倡與各方黨派、團體、軍隊結成一個反日大同盟，在中共的倡導下，「全國抗日解放聯盟」、「人民抗日同盟」、「全國救亡社」等應時而生，一些頗具說服力的口號如「中國人不打中國人」和「立即對日開戰」、「停止剿共」等廣為流傳，在民間特別是北平、南京和上海的青年中激起了迴響，民眾的壓力激烈高漲，要求停止內戰、將槍口轉向日本人。

但中國實力遠不足以對抗強大的日軍，南京政府也一再強調「攘外必先安內」方略，先解決武裝動

20 國史館，《蔣中正先生年譜長編》（臺北：國史館，二〇一五），第五冊，頁四四～四五。

亂的中共。起初國府的追勦部隊進展異常迅速，已抵達銀川東境，並開始向陝北進攻，到了十一月，父親的部隊已兼程趕到陝甘寧交界處，然而擔任蔣中正副手的西北勦共軍副總司令張學良卻因東北被日本侵占而同情共產黨，父親的勦共因而得不到東北軍的呼應，孤軍深入之下又遭東北軍暗中出賣，以致有山城堡之敗，整個攻勢受阻，中共得以喘息。當時中共在張學良的全力協助下，不僅獲得彈藥、情報和棉衣，甚至大部分歲入都是張學良援助的。[21]

張、楊西安兵變，父親領銜討逆並建正氣亭

十二月三日，蔣委員長飛抵張、楊的駐地西安，希望穩定勦共局勢，然而十二月十二日拂曉，張學良、楊虎城發動了兵變，率軍突襲蔣委員長住的西安臨潼華清池五間廳，蔣雖然逃往後方的驪山，但終被囚禁。張學良提出了停止一切內戰等八項主張。

這天，父親接獲張學良發出的所有勦共部隊停止行動並待命電令，正疑慮間，又接到友軍通電得知張、楊叛變，蔣委員長被劫持的電訊，父親悲憤不已，乃召集師長、參謀長開會之後，決定以主力監視張學良東北軍的主力王以哲部，然後東移討伐。接著討逆軍總司令何應欽及討逆西路集團軍總司令顧祝同，都電令父親統一指揮在甘之中央部隊，占領陝南戰略要地寶雞。父親的回答是「五日完成任務」，然後真的在五天後拿下寶雞，隔斷了張學良和他的東北軍主力，而且與中央西進抵達渭南之師同時對西安造成巨大軍事壓力。

21 陳永發編著，《中國共產革命七十年》（臺北：聯經出版公司，二〇〇一），上冊，頁三二五。

不但如此，在父親領銜下，與黃埔軍校同學二百七十五位青年將領聯合致電討逆。父親的好友何浩若博士日後回憶，父親後來寫信給他講述，那天得知西安事變的消息作了一番緊急處置後，「便一個人跑到附近的小山上去，靜靜的坐了不知有多久的時候，胡將軍追述那時候的情形說『翹首東望，不知涕淚之何從』，他那顆孤臣孽子的心，在危急存亡之秋，便充分的表現出來，使人感泣。」[22]十年後，他在蔣委員長被叛軍發現處建亭，以紀念這次事變，在一九四六年十月三十一日蔣委員長六十華誕親自為亭奠基，並且於日記上寫明是「正氣亭」。

八十三年之後，我在這趟巡訪父親行誼的旅程，也登上驪山，來到如今名為「兵諫亭」的正氣亭，旁邊的簡介提了父親的名字。我在亭外遠眺，華清池五間廳已然迷濛，當年衛士背負著受傷的領袖，沒路之下竟然能攀到如此高度！我知道七七事變之前，父親曾在正氣亭

正氣亭原貌，亭頂有中華民國國徽，後方有具名勒石。

22 何浩若曾任黃埔軍校教官，留美經濟學博士。本文〈憶亡友胡宗南將軍〉，收入《令人懷念的胡宗南將軍》，頁二八〇。

現址正後方山壁具名勒石「萬源仰止」，抗戰勝利建亭的亭頂有中華民國國徽，大陸變色後在文革時均被削除，現在已不復見。

西安事變震驚中外，國民黨效忠中央的部隊動員討伐，再加上蘇聯史達林為減低日本對其東邊之壓力，乃指導中共必須從「反蔣抗日」轉變為「聯蔣抗日」，而蔣委員長也同意停止剿共，一致抗日。十二月二十五日張、楊在各方強大壓力，以及共產黨都不支持的情勢下，終於決定釋放領袖，張學良並且親自護送領袖回南京。但西安事變使得政府剿共的努力功敗垂成，其後中共勢力在抗戰期間迅速坐大，甚至於事變之後十三年就占據大陸，實在是中華民國命運的重大轉折點。

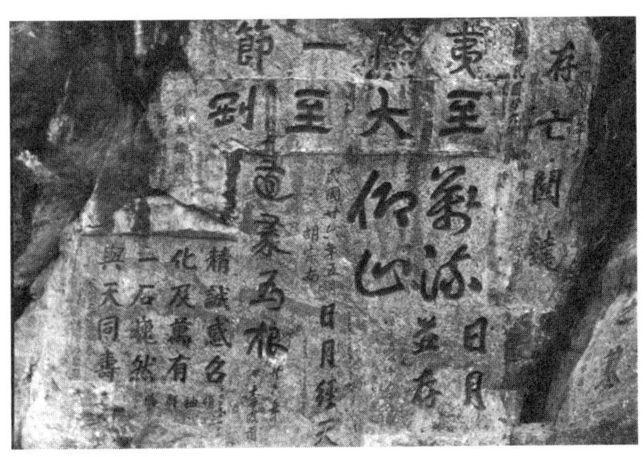

父親於蔣委員蒙難處，勒石「萬源仰止」，位於正氣亭正後方，但於文革時被削除。

第三章

長上之怒．當婚約遇上抗戰

一九三七 杭州．上海．南京

南京雖然有古老的歷史，但展現在我眼前的是一個現代化的城市。這裡的「侵華日軍南京大屠殺遇難同胞紀念館」擁有現代建築設計美感，裡面呈現了八十三年前，日軍進城後的殘暴。南京依然有明代城牆與城門，我特別留意當年日軍攻陷南京時，究竟從哪個城門突破；因為父親在經過上海的激戰後，原先已來到南京城外，準備守城。

一九三七年糾結的大我與小我

那是在一九三七年。當時父親已是身經百戰的國軍名將，他除了面對國家民族存亡的戰爭挑戰之外，還遇上一位大三女學生，他與她互許終身。

母親在她的書《天地悠悠》描述和父親的見面是個「巧遇」：「在我念大三的那年春天，我和綺嫂去杭州探親，一天早上，我去雨師那裡，他正在樓上處理要公，叫我在樓下客廳等一下，客廳外面是個大花園，那正是百花吐豔的時候，我就倚在窗邊欣賞著著園裡的景色。過了不久，聽見後面響起了腳步聲，以為是老師下來了，回頭一看，進來的卻是個陌生人，他穿著深灰色的嗶嘰中山裝，中等身材，方臉寬額，濃眉大眼，鼻梁很直，嘴形很美，面色白裡透紅，下巴青青一片，顯然是剛修過臉的。……」

這應是當時的場景無誤，然而母親為什麼會到戴笠（字雨農）在杭州的家？而父親又為何也在那個時刻抵達戴笠家？

九年之後，父親在一九四六年一月十八日的日記留下線索，我也逐漸拼湊出八十三年前的真相。那是在對日抗戰勝利後，父親返回杭州，然而老家已人事全非，甚至連他自己也難以辨識——「轎子僱到，四人抬一轎，計十二轎夫、八個挑夫。下午三時半到鶴溪，進村，問琴賓[23]住何處？一人答：仍住原地，即帶路走，入門見母及弟妹等，相對默然。住宅即桂花廳，不蔽風雨，環境蕭然。未幾，即同琴賓上泰山斗，展謁父墓，感慨無極，心中想到二十六年（一九三七年）在上海時，父親對我不娶妻，甚為惱怒，忽忽九年，父親死了，我亦兩鬢斑斑，漸漸老了，半世戰爭，一生戎馬，只贏得一事無成。

父親死於二十六年十二月九日，其時，余正苦戰上海三閱月，所統十六個團，只剩勤務、衛士、司書、書記、軍需、輸送兵、飼養兵等一千二、三百人，在大場交防於廖磊之桂軍後，即開後方補充，未三日廖磊軍潰散，余奉命守蘇州河，半月後奉命撤退，轉戰無錫、常州、崑山，某日奉命赴南京。委座命守南京，而以衛戍副司令長官職相畀。令未下，委座又令至浦口督戰，而以羅卓英為唐生智之副。似為四日到南京，六日或七日到浦口，八日委座離南京，十日敵攻浦口，十二日南京陷落。而吾父適於九日病逝於孝豐鶴溪，電訊不通，烽火漫天，行人斷絕，骨肉流離之際，而余尚在擊楫中流，意氣豪邁，真可慨、可痛、可恥、可悲者也。」

23 父親三弟，我的叔叔。

這天的日記，把時序拉回對日抗戰發生那年的春天，那年春天發生了許多事，他於公於私都面臨人生重大的抉擇。

一九三七年，四十二歲的父親已是國內知名將領，卻因兵馬倥傯仍未娶妻。從日記看，他到上海時受到我的祖父際清公的責備，想來是因為傳統的孝道觀念——「不孝有三，無後為大」吧。他必得回應我祖父的期待，但到哪裡找合適的對象呢？他請杭州的好友戴笠協助。

父親認識戴笠，約在九年前——一九二八年，他返回浙江省親，在杭州與有志之士長談，因而與義烏趙龍文、江山戴笠訂為性命道義之交[24]，戴笠以後成為情報單位軍統局的領導人。父親把結婚的難題向戴笠吐露，戴笠義不容辭地設法，想到曾在杭州警官學校教過的優秀學生、時年二十三歲的葉霞翟。

我母親葉霞翟女士，浙江省松陽縣人，一九一四年生。她的父親葉慶崇先生是教育家、同盟會革命先進，持家觀念卻非常傳統，也就是說，外祖父不認為女兒需受多少教育，即便女兒在小學和中學課業成績皆名列前茅。但我母親並不氣餒，永遠「力爭上游」，這四字是她一再告訴我的——她初中畢業後才十六歲不到，先是短暫地教過小學，再隻身到杭州考上公費的浙江警官學校第三期。

浙江警校是當時全國培訓警官的兩所專業學校之一，以培養中下級警官人才為主，其時戴笠銜蔣中正之命，於一九三二年十月兼任浙江警校政治特派員，以求訓練情報人員，戴笠以後又保荐趙龍文出任警校校長兼杭州警察局長。

母親顯然在警校也表現甚佳，使得戴笠注意到這位女學生的發展；她於警校結業後，一九三五年考

---

24 參見《胡宗南上將年譜（增修版）》，頁三一。

進上海私立光華大學政治系，轉赴上海讀書。她隨父母兄嫂居住在上海法租界的薩波塞路，一九三七年大三那年的三月三十一日，她突然接到戴笠的急電，要她即刻赴杭州。

戴笠安排雙方結識

有很長一段時間，我一直不曉得父親和母親見面的時機，而母親也沒說清楚，但從母親以後的信來看，「四月一日」別具特殊意義。

在兩人分離的歲月裡，每年她總會紀念這日並寫信給父親，因為一九三七年四月一日，她結識了當時著名的國軍將領胡宗南。以一九四三年為例，她自美去信給父親，思念的信中透露了當年兩人是怎麼見面。

一九四三年四月一日　母親之信

……昨天晚上我差不多一夜都沒睡，那情形就完全和六年前的三月三十一日的晚上一樣。在那天晚上我匆匆地帶病從上海到了杭州，心裡雖不知道老師電召的用意，但很知道什麼重大的事一定會在第二天發生。昨天晚上一切的情形都回到我的腦子中。親愛的，時間是六年了，可是我的心卻仍然是六年前那樣活躍，健全的青春之心，就是在睡夢中我還以為在第二天早上會和你見面呢！在現在這一剎那中，也許你在戰場上，也許你在辦公室中，也許你在旅途上，但在我的想像中你卻和我在一起。

親愛的，去年我們這裡有了一個特別冷特別長的冬天，可是今天早上卻是陽光普照、春風和暖。當我對窗梳頭時我想著你，我的眼光中就好像已經看透了重洋實在看見了你。「身無彩鳳雙飛翼，心有靈犀一點通」[25]，我再三地念了這首詩，時間和空間的距離都算不了什麼。……

可以見得，如此的相見並非偶遇，而是戴笠為了道義與生死之交的朋友——胡宗南的婚姻，親自在學生群裡，挑了一位才華、容貌都是他認為足以匹配的女性，介紹給他。

她到杭州之後，次日也就是四月一日，在戴笠寓所見到了心儀已久的胡宗南將軍。父親則對她一見鍾情，展開熱烈追求，一天之內就去見了她三次面。她回上海後，父親只要有空，就從駐地到上海來與她約會。

六月，父親以白金手表相贈，並向我母親求婚，她答應了，本來預定年內結婚，一個月後的七月七日，卻發生事關國家存亡、導至全面對日抗戰的盧溝橋事變。

事變發生後，蔣委員長明白當前的國內外時局，日軍侵華且貪得無厭，特別是要建立東北、華北勢力範圍即可見得，先前日本外相廣田已發表對華三原則——我方必須承認偽滿洲國、允許日本開發華北、維持內蒙獨立，且聲明絕不放棄既得利益，因此中日之間終須攤牌一戰。七月底，北平、天津先後淪陷，大戰已不可免，特別是訴求抗日的西安事變才發生半年，他勢須領導抗戰。

八月一日，父親因公赴上海，因此和母親又在戴笠上海海格路的寓所見面，他轉入內室親自寫信給她，告知婚期因為戰爭必須展期，這是萬不得已的，但一俟勝利，他必「赴約」。在當刻，他要未婚妻

25 出自唐朝李商隱詩作《無題》。

一定要完成學業，然後赴美深造。他們的佳期為此延誤，以後我從母親的信裡，才知道那是多麼的煎熬。

才一個星期之後，大上海保衛戰就展開了，父親天天遇險，母親則在鄰近不遠的上海租界繼續讀書，雖然思念作戰中的未婚夫，卻無從得知任何音訊。她唯一能聯繫的，是父親先前告訴她的辦公室主任程開椿，唯能寫信經由程主任轉交給父親，從父親所保存的信可以見得，雖有幾封信遺失，但大部分還是收到了。

參加八一三淞滬大戰

一九三七年七七盧溝橋事變後，包括蔣委員長在內，國民政府軍事高層將領看得清楚，大戰如果爆發，勢必面臨來自華北及華中兩方面的敵軍，而國民政府中央的資源都在淞滬及長江流域，如果日軍自華北沿平漢路南下，將東南各省分割，中國便可能滅亡，因此如要打「持久戰」，應把戰線轉為由東向西，才能將工廠、人員等國家的精華沿長江遷往內陸西南。於是蔣委員長決定另闢淞滬戰場，並派出德式訓練及裝備、最精銳的八十七、八十八師進入上海，起初他並沒有準備傾舉國之力和日本打一場大戰，八月十三日，蔣委員長下達作戰令，但開戰三天後，就在陳誠的建議下擴大戰爭規模。[26]中國抗日戰爭第一場大型會戰就此展開，也是整個抗戰最慘烈、傷亡最重、意義最深遠的一場戰役。

淞滬戰役爆發，國軍在上海地區浴血奮戰，以劣勢的裝備及血肉之軀抵擋日軍強大的攻勢，由於傷

26 郭岱君主編，《重探抗戰史》（臺北：聯經出版公司，二〇一五），第一冊，頁三四〇～三四一。

亡慘重，父親奉令於月底以第一軍軍長之職統率第一及第七十八師投入戰場，九月二日以後，第一軍血戰開始。日軍以陸海空聯合作戰，先是空軍輪番偵查與轟炸，又以黃埔江的軍艦猛烈砲擊，接著再以步兵衝鋒，在毫無掩蔽工事下，第一軍官兵面對裝備先進、進攻凶猛的日軍無所畏懼地苦戰五晝夜，以與陣地共存亡的決心打退一波波的攻擊，使日軍付出巨大代價。

到了十月上旬，父親奉命接替川軍楊森部防區守大場並增援蘊藻濱七天，以待後方部署完成，他卻以殘部和新補之兵，堅守了四十二天。他編入陳誠集團右翼軍參與激烈的戰鬥，不久第一軍擴編為第十七軍團，父親升為軍團長。當時父親的參謀長羅列將軍以後在臺灣親口告訴我，右翼軍面對的日軍為第三師團及第十一師團精銳，父親日夜駐留戰場，經常僅以自行車穿梭於戰壕中往來指揮，官兵見到無不感振奮。

父親的部隊素質好、作戰能力強，後來白崇禧總指揮向第三戰區何應欽司令長官報告時這麼說：「桂軍十個師只打一天，只有第一軍能打，該軍兩個師陣地，始終屹立不動。」

後來的日本侵華軍總司令岡村寧次大將[27]，曾於一九三九年給日軍大本營的報告《關於迅速解決日華事變作戰方面的意見》中，對包括父親在內的黃埔體系軍官評價極高，明確寫道：「敵方抗日勢力之中樞，既不在於中國四億民眾，亦不在於政府要人之意志，更不在於包括地方雜牌軍在內之兩百萬抗日敵軍，而只在於以蔣介石為中心、以黃埔軍官學校系統的青年軍官為主體的中央直系軍隊的抗日意志。

27 岡村寧次時任日本第十一軍司令官，統轄七個師團、一個獨立旅團。

只要該軍存在，迅速和平解決有如緣木求魚。」這份報告存檔於日本大本營陸軍部。[28]整個軍旅生涯都在中國作戰的岡村寧次，是不會把他的對手認錯的。

十月二十六日，大場陷敵，第一軍逐次轉進自蘇州河南岸，繼續抵抗。日軍以淞滬之戰遭到我方誓死抵抗近三個月，於是在十一月五日以第六及第一一四兩個師團兵力，在杭州灣北岸登陸，隨即攻下淞江，我淞滬國軍部隊為免腹背受敵，於是全面撤退。

父親也率部隊退出戰場整補，從前述一九四六年一月十八日的日記所透露，他的部隊幾乎消耗殆盡。母親不知道這麼多，然而她關切他的近況，於是幾度寫信。父親顯然把能接到的信都留在身邊，我能夠找得到的最早一封信，是她於一九三七年十月三十一日深夜，在上海光華大學宿舍寫的。她用假名，以崇敬、景仰的心思，寫給她的未婚夫。

一九三七年十月三十一日　母親之信

我近來的生活很恬靜，大部分的時間用在讀書方面。這幾天滬西砲聲和炸彈聲響徹雲霄，可是我仍然在靜靜地聽講好好地記筆記。南哥，你終日在槍林彈雨中，終日在炸彈與重砲的威脅下指揮作戰，難道我竟連這麼一點小聲音都受不住嗎？不會的，只要想到你，我也就會鎮定下來了。

……

28 劉台平，《八年抗戰中的國共真相》（臺北：風雲時代出版，二〇一五），頁二六五～二六六。

看長江寫的「塞上行」[29]，其中有幾段關於你的，我看到那記載著你凍壞了兩個指頭的一節，我把書放下來，靜靜的想呵，我的英雄！你是如何的堅苦！現在嚴冬又將到了，就以現在講，戰地的晨風已足夠寒冷，我不知道你有否穿上初冬應穿的衣服呢？

昨晚偶然的在敵人的報上看見兩段有你的名字，他們稱讚了你，可是更標榜了他們自己。對於這兩段消息，我看了兩遍，對於那「皇軍」戰勝我們鐵軍的消息，我真是又好氣又好笑，這班妄自尊大的鬼子，總有一天他會停止吹牛的。

你們第二次的整理，你有過稍微的休息嗎？為了你的辛勞，我非常掛念，可是想到前方還有許多的將軍們都是同樣的辛苦，尤其是我們的最高領袖是如何的操勞，就又覺得這並不算得什麼一回事。這本是軍人們為國效勞的時機，總之自己隨時注意是需要的。

每一個清晨，我總默默地祝著你的勝利，祝著整個抗戰前途的勝利。在每天的消息中雖然沒多大好消息，可是我毫不悲觀，覺得這種小地方沒有什麼了不起，南哥！可不是嗎？我們的大勝利就將到來了，我相信，你將來會創造出很多勝利的戰績給我看的。……

英華上　十月卅一日晚十一時

這封信寫就時，母親正在上海光華大學繼續求學，大西路的校舍被毀，只好遷入租界上課；她知道

29 《塞上行》是中國大陸近現代著名記者范長江繼《中國的西北角》後，又一部有關中國西北的著作。全書是作者發表在《大公報》和《國聞周報》上的文章合輯，一九三七年由《大公報》報社出版。

心愛的未婚夫就在附近作戰，所以情願繼續留在上海，一直留到不能再留為止。

這次淞滬戰役，日軍總共出動超過二十五萬人，死傷四萬餘人，與近代日軍侵華歷次作戰相比，傷亡率高得驚人；中國軍隊投入七十五萬人，死傷超過二十萬人，而且最精銳的中央軍在戰役中折損三分之二。[30]上海戰場擋了三個月，不但粉碎了日本「三月亡華」計畫，而且把中國軍民的民族性與士氣打起來了。

南京城陷，父親悲憤

日軍接下來長驅直入，衝擊首都南京，由於日軍攻勢凌厲，國民政府已決定遷都重慶。父親則奉命守蘇州河，半個月後又奉命撤退，原本蔣委員長命令他配合戍守南京的司令官唐生智，賦予衛戍副司令官之職，但命令尚未正式下達，又令他到浦口督戰，因此未擔當防衛重任。十二月十二日南京迅速陷落，他在西進途中得知南京棄守，不禁說：「糟了，完了，中國的軍人不能保衛自己的國家和首都，這是我們革命軍人之恥！」又說：「三民主義的信徒，不能保衛國父陵寢，這是每一個黨員之恥！」他悲憤填膺，熱淚奪眶而出，這是部屬第一次見到他流淚[31]，而我親臨中山陵，終於可以感受到父親當年的心情。

南京陷落，進城的日軍屠城，不僅平民死傷無數，更令人髮指的是，數以萬計被俘的國軍官兵一概

30 同註26。

31 徐枕，《一代名將胡宗南》（臺北：臺灣商務印書館，二〇一四），頁一六二。

屠戮。

一九八二年，日本文部省審訂通過的歷史教科書將「侵略中國」的記述改為「進入」。如此美化其侵略歷史的行為激起了中華民族的義憤，一九八三年底，南京市人民政府經中共和江蘇省政府批准，開始籌建「侵華日軍南京大屠殺遇難同胞紀念館」，隨即於次年八月抗戰勝利四十週年紀念日當天建成開放。紀念館又幾度擴建之後，於二〇〇七年年底竣工，擴建工程自老館向東新建了新館，向西增設祭場、冥思廳及和平公園等，還拆除了原館圍牆、調整了警世鐘的位置，擴大了悼念廣場，改造了老館，並對「萬人坑遺址」進行隔水保護。

南京大屠殺的史實發生在中華民國治理之時，如今基於民族情感與歷史不容抹煞的考量，由當前的南京市人民政府建館紀念，然而這正是我所期待敘明的中華民國歷史。二〇一九年三月我們在參觀時，為死難者獻花致敬，紀念館張館長希望我返臺之後協助蒐集史料，特別是死難者身分，我當然願意協助。

第四章

西安與成都・兩地相隔

一九三八　王曲・王家霸

西安古稱長安，是中國四大古都之一。明洪武二年（一三六九年）改稱西安府，「西安」自此得名。歷史上曾有十三個王朝在此建都，從周、秦、漢至唐，歷時千餘年。我們從南京祿口機場搭機在西安咸陽機場落地，如此的飛行行程，七十多年前父親已習以為常了——那時國事蜩螗，前線戰事頻仍，他常奉召到南京開會。父親因為蔣委員長信任與支持及在陝境領軍多年而被稱之為「西北王」，雖然他不喜歡這稱號，但他從八年抗戰之前就駐防在西北地區，到抗戰時以西安為指揮中心，直到國共內戰。

多年以來，我從父親的日記熟知他在西安的各處活動據點，如今來到西安，終於把各處對父親而言饒富意義的街道與住所實際對上了。

董子祠與東倉門一號

淞滬之戰，使得國軍正規部隊傷亡慘重，特別是基層幹部，幾已無以為繼。父親奉命西進入陝整補，大軍轉進時，沿途流亡青年學子眾多，父親於是組青年隨軍服務團，大量收容各地有志報國青年，並派員到赴遷校到湖南長沙的北大校園，號召北大、清華、南開同學從軍。

南京淪陷，政府遷重慶，軍事委員會移到漢口。一九三八年元月，政府改組最高統帥部，軍事委員會直隸國民政府，並將前方作戰序列劃分為六大戰區，父親部隊則抵達河南信陽附近。軍事委員會鑒於父親曾駐軍陝西、甘肅，熟悉西北情勢，且中共對父親忌憚，乃指示父親的十七軍團移駐陝西關中——而西安則在關中平原的中部，於是父親率第一軍及胡長青、胡受謙兩個補充團自信陽逐步西移入陝，率僚屬和千餘流亡學生進駐鳳翔東湖。據過去父親部屬的講述，軍團部後來移到西安市永寧門外薦福禪寺；父親住東倉門下馬陵的董子祠，是十六世紀明朝嘉靖三年由陝西巡撫，建於漢朝大儒董仲舒墓前的祠屋。這祠僅有三間房，中有塑像，他以紙壁隔開做為會客膳食之所，自己則居東頭屋，十分簡陋。直到冬天，他才租下夏新華父親的「東倉門一號」房舍會客辦公，自己仍常回董子祠居住。夏新華是當時極少見的優秀旅美科技人才，以後成為父親多年的侍從參謀。

相傳漢武帝出於對董仲舒的尊敬，每次經過董仲舒墓，都要下馬，民間就稱這裡為下馬陵；董仲舒墓占地約四點五畝，現存大墓已築牆保護，但周遭空地都建滿宿舍，僅存祠屋和後方的大墓。陝西省當局於一九五六年將董仲舒祠墓列為陝西省第一批重點文物保護單位，然而我們到現場，這裡已是中共蘭州軍區的「陝西省軍區西安第四離職幹部休養所」，改名為「和諧園」，祠屋改為幹休所的「文化活動中心」，不便入內參觀。弟弟為善幾年前曾有機會入內，憑弔了裡面的董仲舒墓園，也進入父親在西安時的常居之所。

接下來，要找東倉門一號。這裡也有特殊意義，不僅是父親侍從參謀夏新華先生的家，蔣中正委員長次子蔣緯國新婚時也曾做為新房，父親以後到浙江外海的大陳擔任反共救國軍總指揮時，更以諧音「秦東昌」做為化名。我們從董子祠沿著牆向東走，沒多遠就在轉角處找到「東倉門」招牌，原來東倉門一號和董子祠是在一塊的。東倉門也有歷史——樹立在街頭的解釋文指出，東倉門是南北向、一條五百餘米的道路，直通城門，這裡「敬祿倉」原是清兵入陝後，做為給貴族的倉儲之用，以後俗稱「東倉」，東倉門因為是在敬祿倉倉門前而得名。這樣子就明白了，東倉門一號在路頭，不過這裡的「一號」已然被劃入幹休所的範圍而不復見，但依然可以推斷在東倉門路路頭的西側，轉角處有家名為「OLD CITY」的小館，倒也名副其實，這就應是東倉門一號的位置；在牆外竟還有小店以「胡家百年傳統包子」為招牌賣小吃，真是太巧、太有趣了。

這就是我多年來所知道的董子祠和東倉門一號招待所遺址！

母親前往成都王家壩復學

起初，母親並不清楚父親已赴西安。她在上海等候未婚夫訊息，一直等到光華大學因為戰爭的緣故宣布遷校。她去信說，她準備先赴漢口，前往四川成都，因為學校準備在成都王家壩復校，她可以在那裡繼續學業。她先從上海乘船到香港，再搭機赴臨時首都漢口，二月中旬突然間父親就找到

弟弟胡為善（左）在陝西師大張建成處長（右）的協助下，得以進入董子祠憑弔父親過去在西安的住所，這是祠後董仲舒之墓。（照片提供／胡為善）

她，她悲喜交集。她未來的公公——際清公已經在家鄉去世，父親引領她在公公遺像前鞠躬時熱淚盈眶。他是想到際清公生前在意他未能結婚之事、現在未婚妻就在靈前嗎？父親與母親在漢口相處兩天，就動身前往防地了。

對母親而言，父親在她的心目中的形象與關係，也轉變了。現在他是她的英雄、人生導師，以及未婚夫。

一九三八年二月十四日　母親之信

南哥：

明天有一隻船去重慶，是本處運貨去的差船，我想搭這隻船，大約月底可達目的地。

這次短短的聚首，開我生命史上的新紀元，使我深悟過去之理想的淺薄與浮虛，你的指示像一盞照耀永恆的明燈，從此我可以踏著這燈光邁步前進。南哥！我敬愛你！感謝你！我的生命將永與你的精神共存。

此次去期至少在一年以上，在這時日中我將努力的改進和創造自己，盡最大的可能以達到你所囑咐的各點，我是自信力極強、意志極堅決的人，請你放心，我不會使你失望。

至於你，在我們的談話中及老師他們的談話中，使我更深深地了解和認識，你現在在我的腦海中已不是過去的英雄偶像，而是實際的偉大情人。以中國目前情形及我個人所推論的將來結果，我希望你的確能把握住自己對於時代的責任。……

母親在漢口待了十來天，才搭船於二月二十六日深夜抵達宜昌，這時武漢已很危急，長江一帶的軍民多向四川撤退。她再於三月二日動身前往重慶，江輪滿滿都是人，雖有頭等艙船票，等她上船，頭等艙裡已擠進三家人了。她吃了不少苦，六日終於抵達重慶，然後在三月下旬搭車赴成都，趕上設於王家壩街的光華大學開學。在光華大學，母親受到父親的激勵，學業成績總是名列前茅。

我弟弟為善曾是臺灣中原大學副校長，他應大陸媒體之邀，講述了父親行誼，怎麼會成為外界的「西北王」形象。他並說，因為父親和中共交手的時間比較長，所以他在國共內戰時期的經歷被傳得比較多，相反的，在抗日戰爭時期參加的戰役就很少被提及，很多大陸讀者以為他對抗日根本沒做什麼事，這完全是一個誤解。

父親對抗日戰事的參與和「西北王」的由來

為善的訪談文章說——

抗戰爆發後不久，父親接到蔣先生命令，到無錫集結待命。可是當他率部隊到達無錫尚未下車，就接到第三戰區前敵總指揮陳誠的命令，因為寶山一線防線危急，要他立即到那裡增援。父親帶領第一、第七十八兩個師約四萬人，在楊行、劉行和蘊藻濱一帶與日軍展開激戰。他手下人回憶，身為軍長的他「日夜在戰場指揮巡視，從未離去，官兵見之，無不感奮」。

經過幾晝夜血戰，部隊始終守住陣地，傷亡慘重，但父親不吭一聲。顧祝同了解戰況後，派部隊來換防。父親才說：「再不換防，明天我也要拿槍上火線頂缺了。」

在敵我實力懸殊的情況下，父親帶領部隊在淞滬戰場堅守了六週，而他們的犧牲也極為慘烈；四萬人的部隊最後剩下一千兩百人。當時著名報人張季鸞說：「第一軍為國之精銳，如此犧牲，聞之泫然。」

一九三八年一月，父親奉命移軍關中，固守黃河、山西、陝西。這一帶是陪都重慶的屏障，戰略地位極為重要。父親的部隊幾次擋住了日軍自北攻向四川的鉗形攻勢，其間與土肥原賢二幾次交手，讓日本軍不能進入潼關，威脅重慶。一年後，父親又被任命為第三十四集團軍總司令，成為黃埔畢業生中擔任集團軍總司令的第一人，成為關中乃至西北地區擁有最高軍職的將領。直到一九四九年撤離，父親在西安前後長達十二年，所以後來就有人稱他為「西北王」。……[32]

淞滬戰役使得軍中幹部犧牲極大，第一軍的連排長幾乎全都陣亡，其他友軍也是如此。父親思及抗日將是長期戰爭，軍政幹部必須大量培育，所以請准在西安成立中央軍校第七分校，先借鳳翔師範為校址，學生則考選去年收錄的千餘青年，然後又奉令接收康澤在王曲所辦的特種訓練班以及江蘇抗日青年團，同時也在河北、山東、河南等地招考錄取陷區學生數千名，併入分校續訓，編成十五期三個總隊，第七分校就此創建。

那時流亡青年失所失養極多，許多青年想赴中共設在延安的抗日大學，父親等於攔下許多原準備成為共產黨生力軍的學子，為國所用。五月，七分校移西安南方四十里的王曲，位於終南山麓的山澗交匯處，有聞太師廟，校本部即設於廟內。附近有個父親日記常提的興隆嶺，是父親的指揮所。

32 胡為善，〈我的父親胡宗南〉，《多維新聞》，二〇一三年十二月五日。

王曲七分校與興隆嶺

我們到了西安，王曲七分校、父親指揮所興隆嶺是一定要尋訪的，不過同樣人事全非。省臺辦人員領我們到一九三五年興建的張學良公館，或許這就是父親講的興隆嶺。日本搶占東北，東北軍進駐西安，張學良在王曲城隍廟創辦了王曲軍官訓練團，張學良、楊虎城分別任正副團長；為建辦公之後休息之所，張學良親自勘察周圍，看上此處風景，出資在此修建了這座歐式平房作為公館。此地原名絕龍嶺，張學良嫌不吉利，改為青龍嶺。「西安事變」後張學良受到軟禁，父親在王曲軍官訓練團舊地改辦中央軍校第七分校，再把青龍嶺改名興隆嶺。他多年來出入興隆嶺，一九四七年與母親結婚也在這裡，直到一九四九年撤離西安為止。

張學良公館歷經近百年風霜戰亂之後早已破敗，我們到興隆嶺現址，只見當地人民政府把張公館當作古蹟，重建了一棟較新的歐風建築，歷史的氛圍早已消失。至於七分校，為善到西安時還是「西安通信學校」，我們來時現址已成為「人民解放軍國防科技大學」，進出都是軍人。

值得一提的是，一起到西安的濟坎，這次是特地遠從美國回來參加我們的行程。他的父親盧性翹將軍，七分校成立時擔任少將學生總隊長，在蘇、浙、皖南一帶淪陷區招考一個總隊學生一千五百人，然後親自帶到西安受訓，等於挽回了這麼多的年輕人。濟坎就是那個時候生在西安，所以他等於也回到出生地。

除了七分校，父親也報請中央於九月在西安成立「戰時工作幹部訓練第四團」，訓練政工幹部，團址借用西安城西南隅前東北大學遺址，許多原擬赴延安的抗日大學學生，皆勸導送入訓練，以後也訓練地方幹部，第四團援例請蔣委員長任團長，蔣鼎文長官任副團長，父親則兼任教育長。當時全國共設有四個戰幹團，第四團規模最大，先後畢業學員累計達三萬人，幾乎是四個團畢業總人數之半。

另外，父親也在蘭州成立西北幹部訓練團，他一樣兼任教育長，協助朱紹良主席訓練甘、新、綏、寧、青等省軍政幹部，西北軍政幹部至此接受中央教育。

長期追隨父親、兼任教育長的吳允周將軍指出，胡先生除了統帥大軍迭建殊勛，同時也配合時代需要兼辦教育，僅所得知者，計有天水訓練班、第七分校、騎兵分校，幹四團、西北游幹班、將校班、軍官班、中美訓練班、外語班、軍需實習班、西北幹部訓練團、中正中學等，如文武學生加起來，當不下十萬人。[33]其中最有名的是七分校及戰幹第四團，其畢業生都分派到全國各戰場擔任基層幹部，很多都立即在戰場上犧牲了。

父親進入關中後，以教育後進、培養國軍幹部、肩負幹部搖籃的保母責任，把自己革命軍人的人生觀「生於理智、長於戰鬥、成於堅苦、終於道義」的哲理，導入所有師生的思路中。他最有名的演講「今日的戰士」，最初是於一九三九年七月一日，對七分校十五期畢業同學所講，將自己的哲學、兵學、科學的精華，注入學生的思想觀念之中，成為畢業學生為人處世、思想觀念的準繩，這篇演講對七分校每期學生都講，到了將近八十年後在臺灣的陸軍官校，還做為教導學生的重要參考教材。許多七分校畢業生來臺後，還都能記得內容，而在每年父親的紀念會中述說或背誦，令我十分感動。全文除引言、結論外，分為生活、工作、紀律、戰鬥等章，目前臺灣處於承平時期，講「生活」最有感，姑以摘

33 吳允周，〈憶舊〉，收入《令人懷念的胡宗南將軍》，頁二八八。

錄第一章「生活」的部分為例：

第一條：以身作則實行新生活規條，做到不吸菸、不酗酒、不嫖妓、不賭博，做到不唱高調，不說謊話，不輕然諾，不洩漏機密。

第二條：今日的英雄，是從群眾中生長出來的，非由天上掉下來的；所以生活標準，要達到前方生活士兵化，後方生活平民化。一、日行百餘里，背負三十斤，打水、要茶，一切自己來。二、燒餅、油條、高粱麵，小米稀飯是上等伙食，粗布衣、麻草鞋是我們上等衣冠，茅屋、土坑、窯洞、硬板床，是我們美麗的住室。

第三條：大少爺之所以不能領導群眾者，因生活與下層隔離，生活不一樣，聯繫就不一樣，利害更不一樣；對事漠不關心，對人毫無心肝，此大少爺之所以終無成就也。

第四條：精神生活向上流，以最忠實、最勇敢、最熱情、最廉潔的表現，永遠做榜樣給人家看，永遠以自己的模範來影響群眾，領導群眾。……[34]

父親勉勵學生如此不求生活享受，要「士兵化」，他自己做到了嗎？曾任七分校政治部主任教官的法學家李潤沂[35]，很清楚父親的生活。他為文敘述說，先生自奉非常儉約，除早餐稀飯麵包外，每餐只有二菜一湯，遇有賓客共餐，每多一賓客則多加一菜，從不在飯店菜館宴客。日用被服異常簡單，睡眠

34 《胡宗南先生文存》，頁一三六～一三七。近年來，我們的國防部也曾將這篇文字分發給軍中幹部閱讀。

35 李潤沂（一九一一～一九八二），山西大同人，中央軍校第七分校政治主任教官，國民政府西南軍政長官公署少將軍法處長，來臺後曾任司法院大法官。他撰寫的〈我所認識的胡宗南先生〉收錄於《令人懷念的胡宗南將軍》頁二〇一起。

時，只用軍毯二床及木板床，嚴寒時加棉被一條。通常著軍中布製軍服，除嚴寒時行軍外，從不穿大衣。縱然氣候在零下二十度以上，臥室概不生火，所以手上永遠長凍瘡。不過在客廳中，每當嚴寒常設一木炭火盆，作為敬客之用。我也很清楚父親苦待自己，以求與將士同甘苦、共患難；他結婚之前所有薪俸都給了傷兵和遺眷，自己在銀行沒有存款，日後他的作風也及於家人。

給母親的辭別信

邁入一九三九年，蔣委員長愈來愈倚重父親，他幾度督促父親防備日軍攻陝，要事先做好部署；另外於五月六日以手令指示陳誠，由父親來主持各戰區的政治工作，蔣委員長認定父親具有教育組訓的能力，三十日又電示湯恩伯總司令，「西安應速籌設游擊訓練班，如前方部隊整補就緒，希即赴西安協助宗南組織訓練為要。」[36]在日軍占領區從事敵後游擊作戰，一直是國民政府及父親重視的工作，父親在蘭州設置西北游擊幹部訓練班，開始時即請湯將軍擔任總教官，自此每半年一期，直到一九四五年抗戰勝利才停止。由於父親始終有部隊在敵後作戰，有力地牽制了日軍不能集中兵力威脅西安。歷史學家許倬雲教授曾說，日軍在抗戰後期曾有經關中以犯川的另一計畫，後來日本決定發動大迂迴的「一號作戰」，除了打通陸路交通的目的外，「避免與胡部精銳『硬碰硬』，也未嘗不是改計的原因之一。」[37]

但從母親的信中可見，日本曾多次轟炸西安，有次甚至造成高階將領的死傷，讓她擔心不已。

36 國史館，「蔣中正總統事略稿本」民國二十八年五月三十日。

37 許倬雲、丘宏達主編，《抗戰勝利的代價——抗戰勝利四十週年學術論文》（臺北：聯經出版公司，一九八六），頁二一。

父親步入中年，仍然未婚；母親早就和他一起規畫好，她把出國深造列為大學畢業後的人生主要選項，但從此隔洋不得相見又讓她在情感上極難割捨。在大四下學期，她每天讀兩小時英文，並且設法與在華的美籍人士多交談，做足了準備。她出國深造關鍵人物之一是戴笠，她在四月底給父親的一封信提到「戴先生」，說戴指示她在畢業後就去重慶轉赴香港，在香港找到友人給她做留學美國簡報與預備，而光華大學教務長也很樂意幫忙，協助她申請美國紐約哥倫比亞大學深造。

她得到哥大的入學同意書後，父親於六月間到成都探視她，等於為她送行。兩人相互保證，不論這戰爭拖多久，不論隔得多遠，「我們的愛情決不改變，我們一定彼此等待，直到日後再相見」。七月間，母親準備離渝時，父親沒有現身，但派人送來一封信，信上卻故意用客氣稱謂，把他和未婚妻的距離拉得好遠好遠。

一九三九年七月十六日　父親之信

霞翟先生：

弟以病不能來渝送行，殊為惘惘，先生生長於山僻，而長征於海洋，去國離鄉之感，英雄兒女之情，芳寸脈脈，離緒紛紛，別矣名山。坐看大海，當知海之偉大，嚴肅，殘忍，可怖，可貴，可愛也！人，太渺小矣，人生太短促矣，惟神聖英俊，乃能控制時間，控制空間，掌握時代，轉移乾坤者，因其知海之可愛可貴可學，而可師可親也！

人生在苦鬥中，掙扎與磨練，轟烈與壁立，一葉浸沉於茫茫大海之中，方能認識人生之真諦。先生以為如何？謹此奉別，敬祝大安！

C. N. Hu

父親寫這封信，從情境看當是念及母親將飄洋過海，而有所感慨；信裡卻不僅無親密問候之言，又以「先生」稱之，她想來難以消受吧。我想像著父親何以會寫出如此內容的信，一方面他過去寫信的對象全是領袖同袍陽剛對象，一旦遇上唯一的紅粉知己，可能很難改掉語氣內容；另方面，他會不會試圖降低遠赴太平洋另一邊的母親，對他的期待？終究戰火無情，他既早已以「死節」作為軍人的光榮歸宿，何時會捐軀沙場都很難說，何必躭誤佳人？還有，應也是基於保密的考量，因為父親是名人，而戰時的信件有遺失之虞，以此避免成為情報資料，故意拉開距離也成為對母親的一種保護。但只要是來自父親的任何文字，母親都當成寶——她把信放進皮包，和護照擺在一起，隨身帶到美國。

母親於七月十六日自渝搭機到香港，再從香港登上美國柯立芝總統號郵輪，橫越太平洋，於八月二十六日在加州舊金山上岸，九月一日抵達紐約時，她一眼看到報攤上報紙的斗大標題：「德國進軍波蘭」，歐戰爆發了。戰火，已然在全球蔓延開來。

第五章 西北練軍・隔洋思念

一千三百多年前，唐太宗李世民在長安為其母修建佛寺，取名為常寧宮，寓意「常保安寧」；八十多年前，進駐西安的父親把常寧宮改建為蔣委員長的行轅，因日機經常轟炸西安，他興建了很堅固的地道，以維安全。蔣委員長曾經兩度來此，並召開西安軍事會議，中共統治大陸，這裡成為西北高幹療養院，習仲勛等西北重要領導都曾來住過。

常寧宮，也是我來到西安之後，必然造訪之地。這裡如今名為「蔣介石西北行宮」，位於西安市長安區正南五公里處，一九九九年起成為旅遊區，並且把父親之名寫入宣傳中。園內建築高低起伏錯落有致，裡面還有中華民國國旗與中國國民黨黨旗，我跟現場解說員指出入口牆上總說明錯誤的地方，我也站在父親日記寫的「望遠亭」中，蔣委員長曾特地指示在亭中與父親合影，這亭現在改名為「觀景亭」；

蔣委員於一九四三年九月召開西安軍事會議，當時與父親合影於望遠亭。

我走進父親建的地道，洞口寫著「中正秘洞」。這裡處處都是父親的身影啊。

回想一九三九年七月三十一日，蔣委員長手令升父親為第三十四集團軍中將總司令，此時他四十四歲，在西北的任務日益繁重，責任也更為增加，代表中央會合陝、甘、寧、青、新地方政府，集中力量共同抗日，長駐西安。

那時母親才剛去美國。原先已有哥倫比亞大學的入學許可，但她不喜歡紐約，覺得這城市太大、太亂，不是讀書的好地方，於是改去華府，到喬治華盛頓大學政治學院見了院長懷特，當即獲得同意註冊入學。

我在父親曾駐足的涼亭前留影。

母親的思念

在感情方面，則成為母親痛苦的煎熬，因為在留學的五年期間，來自父親的訊息極少。至於她自己，則是不斷地寫信給未婚夫，一方面是思念，另方面是為父親打氣，怕父親若無她的訊息，恐會擔心。她在信中除了寫自己的課業、生活、在美見聞、對祖國的關切，也毫不保留地寄上情意。

一九四〇年一月三十日　母親之信

大哥：

……日子過得真不慢，想到去年成都的見面，現在是一年了，天涯海角，美國有數千架飛機，可是它們都永遠不能把你載到此地來！

這裡下雪，雪堆起來幾尺高，我們就天天穿著橡皮鞋在結了冰的雪上走。記得你在成都回去之後曾有一信寄重慶給我：「告訴你，夜宿某地次晨起來賞雪的情景。」當時是那麼的使我神往，現在這裡的雪景也是那麼美麗……如果你在這裡我一定要你和我一同出去踏雪，你想在那雪花飄揚的時候在雪中慢慢的走，讓那純潔的顏色來撒遍全身，那是多麼的美麗多麼的有詩意呵。

很多美國朋友都很關心我們的戰事，我告訴他們，我們有必勝的把握，兩年以內一定會有很好的消息傳來。他們都很相信我，而且也一樣熱烈的希望我們的勝利。我發現人類的同情心是很普遍的，只是看事情的本身是否值得同情罷了。

好好地打仗吧！如果將來從報紙上傳來你的勝利消息，那我的一切苦思都可以得到報償了。

一九四〇年五月十八日　母親之信

大哥：

……一般富於詩感的文人學者常常以春天來描寫綺麗而又富於美感的文章。我，一個很平庸的人，竟也漸漸地開始領略自然的美了。也許是過去讀小說讀得太多的緣故，我現在竟變成了個多感的人，眼看著窗前的枯枝發了芽，眼看著窗前的小樹開了花，眼看著我自己房內的蘭草長上好些新葉，地上的三尺白雪已經變成一片青草了，而枯樹也已經綠葉成蔭，和平美麗的華盛頓是更加美麗了。然而在這裡的一個東方少女卻仍是寂寞地思念家鄉、孤獨地埋頭在書案上。哥哥！為什麼你不在這裡呢！

你們那裡的荒漠長上青草了嗎？那些北地的寒風是否已經變得暖和些了。我知道敵人的大砲飛機已經燬去了我們一般同胞對於欣賞自然的情趣，但是它們決不能燬去你內心的美感，你是永遠地心地爽朗的，無論怎樣忙碌，只要是一陣和風吹上你的額角，你也會體會到春在人間。記得去年二月你從蓉城回去時，寫了一封信給我，告訴我該地雪景的美麗而嘆息著沒有我與你共賞，現在呢？又是一年多了。哥哥！那年那月我們才能在一起呵！

抗戰時期面對日軍的基本態勢是以重慶為中心，西北的陝甘寧青新五省為左臂、川滇黔大西南為右臂，父親又是在西北的重要中央嫡系力量，所以其責任是十分巨大的。

歷經慘烈的淞滬作戰後，一九三八年夏天，父親僅以第一軍進駐關中，接著他編成九十軍、十六軍、七十六軍，共轄四個軍；經過不斷地整軍經武，幾年下來發展成十二個軍的大部隊，他報請中央核准編成三個集團軍。

到了一九四一年，父親已經擔任三十四集團軍總司令，負擔東守黃河河防、北防中共、西援新疆甘肅，對內團結西北各地抗日的責任，成為穩定西北的重鎮；他也在西安常寧宮設行轅，作為蔣委員長來此巡視之用。此外他還負責對七分校、戰幹團等大量班隊的教育工作，據他的部屬透露，他百分之六十的時間用在教育、百分之四十用在部隊，每日忙得不可開交。

母親沒有接到父親的信，她在一月底寫給未婚夫的信，講了自己的心情，以及如何超越，不使自己成為他的心理負擔。

一九四一年一月三十一日　母親之信

……

家裡有一次給我信，問到你有信給我沒有，我沒有答覆。

記得你說人是鬥爭的動物，我想這是非常對的。這幾年來，我一方面是拚命的加工訓練自己，想把自己訓練成一個與眾不同的人，而一方面就是在和自己的感情鬥爭，特別是來美國以後，如果不是我自己有一種力量克制自己的感情，其實沒有感情就不會愛國，愛國心是從愛兄弟、愛父母、愛情人的愛情心中而來的。一個人如果沒有那種真摯的愛情，就決不能愛國家、愛人類。

無論從生理學上、心理學上研究都是一樣的道理。如果一個人不懂愛情也就不能愛國，更不能愛人類。拿破崙之所以成為蓋世英雄的道理，並不是他的好鬥本領，而是因為他的偉大的愛情的力量。他愛約瑟芬，那是千古公認的，同時他也愛他的部隊，他待他的部隊如家人父子，人人都樂從他……人和機械所以有分別，就是因為人有理性有感情的緣故。

……我在這裡所以能安心讀書，忍耐一切精神上的刺激就是因為你。每次當我想念著你，就記著你臨別時和我說的話，我的一切生氣和希望就是寄托在你那句話上，美國所謂的Promise，無論什麼事如果一個人說我promise你，那他就無論如何都會做到的。我也就深切的相信你promise了我，不要說是兩年三年，就是十年八年你也會保持著那種信心的。哥哥，分別是常事，但像我們這樣的分別而又隔絕音訊是古今中外都沒有的。有時候我在想你想得厲害時，就自己這樣的安慰：「好吧！起碼我們這一對是世界上最真摯的情人。」……

我已決定今年秋天回來，如六月不能畢業，就在暑期學校趕畢業。無論如何心意已決，什麼東西都攔不住我，哪怕國內的戰爭打得怎樣。就是回去做炮灰我也情願，起碼就是死也死在自己的國土上。在美國當然物質上是舒服，可是物質的享受對我並無價值，我並不是生成一個享樂的人，我沒有這個心看別人在國內受苦而自己在這裡享福。我的一切都在中國，中國也是我的一切，一個人不下決心則已，下了決心是沒有什麼可以更改的。就是我對你的愛情也是一樣的，我因為愛你，真的愛了你，我就永遠愛你，無論什麼都不能動搖，無論如何也不能影響我。哥哥，等待著吧，再過八個月我就可以和你見面了。

由於母親聰明勤奮，英文也進步神速，一九四一年六月順利取得美國喬治華盛頓大學政治學學士學位。然而這學位不符雨師戴笠的期待——他以為應該是拿到碩士學位的，她不得不去信解釋，這是因為必須補修多門關於美國歷史等等的課程，她還把實際情況及心情寫給父親，請他協助解釋。她說，她已在威斯康辛大學攻讀政治研究所，可望於次年取得政治碩士學位，當前不宜半途而廢。她說，她的計畫是再讀一年書，於明年夏天回國，回國之後如戰事仍然持續，她就設法赴大後方的大學教書並且做些救濟難民、教育婦孺的工作。

母親論文改鑽研家政

她又寫信告訴父親，她的論文題目已從政治改到家政，她決心讓自己成為一位賢內助、好妻子，所以連研究方向都改了：

一九四一年十月四日　母親之信

……理由是我在政治方面已學到相當多，而家政方面卻很少，所以我就決定做一點家政方面的研究工作。我的主任教授對我的計畫非常贊同，他說在政治系的女生中，很少注意家政的，其實家政是一切的根本，不知理家政也就不能算是一個完全的人才。說也奇怪，在以前我自己就很不喜歡家庭方面的工作，可是近年來性情愈來愈近這方面，對一切家政手工也都發生了興趣。親愛的，也許這是受了你的影響吧。因為自從最近幾年來，我才有把握有確信，將來我會有一個美滿幸福的家庭。……

母親當年應當從未料到，雖然她想念了碩士就回來，但計畫趕不上變化，戰爭發展成世界大戰，使得她難以返國，她後來走上讀博士之路。

而且，她的家政專長後來竟然在臺灣運用在學術上。一九六二年，父親的學術界朋友張其昀在陽明山創辦了中國文化學院，邀請她參與籌建，並設立家政研究所，她除了任教之外，還出版了不止一種的《家政學》教科書，成為後人所讚譽的「華岡家政之母」，培養了臺灣第一代、第二代的家政專才！

這段期間，重慶連續遭到日機大轟炸，轟炸機群從湖北武漢起飛，幾個小時內就在重慶投彈。母親一向把信寄到父親在重慶的聯絡處，再轉到西安交他的手上，她因此關切重慶的安危。然而在美國，可能參戰的不安氛圍也逐漸出現。母親寫信告訴父親說：「……一般人以為美國會參戰太平洋，但我看他們多半還是會加入歐洲戰場的，因為為了美國本身的利害關係，一般人總覺得歐洲對於他們的影響大而關係也較深。當然為了我們自己，我希望美國能加入太平洋方面。」

一九四一年十二月七日，日本偷襲美國珍珠港，使得中國不再孤單抗日，美、英同時對日宣戰，中國則對德義日宣戰，使得戰爭成為名副其實的世界大戰。母親在上一封信很敏銳地感受到世界局勢的變化，及美國參戰會先歐後亞，也就是根深柢固的重歐輕亞，隔了幾天，她又寫信了。

一九四一年十二月十二日　母親之信

大哥：

自從美日戰事開始以來，中美間的交通更是困難，我不知道這信是否能夠到達在你手裡。不過我實在太想念你了，給你寫信可以給我自己以一種精神上的安慰。而如果幸而到達你那裡的話，那自然也可以給你一點消息。相信你也一定在為我愁的，是嗎？親愛的。

據一般人的觀察，這戰事是不能在短期內結束了，那麼明年六月當我念完書後是否能夠馬上回國，那可是一個問題。哥哥，如果屆時我真的不能回來的話，那真不知怎麼辦。這兩年多來，我已經費盡了最大的努力以遏制這痛苦的相思，如果這萬惡的戰爭再要把我阻在這裡的話，那我的日子該如何度過？

哥哥，我的讀書是為了你，我的一切努力和忍苦都是為了你。平時在無論何種不快情緒中，我只要想到不久就可以看見你，不久就可以有你給我以安慰，心就安了下來。……

我有一個好朋友，她的未婚夫是美國海軍軍官，他在菲律賓。在上星期她還在與高采烈地辦嫁妝，預備等他回來後結婚，現在戰爭一起，他的生死未明，而到現在為止毫無消息。不但他們的婚期由此而誤，就是他的生命也很危險。她現在日夜哭泣茶飯不進。我除了勸她之外，自己也不禁流淚。親愛的，我但願上帝有靈保你無恙。

一九四二年八月，蔣委員長出巡西北，並於九月住到常寧宮的西北行轅，親赴王曲七分校主持西安軍事會議。他在會中致辭指出：「上次到西北來，是來決定抗戰計畫，這次到西北來，我的概念與上次不同，感覺到西北不僅可做抗戰的基礎，而且是建立國家最重要的重心，在這個地

西安長寧宮入口簡介有誤，我正告訴解說員。

方，建立抗戰建國之基礎，沒有哪一個能消滅我們，尤其是我們各將領能自力自強，努力奮勉！……」[38]在蔣委員長的心目中，西北已有可作抗戰基礎的軍事實力。蔣委員長並且親書一函給父親，慰勉有加：

宗南吾弟　勛鑒　在陝聚會快慰平生，目見各種進步之速更為欣愉，尚望益加奮勉用副所期。此時惟有我軍能自立自強方足生存於世，如有絲毫依賴或徼幸之心即足陷民族於萬世不復之劫運，尚期勉旃。在陝殷勤禮遇情同家人無任感慰，聊申悃忱順頌　戎祗　中正手啟　九月十五日

正當父親全力為國之際，母親在美國繼續她的學業，她對未婚夫的思念不斷加深。

38《胡宗南先生日記》（臺北：國史館，二〇一五），上冊，頁一〇三。

第六章 戰火下・萬里情牽

一九四四 駝峰・靈寶

我父母親與戴笠將軍之間的關係，幾十年以來為外界所關切，乃至於穿鑿附會、甚且譏諷之言甚多，然而他們彼此之間的關係是十分明確的。父親是戴笠將軍的摯友，母親則是戴笠將軍認可的品學兼優學生；由於父親必須回應我祖父的期待，戴將軍介紹他倆認識了，並且發展出感情，訂下婚約。母親赴美之後，寫了以下可推敲出師生關係的信件。

兩信表達了戴笠與母親的師生情誼

一九四二年八月二十四日　母親函戴笠

雨師鈞鑒

本居暑期學校已於上星期五結束。生於該日下午即動身來京，已於星期六早上抵華府與蕭先生[39]夫婦及叔恆、博高諸位晤面。叔恆因腸胃縮小，經醫囑禁食煎炒，然其身體仍安健活潑如常，請勿懸念。

39 蕭勃，軍統局派在華府的聯絡人，負責軍統與美國梅樂斯將軍合作的各項事宜。

前日蕭先生之子慶耀亦於普渡大學返家省親，故除如桐外，現諸人均團聚一起，甚為熱鬧。聞如桐亦將於九月來此，屆時當更有伴也。生現擬在此住三星期，於九月中旬返校上課。

日昨由蕭先生示知　吾師最近來電知最近以來不僅吾人工作更加艱辛，且政治環境亦多阻難，閱後甚為不安，未知　吾師最近健康如何，乞特別保重。戰況慘重前途多艱，惟超人之體力及智力能擔當之。生以一毫無世故之學生，除在此空著急外不知如何是好，每一念及國內師友之艱苦奮鬥之情形即焦念無以，自最近半年來均在想法回來，結果不能成功。據蕭先生言即政府要員奉公事回國亦不能成行，生曾擬冒險搭船回國，然軍用船隻根本不搭女客。似此下去可謂回國之期渺茫異常，或竟至非戰爭結束不能成行，遙念國內五內如燃。

吾師近來有否見及胡先生？五年苦戰後之艱辛可知。國外遊人所日夜祈禱者惟彼之安全與健康而已。生自受　吾師之教訓以來，已逾十年之久，師即如父，生之前途與幸福均以　吾師是賴。現生既不能回國又不能與所念者見面，惟一安慰乃為蕭先生處所得之　吾師前來訓示而已。　吾師可否於下次來電時略示一二字，關於西北友人近狀，離國三年思念之情當可想見。如非焦念之極時，生決不至以此小兒女之思而煩　吾師萬勞之心。無論對師長對友人，十年如一日、千年如一日，生雖身在國外，而心在國內。有時之疏於書信，實以心情無定，不願於書裡行間多加無謂之中訴。

目下生之讀書計畫一切如前函所稟，下學期打算考德法兩國文字，（此為念博士學位必經之途徑）再加本堂課程繁忙足可想見。惟忙碌可以解憂，特別用功非僅為學業前途計亦乃為自己之心理安慰計。幸生身體健康如常，除眼睛近視程度加深外一切均佳，即體重亦如出國時相同。此誠可以告慰慈念。

……

以後情形當待續稟。專此敬頌

鈞安

生霞翟謹上

這封信，是母親寫給全國情報領導人、軍統局副局長戴笠的信[40]，此信的存在，證實是戴笠將軍轉交給父親收存，進而與其他的信存留至今；也顯見戴將軍與父親不論在抗戰前、抗戰中都往來密切，我在國史館史料裡找到戴笠所簽，關於「霞翟」在美進修的公文，其中包括經費的支應。戴笠將軍督促了母親的深造，他與母親之間的師生關係在信中非常清楚，信裡並可見母親自留學三年來，並不留戀舒適安全的美國生活，亟盼返回戰亂中的中國，而且透露了她正展開博士課程，繼續在學術上深造。另外，她也向雨師打聽「西北友人」，因為她已太久沒有未婚夫的任何消息了。

她於次年給父親的一封信裡，提到了雨師。

一九四三年二月九日　母親之信

大哥：

我前天接到老師的一個長電，以忠孝仁愛信義和平為訓。我不知道他的用意何在，也許他以為我這

---

40 戴先生始終不願以局長名義對外。

一心一意想回國的打算是不忠不孝。哥哥，你也這麼想嗎？我真不知如何是好。的確，我是太自私了，在這種時候還生存在純感情的生活中。可是，我要回國不僅僅是想看你，想和你近些，也是想回來和你以及全國受苦難的同胞共苦難、同奮鬥，也是想為國家做點事。憑良心說，除了想看你之外，我極力想回國的念頭，並不是出於自私的心理，就是三歲小孩也知道，在現在的中國，沒有一個人能過舒服生活的。親愛的，愛情是天性，並不是罪惡，你說是嗎？

……

從報章雜誌以及國內來信中，我知道國內的物質生活已到了非常艱苦的程度。哥哥，你的生活如何？請無論如何保重身體，只有堅強的體格能擔當艱鉅的工作。我的想回來另一原因也就是想關照你的日常生活……

我這麼想，我回國以後就可以給他以安慰對他有幫助。他是對國家最有用的人，如果他能因為我而更強壯更有力，那他對國家的貢獻就更多，這麼一來我也可說是對國家有大貢獻了。……

我知道你是日夜地為著千百萬的民眾而不安，你在隨時隨地為著我們的艱苦無依的老百姓而焦慮徬徨。這是國家最危急的時代，這是你最需要有人能代你做你非常切望地做而不能親自去做的救濟難民、保育孤兒的時候。我，這你所能委托的人、這能代你分愛的人，卻遠在這裡!!親愛的，說來說去，我仍然沒有改變我的「立刻回國」的奢望。

母親在愛中苦讀終獲博士學位

母親在每封給父親的信裡，始終傳遞積極、樂觀、正面的訊息。她毫不保留地表達自己的愛，也強調愛情與婚姻在人生的不可或缺；一九四三年的四月一日，在年年紀念的初識紀念日，她又寫：「這個紀念日對我的意義是太重大了，從這一日起我才實地覺察到人生的有可為、人生的幸福和快樂。親愛的，我但願這個日子能有同樣重大的意義在你的生命史上。人生的旅途是艱困的，可是如果有一個心心相印的伴侶同行，那就一切的艱困都成為快樂的泉源了。」她強調遠在地球另一邊的父親對她的重要性——這六年來她的精神始終是寬廣愉快的，無論在怎樣的情況之下她都能夠微笑，「這種勇氣並不是我自己而是你給我的！」、「一個光明的信念支持住了我，這個信念就是『你是永遠地愛我的，總有一天我會和你見面和你在一起的』。」

中國因美國的參戰成為同盟國一員，並且因為獨自抗日已達四年而贏得世界強權的敬重，將中國及東南亞劃為中國戰區，由蔣委員長領導，並且派遣美軍及史迪威（Joseph Warren Stilwell）將軍來華協助。出任中國戰區參謀長的史迪威是由美國陸軍參謀長馬歇爾（George Catlett Marshall, Jr.）所推薦，但史迪威註定和中國戰區統帥蔣中正不合，因他到任之前對中共已有定見，宣稱中共不是真正的共產黨，是「赤色分子」，也就是「革命分子」，他還說革命是美國的傳統，中國需要革命，因此美國應該支持中共。[41]

41 關中，《中國命運・關鍵十年：美國與國共談判真相（1937～1947）》（臺北：天下遠見出版有限公司，二〇一〇），頁七四。

如前一章所述，除了對日作戰外，父親對中共還組織地方百姓來建立「陝北封鎖線」，阻擋中共南下滲透；另外，一九四三年甘肅有回族聚眾五、六萬人叛亂，父親派軍入甘剿辦，四十天肅清，安定重慶的西北後方；當年十一月，美國羅斯福總統和英國邱吉爾首相邀請蔣委員長赴埃及開羅出席開羅會議，然而因蘇聯領導人史達林對中國另有所圖，不願意共同與會，羅斯福與邱吉爾因此在開羅會議之後，再赴德黑蘭與史達林晤面。

二十三日，蔣委員長出席中、美、英三國領袖會議，在羅斯福總統的主持下，達成「開羅會議宣言」，宣言中確立中華民國的四強之一之地位，並稱此次戰爭的目的，在於制止和懲罰日本的侵略。日本於九一八事變後，竊自中國的領土，包括東北、臺灣、澎湖，應歸還中華民國；朝鮮以適當方式成為自由和獨立的國家。開羅宣言中並第一次要求日本必須「無條件投降」，庫頁島應歸還蘇聯，日本在太平洋的託管地琉球則交給美國。這是中華民國政府艱苦抗戰多年後，在國際上為中華民族爭取到的光榮地位。

母親苦讀不懈，使得她在學術表現上不僅亮眼，甚至還超過同儕。一九四二年五月，母親以論文「Extension Home Demonstration Work in the United States」獲得政治學碩士學位，威大給她政治系獎學金特獎，讓她免學費續攻博士，這是該校首次把博士獎學金頒給中國留學生。她於一九四三年九月六日寫信告訴未婚夫，她的博士學位攻讀順利，預定明年二月可以完成；她所學的農業行政對於中國將來的建設工作也很有用，已和數位國內來的專家討論過相關的問題。她再次提起他對她的啟發：「親愛的，偉大的人格和偉大的懷抱是做大事的基本，你所給我的感化這麼深，這世界上不會再有別的惡勢力能夠影響我的。」

十一月間，她通過了博士資格考試，戴笠以電報通知她可以在獲得博士學位後搭船返國，她的企盼終於見到了終點。一九四四年一月十九日，基於崇敬之心，她寫信表白自己心境已然成長。

一九四四年一月十九日　母親之信

大哥：

一九四四年也許是比較光明的一年。在過去的幾年中，無論是自己個人以及祖國、全世界，都在艱苦中奮鬥掙扎著，個人像國家一樣，奮鬥的日子愈長，經驗愈多，就更是強健。自然以國家的命運，甚至世界人類的命運來和個人的命運比較，那個人的前途和幸福是太渺小了。如果一個人只知為自己著想不知大多數的人著想，那這「個人」也就是太看輕了自己的力量和價值。

在過去，我，像其他成千上萬人一樣，一天到晚只是為著自己的幸福愁，可是時光和世界的轉變，我已不是那麼一個小氣、自私、極端利己的人。當然，我仍然是個情感的動物，仍然是多情的女兒，可是我已經把愛國人和愛人類的天性融合在一起。在過去，我一直在想著你個人，現在我不但在想著你，同時更想著我們偉大的國家，我們生在這樣一個時代、這樣一個國家，實在是太幸福了，如果我們不努力創造，那真是辜負了蒼天造物之功。

當我們未見面時我羨慕著你，當我們見面後我愛你。現在呢，四年的別離、四年的思念，我不但更是愛你而且也更敬你了。努力罷，親愛的，在看遍天下之後，我仍然覺得你是我唯一的愛人，也是唯一值得愛的人。……

春天，她以論文「A Study of the Farm Security Administration as Applicable to China's Problems」通過口試，獲得威斯康辛大學的政治學博士學位，為中國女性留學生獲此殊榮第一人。這論文的全文，後來當我被政府派往芝加哥擔任外交工作時也取得了。

母親這年三十一歲，取得最高學位後卻歸心似箭，因為她一心思念父親，對他的感情可以說是強烈的愛慕以及英雄崇拜，她急切地想返國，於是拿到學位次日就收拾好行李，搬回華府，就近安排返鄉行程，但在戰時，依然難辦。她自美國寄出最後一封信，表達完全的順從與配合，務要使自己成為最體貼、良善的人妻，願意為他生育下一代。

一九四四年三月三十日　母親之信

……

其實自從畢業之後我非常地仔細思考處境，很少和人家談論大事發表意見，我已決定一切都得待和你見了面再說。如果你不願我參加任何社會活動，我決不會去的。我的生活決不能和你的分開。我一定會以你的意志為主的。在華府時朋友們問我回國以後打算做一點什麼對國家有用的事？我說：「提倡勝利菜園，設法使每個主婦都在家養雞種菜。」他們說這不像個學政治的人說的話。我說這是一個真正的學政治的人說的話。民生是一切建國的根本，如果老百姓家能自給自養，那我們的通貨膨脹問題也可解決一半了。將來戰後建設，農業是最重要的工作，這也是發揚「正心、誠意、齊家、治國、平天下」的大道理。哥哥，你贊成我回來種田嗎？我以前也曾和你談過我的理想生活是農村生活，無論戰事打得如何，只要你能為國守土、我能為國生產，而我們能給許多愛國有志的人做個榜樣，那中國是永遠不會不前進的。……

現在看來，母親當年的願望是多麼合乎中國那時的需要，而後來的內戰，使得她未能在大陸貢獻所學，又是多麼的遺憾。

經由駝峰航線返國

四月，母親終於踏上返國之路。在中國之友——戴笠合作伙伴兼好友美國海軍少將梅樂斯（Milton E. Miles）協助下，她搭上開往印度的運輸艦，六月初自印度搭機飛駝峰航線，終於返抵重慶。這條駝峰航線值得一提。

一九四二年，滇緬公路被日軍切斷，陸路運輸中止。為了運送國際援華物資，美國總統羅斯福接受了陳納德將軍的建議，決定在中國與印度之間開闢一條當時難以想像的中印之間國際空運航線。本來，從印度到中國，飛機可以沿喜馬拉雅山南麓飛行；日軍占領緬北後，為躲避日本戰鬥機，盟國飛機只能飛躍世界屋脊喜馬拉雅山。這條航線沿途多是高山峻嶺，從飛機上看，好像駱駝的駝背，又是中國唯一的運送戰略物資生命線，後人因此稱之為「駝峰航線」——西起印度阿薩姆邦，向東橫跨喜馬拉雅山、高黎貢山、薩爾溫江和怒江，直到雲南高原和四川盆地，飛機可在昆明、成都、重慶落地，而以群山裡的西昌小廟機場為唯一中轉站，軍委會當時在小廟機場設立了空軍十一總站的第六站，有陳納德將軍的飛虎隊駐此。我這趟二〇一九年的行程，也會尋訪小廟機場。

所以，母親是飛這條危險性極高、又不舒適的航線歸國——過去不少盟國飛機在駝峰航線上墜毀，而且當時運輸機機艙可是沒有加壓的，她在六月七日寫信給父親：「跋涉了半個多世界，經過了四十六天，現在總算幸運地回到我們自己的首都了。當昨天飛機到了重慶時，對於祖國山河感到非常的親熱，別人國家雖好，那裡抵得我們自己的山河呢！

回來後聽說戰事緊張，聽說你在前方督戰，雖然心裡恨不得立刻飛到你的身邊，可是國家事要緊，我怎麼能來分你的心？昨夜一夜輾轉反側不能入睡，親愛的哥哥，到了家裡仍不能和你見面，我真恨日本人！……由於你的愛情，你給我的精神上的鼓勵，我已咬緊牙關完成了你要我出國的希望，現在該是我報答你的時候了。親愛的，我沒有別的打算，一切都等待著你的消息，願你健康平安、願抗戰勝利！」

父親從一九四二年起擔任第八戰區副司令長官，母親返國之時，正是日本發動大規模的一號作戰、首當其衝的中原會戰吃緊之際。

日本自美國參戰以來，在太平洋戰爭逐漸失利，海上交通隨時有中斷的可能，中美空軍聯手之下，日本空權優勢不再，於是籌畫規模空前、動員二十個師團有五十萬兵力、火砲一千五百門、機動車一萬五千輛的「一號作戰」，戰線長達三千公里，由河南穿越湖北、湖南、廣西、貴州到廣東，主要目的在於打通一條北起朝鮮、南達越南河內的南北走廊，使關東軍、中國派遣軍和南方軍結成一體，以陸上補給線支援南洋作戰；第二個目的則是摧毀中國南方和西南方足以轟炸日本本土的空軍基地，並進而摧毀中國政府繼續抗戰的能力與決心。

日本一號作戰靈寶戰役開打

日軍經過充分準備後，於一九四四年四月十七日開始行動，進犯河南的鄭州、許昌、滎陽，日方華北方面軍發動第一期作戰，目標在於打通平漢鐵路，以殲滅中國第一、八、五戰區國軍為目標；湘桂作戰以消滅第九戰區及來支援的第六、四戰區為目標；另外擁有重要攻臺飛行基地的兩廣，沒多久也引燃戰火。這六個戰區是國軍最重要的武力，如果戰敗，就會直接導致抗戰力量的崩潰。另外對蔣中正而言，還會予不服指揮的參謀長史迪威口實，抨擊國軍在蔣的領導下無法作戰，因此蔣中正下達極為嚴厲的命令要全力求勝、不得輕言撤退，主官違者槍決。

第一戰區的河南湯恩伯部在平漢路中段與日軍決戰，失守河南許昌，部隊損失極大，接著五月二十五日洛陽陷落。豫西之敵已占盧氏、陝州，秦嶺南方的夫婦峪發現敵蹤，父親防線之潼關、西安危急。六月起靈寶戰役如火如荼展開，七日那天有日軍八十餘輛戰車向國軍陣地攻擊，八日全線激戰，父親親自督戰，絕對無暇顧及剛抵重慶的母親。她住在嫂嫂家，茶飯不思地竟然病了，延醫也難治療。

洛陽失陷後，父親身為第八戰區副司令官，到潼關召集軍師長和敢死隊講話，身後還帶了一具棺材，他說：「如果這次不能打敗日寇，這便是我胡某人的棺木！」這段話係當年敢死隊員楊廷華先生後來在臺灣告訴我的。父親率軍主動出擊，在靈寶附近與敵接戰，苦戰將近一月，日軍終於撤退，靈寶失而復得，潼關局勢這才穩定下來。

這場艱苦戰役之後，中央下令槍決九十七師長傅維藩及兩個團長，父親對傅師長特別不捨，但傅維藩是遭史迪威以空照撤軍圖質疑，蔣中正因此仍批示槍決；另外也獎勵了掩護戰防砲的一〇六師長李振清、收復靈寶城的三十九師長司元愷及擊退夫婦峪之敵的預三師長陳鞠旅。當日本在一號作戰進展順利、威脅到重慶時，日本誘我議和，國民政府內部不少高級人員也主張接受，但蔣委員長卻堅決反對議和，並說：「你們如果要與敵人談和，我一人單獨到西北去和胡宗南抗戰到底！」[42]這一方面可見領袖不屈的人格，另方面也可見得他對我父親倚畀之殷。

依父親日記記載，靈寶戰事暫告一段落，他才於六月二十六日讀到母親最後自美和自渝的兩封來信，「某君自美來長信。某君自渝來信，讀之歉然！」

靈寶戰役後，由於洛陽落入敵手，戰事已至豫西，中央因一戰區的地區大部都已淪陷，於是於七月三日變更戰區，第八戰區及父親的第八戰區副長官部取消，將關中併入第一戰區，陳誠任長官，父親與郭寄嶠為副。父親奉召於四日受委座召見飛渝，事後從日記看來，這次到重慶十天，除公事外，他在姻緣與感情上有多重際遇。

五日，父親在重慶謁見蔣中正，蔣委員長其實對靈寶戰役極為重視，在日記中曾表示這是「抗戰成敗最大關鍵」，所以談話甚為嚴厲，指責靈寶作戰將我軍弱點暴露無遺，「幸好日軍未進，如果日軍西進，潼關必丟，關中失守，重慶動搖，中國有滅亡之虞矣！」

當日父親在日記記載，「委座言時，聲色忽厲忽和，忽頓忽激昂。最重要之語為，你看現在大家誰還看重你，假使上半年為剿赤匪，你一定失敗，那時影響之大，不知何如也！」一番話講得父親「靜聆

42 日軍一號作戰的戰史及論述，可參考阮大仁、傅應川、張鑄勳、周珞合著，《一號作戰暨戰後東亞局勢的影響》（臺北：臺灣學生書局，二〇一九）。

之際，汗透浹背，然氣度從容，並無粗陋卑鄙之態」。他回答：「這次靈寶作戰檢討錯誤，僅僅預備隊使用不當，如能加上兩個團，則必獲大勝利。至九十七師擅自退卻，實出意料之外……」雖然看似嚴厲，蔣中正卻不認為他在斥責父親，在自己的日記上寫：「與宗南談話甚歡。我師長以上之指揮官，修養學問能力之欠缺也。」[43]

在談話中，蔣中正除指示他專任第一戰區長官陳誠的副長官之外，又詢問父親對中原戰役的感想，以及部隊安排調動等問題。

父親建議，此次湯恩伯部隊失敗是日軍裝備遠比我軍優越，而湯部石覺、陳大慶等均係優秀將領，請蔣委員長代湯恩伯受過。委座當即同意，所以也未處分湯恩伯。

午餐時，蔣中正告訴父親，蔣夫人近日將赴南美養病，「你可前去看看。」日後可以見得，蔣中正雖然看是呵責，其實對父親是慰勉肯定的，這是身為長官的一種統御領導方式。

次日上午，父親先同老長官軍政部長何應欽談了一小時，下午去山洞主席官邸拜訪蔣夫人，卻沒想到在會客室先見到孔二小姐——孔祥熙的次女孔令偉，交談之下，父親還覺得「酬答之間頗有感情」；沒多久蔣夫人召見，用了點心後，孔祥熙夫人也來了。原來蔣中正夫婦知道父親未婚，想安排與孔二小姐結緣，但父親顯然怠慢，成為親家的可能性就小了。他私下對程開椿主任說：「我可不要成為蔣家的親戚！」

其實，父親想必另外還有一個原因——訂約七年、感情堅貞的未婚妻，如今已然抵渝。

---

43 《蔣中正日記》未刊本，一九四四年七月五日。

父母終於重逢

父親對於自己已有婚約一直祕而不宣，因此才不斷有人作媒，甚至成為報章話題，這趟來重慶見了委座，他終於有機會探視甫返回中國的母親了。等到公事結束，父親跟母親祕密聯繫上，然後渡江到南岸，他已安排部屬接待，沒多久就在一處宅第見了面。父親顯然對母親的堅貞深情所感動，他們隔洋分離五年多，此刻相擁入懷以解相思。

這次相聚十分短暫，戰事未歇，父親必須即刻返回西安，母親隨即寫信給心上人。

一九四四年七月十五日　母親之信

我親愛的臥龍哥哥：

……這次的會晤是我倆認識以來最值得紀念也最有生趣的一頁，雖然環境複雜時間短促，但我倆已有了更真切深遠的了解。在沒有見面以前，我只怕時間和空間的距離、戰事與人事的煩撓會把你那溫馨和暖的性格改變了，見面之後不但知道良人仍是善良並且真摯熱情，較當年話別時尤為過之。……現在回思過去，但願此情此景能永久長存。親愛的，如果老天有靈，我們就應該長相依。

現在我只希望我們抗戰的勝利、你的成功，而在成功勝利之中我們能攜手向前進。當我想到自己的幸福時，我就想到我們千萬不幸的年青男女們，以己度人，我知道愛情的意義也明瞭人生的意義。如果所有的人都不幸只是我們幸福，我們也不會快樂的，所謂願天下有情人都成眷屬也就是這個意思。……

你以為如何？願你
平安快樂

你的宋真　七月十五日

那時他們也談到實際的問題。父親明白地說，現在前線戰事依然緊急，在抗戰獲得最後勝利之前，還會有一段艱辛的日子；何時結婚，他給的答案應是待抗戰勝利之後。至於母親該如何貢獻一己之力給國家，父親直接問了——打算去哪個學校？她回答，決定到成都，在遷到那裡的母校光華大學教書。

這次見面，對母親而言永遠嫌短；她覺得很重要，因為這證明兩人的感情並未被時間和空間隔絕所影響，「相反的，別離愈久，戀慕之心愈切，相知愈深。」

她以李白的詩回應：「日來讀十八家詩抄，深感古今人事之變遷。李白謂『今人不見古時月，今月曾經照古人』，山河日月偉大，變易遲緩；人生短促，歲月不為吾留。哥哥為一代英雄也，對此意以為如何？」（一九四四年七月二十一日函）

她以詩表達，希望能把握尚屬青春的歲月，儘快成家。

人生短促，歲月不為吾留

八月上旬，母親終於見到返家的戴笠，談了三十分鐘，內容主要是她的未來工作；他並詢問她和父親之間的感情，不過她沒講，事後她去信給未婚夫。

一九四四年八月十日　母親之信

大哥：

……

老師回來的第二天就問到我的工作問題，經過了三十分鐘的閒談，結果是暫時到這裡來做事，下半年准我去教書。我們談到你，他很想知道你對我的情形。我沒有說什麼，因為我很希望你自己以事實來對關心我們的朋友表現。

本來念你的心是從來沒有減少一點過的，這一向來想念更殷，真是「大想特想」。親愛的，人生幾何？為什麼我們要這樣辜負美好時光。在沒有回國以前那是沒有辦法，現在既然已經回來了，就不應該再這樣下去。哥哥，我真的已經厭倦了這種枯燥單調的生活了。從十三歲到現在一直在住學校的宿舍、過著家庭以外的生活，現在呢？我所切望的是一個安靜甜蜜的家庭，自己的家庭。親愛的哥哥，請不要再讓我失望吧。……

戴笠其實與父親聯繫密切，不僅母親歸國之後在重慶就暫住在戴家，戴笠也時時和父親聯繫，特別把史迪威的動態和想法都講給他聽。他告訴父親，美國人「發覺」中國各戰場陸軍皆不能作戰，而對共黨頗重視[44]——這其實從史迪威發表為中國戰區參謀長、尚未來華就任前，就有的心態；而蔣中正因史

44《胡宗南先生日記》一九四四年九月二十三日。

迪威要求中國戰區全軍指揮權而致衝突表面化，這也是戴笠透露給他的。蔣中正隨後沒多久就正式向羅斯福總統提出撤換史迪威的要求。

父親返回駐地後，暫不帶部隊，改任第一戰區專任副長官，他大部分的時間與心神仍然關注在部隊與軍事上，與他接觸的常是直屬長官陳誠，以及另一副長官湯恩伯等高層將領。然而專任副長官，終究和過去實際帶兵不同，不僅他原屬第八戰區的僚屬氣餒，紛紛請調工作，他自己也「心緒不寧想辭副長官職」。

日本一號作戰對北邊的河南戰場攻勢已然停歇，但湘桂及兩廣戰場仍激烈交鋒。父親應是答應了剛到成都光華大學任教的母親，會在十月間去探視她，愛情逐漸在他的心中、人生發光發熱，因此他於八月下旬以養病為由請假，但蔣委員長九月初回電不准：「未有機電悉，當此整軍雪恥之時，正應積極負責，力圖自強，報效黨國，豈可有此消極養病之表示乎？所請不准。」[45]他隔了一天，再度請辭並請假，卻無下文。

九月中旬，他才讀到母親八月二十五日來函，他特別把她寄情的李白詩抄於日記裡，他也兩度去電給她，互訴衷曲。他在九月十九日的日記寫：「夜與重慶葉君通話，情意綿綿」；二十三日日記則是：「夜與重慶某君通話，不甚清楚，甚可惜也。」

不過，母親的感受可不是這樣，她正收拾行李準備赴成都任教之前接到那通不太清楚的電話，興奮極了。

45 《胡宗南先生日記》一九四四年九月二日。

一九四四年九月二十三日　母親之信

哥哥：

掛上電話之後，那情緒就好像剛剛送你出了門似的，依依不捨的情意悵然若失的感覺，坐下來細細回味我們這短短幾分鐘的通話，心裡又是溫馨又是甜蜜又是緊張又是激動，親愛的，我真願意我們能一直談下去。雖然我們並沒有重大的要事談，可是多聽一秒鐘你的聲音都是好的，對於我倆彼此之間只要彼此的聲音能傳達到彼此的心裡，那意義就很重大了。……

母親於九月底從重慶坐卡車經成渝公路赴成都，車行兩天兩夜，十分艱辛；第三天終於抵達成都，再直接坐黃包車到草堂寺母校，受到過去師長熱烈歡迎。在那裡，除了授課繁重，每星期十五小時之外，吃住都有問題，讓她苦不堪言。父親答應十月見面的期待落空之後，她寫了一封內容嚴重的長信給他（見下章），這封信由程開椿帶到西安，親自交到他的手上。

第七章

對日最後作戰．感情的通牒

一九四五 成都．西峽口

一九四四年十一月十二日　母親之信

南兄：

這一次我才真正的體驗到所謂望穿秋水的滋味。因為我的期待你來的心是這麼殷切，所以雖明知道你不會那麼早來，我仍然還是從二十號左右就開始等待了。日子一天天的過下去，月底終於到了，於是廿八、廿九、卅、卅一，你總是沒有來，消息也沒有。在卅一的夜裡我終夜未眠，因為這是你第一次的失信，你的不來並不大要緊，但你使我對你的信心發生了動搖，那確是一件非常嚴重的事。

……終於程先生在十一月六號來了。我的高興你是可以想像得到的。我立刻就自己對自己說：「他沒有騙我，他仍然是這世界上最可信託的人。」

親愛的，雖然你並沒有來，但我的心裡真是如釋重負，一切的愁雲立刻就散去了。我的心裡又恢復了以前一樣的光明純潔狀態。

這戰事也許得再打上兩年三年，可是我們的事怎樣呢？我們是否有等待戰事結束的必要呢？我們已經是一誤再誤了，難道我們還應該再等下去嗎？……事實上，我因為愛你的緣故，所希望你的是趁早成家而得到一個溫柔慈祥能幹有為的夫人，如果你覺得我不合條件，而能另外找到一個相當的人，我也願意犧牲我自己的，我是為你的幸福與前途而這樣勸你，並不是為了我自己打算，你如不能以我為妻子，至少就應當以我為一個益友。我相信在這世界上再沒有比我更愛你更希望你成功的人了。

……為了國家民族，我也但願你能以健全飽滿的精神與體力，來擔負起偉大的復興中華責任。在七月時我曾很簡單的、很坦白地向你表示過，這次我再由衷地向你說出這一番話，權衡輕重一切，最後的決定都在於你。無論你覺得可行與否，以後我決不至再向你提這事了。我是個有骨氣、有決心，也有道義的人，聰明如你，想必決不至以普通婦孺女子之言而視之。臨筆神馳不勝感念之至。就此祝你

健康快樂

霞　民國卅三年十一月十二日

母親愛到極致願意犧牲

父親經由程開椿收到母親有如對婚姻之「哀的美敦書」長信，並未等閒視之，他甚至有所警覺——自己過去全神貫注於公事而未免太忽視了她。他有感於母親對他毫不保留、無私又全然的愛以及期盼見面，久久沒有提筆給她寫信，這回寫了，他甚至還展現近日自修英文的成果，寫了一段英文的親暱話——因為母親也會給他寫英文信。

一九四四年十一月十六日　父親之信

霞君：

某君來此，奉讀兩函，連前四函皆收到，謝謝。弟在十月前未能來蓉，已托某君來前申明。此不能責為失信，亦不能疑及其他也。

附詩兩首以代所懷：

八年歲月艱難甚，錦繡韶華寂寞思，
猶見天涯奇女子，相逢依舊未婚時。

縱無健翮飛雲漢，常有柔情越太華，
我亦思君情不勝，為君居處尚無家。

重慶十一月十六日於華山

Will you please wait? I shall visit you before the end of the year.

Don’t be over anxious. Don’t be sad. Don’t be sleepless at night. You are the loveliest creature in the world, you ought to do the most lovable thing. Above all, you ought to marry the bravest and noblest man in the world.

他用英文表達出難以經中文說出口的體貼以及幽默之辭，包括稱她是「世界上最可愛的生物」、「會和世界上最勇敢、最高貴的男人結婚」。他再於二十日發了一通明碼電報：「某日兩函均悉，戰事緊急，一時未克抽身，萬希原諒，一待勝利，即當前來奉候。」兩天後又托人送來一束鮮花和一對鋼筆，筆盒裡有張便條寫著：「千言萬語都讓它代我訴說。敬祝愉快。」如此的慎重，她當然感動，心情也就穩定下來。

十一月二十五日，父親飛赴重慶，探視了戴笠，又處理公務，最重要的是蔣中正召見。雖然日軍一號作戰攻勢仍在兩廣激戰，但已近尾聲；雖然蔣委員長曾經數落父親在靈寶戰役時的領軍，但這位最高領導人其實是肯定父親的表現，準備賦予更重要的職務。

二十七日中午，蔣中正在官邸召見父親，並一起用餐，次子緯國在座陪伴。他報告日軍當前的情況、高層人事的安排，以及平漢鐵路目前已經通車等等。餐畢蔣中正要緯國先離開，他單獨跟這位十分器重的部屬談話——第一戰區長官陳誠要調軍政部長，詢問他能否代理第一戰區長官。然而父親面對蔣中正拔擢卻堅決推辭，指自己不能負此重任，委座要派任何人，他都會極端服從。

這麼一來，第一戰區長官人事就懸而未決了。蔣中正並沒放棄，問父親可以留在重慶多久？

父親回答，他準備赴成都治療牙病。他的牙齒急需治療；此外沒說出口的動機則是，他對母親的相見承諾，請假既然不准，那就趁著看牙醫來個順便吧。

「何必到成都？這裡就可以治療啊。」

「成都的牙醫是夫人介紹的，比較完備。」

「需要多少時間？」

「需兩禮拜。」

「那末你趕快去。」

「委座如同意，明天就走。」

「我為你交涉飛機。」

蔣委員長同他一起走出官邸，還問他「經費預備否」？這應是問他有沒有準備看病的錢，他回答沒有，遂辭出。[46]

二十八日上午，戴笠親送父親到機場，蔣緯國、皮宗敢和蔣的侍從室主任林蔚文也都來了。飛機起飛，一個多小時在成都落地，空軍王叔銘將軍已在機場等候，並接他回家午餐，他被安排住進成都金河街的一間寓所，次日在程開椿的陪同下赴華西醫院就診，拔了兩顆牙，密集治療下，牙疾終於好轉。

時序邁入十二月嚴寒之際，他終於趁著夜晚，赴草堂寺光華大學宿舍探視伊人，給母親好大一個驚喜。在戰亂之下，在父親負有重任之際，愛情滋潤了他的軍職生涯，好日子總是過得飛快，父親必須回到現實。他於十二月十一日辭別母親，十二日飛離成都回到重慶，準備謁見委座；捨不得他離去的母親則以寫信當日記，記下自己的心境。不論他或她，這幾天的相聚，都有如生命獲得激勵，讓未來的日子充滿了希望。

一九四四年十二月十三日　母親之信

南哥：

昨天下午有一班學生考試，平素我在監考時，總是帶一本書去看的，這次因為我想多找一點時間來作幻想，所以就沒有帶書去。當一百四十個大三、四年級的學生正在皺眉苦思絞腦來回答我的問題時，

46 《胡宗南先生日記》（臺北：國史館，二〇一五）一九四四年十一月二十七日。

我自己卻聚精會神地想著我那數百里路外的愛人。

我在教室裡來回的輕輕地徘徊著，眼睛常常看著那班鴉雀無聲的學生，樣子看起來很莊嚴也很盡責（事實上也的確達到了監考的目的），可是我的內心卻完全給一個少女的青春愛思所支配了。我想著你，想著我們在一起時的種種情形，想著將來，不久的將來的一切快樂美滿的日子。親愛的，像這般的境像，是多麼好笑而又多麼有詩意呵！你會笑我是一個頑皮的孩子嗎？

我們的教授會開了會，我被選為候補常務委員，常委是蕭公權、薛迪臣諸先生，教育界的老輩，我是一個年輕無經驗、初出茅廬的新教授，居然得到那麼多的票數，而能列席學校的最高教育機構，實在是一件可喜的事（副教務長也不過是一個候補常委，票數比我少），這不是政治的組織也不是行政機構，這的確是一個很高尚的團體。他們選我自然是有提拔後進的意思，只是我本人很覺得慚愧，自覺學術修養都仍然很不夠，這以後我一定要更加努力。……

霞 十三日午后二時

十三日這天，父親於中午一點半在官邸謁見蔣委員長，並與蔣的外甥竺培風[47]一起午餐。餐畢，竺培風先退，蔣中正與父親單獨交談，仍然指示父親代理第一戰區長官。

父親晉升第一戰區代理長官

47 竺培風為空軍飛行員，很得蔣中正的喜愛。對日抗戰勝利後，於一九四五年年底因飛機失事而不幸去世。

父親還是推辭：「如此適足增加委座麻煩，以另行派人為妥。」

蔣中正這回直接鼓勵他：「這倒沒有什麼，藉此可以造就資望，並可培植新起人物。我對陳長官已經交代人事、軍務，一切由他負責，造成一個中心，將來政治、黨務，皆各有中心、各負責任，有為分子團結在一起，則將來政權不致被異黨篡竊。你的毛病，似乎放手不開，格局嫌小，器度不夠，以負獨當一面責任之人，格局、態度、度量，必要相配，聽說你的軍師長安分守己的有餘，開創有為的不足，並非安分守己不是，而是在此局面，必須有敢作敢為之人，才能打開局面，而況你將來所負責任，恐不僅如今日之二、三倍，如無此種幹部培養，將來如何能打開局面？……」[48]

蔣中正講了這番話，父親就不再反對，接掌第一戰區就此定案。

次日父親與已經就任軍政部長的陳誠見面，陳誠勉勵他要負起第一戰區責任，並鼓勵他：「你的周密、廉潔、犧牲、負責、肯負責、能負責等等優越條件，誠自愧不如，然以朋友之誼，為賢者一得之愚告者，則此後作事必須提綱挈領，層層負責，使下面有事可做，則不至因小失大，其餘實找不出錯處。」[49]

此刻，日軍正攻打貴州獨山，貴陽震動；父親所率的嫡系部隊會在下個月奉命南運參戰。衡陽保衛戰率第十軍守城長達四十七天的軍長方先覺，雖然力盡援絕城破被俘，卻戰果輝煌，當他脫險回重慶之後，於十二月十五日受到蔣中正表揚，獲頒青天白日勳章，父親也在座。然而方先覺日後發展受到限

48 《胡宗南先生日記》一九四四年十二月十三日。

49 同前註，一九四四年十二月十三日。

制，當父親於民國四十八年（一九五九年）在澎湖防衛司令官任期結束準備卸任時，因為極為欣賞方先覺，乃推薦當時擔任防衛副司令的方接任，政府那時卻未同意，因方先覺「曾經被俘過，僅能為副」。[50]

母親則憧憬美好的家園。第二次世界大戰的戰局逐漸明朗，戰爭結束指日可待，她在內心裡嚮往未來可以和丈夫共築的家庭。

一九四五年一月二十四日　母親之信

阿哥：

今天起來太陽是異樣的明亮和暖，好像春天已經在這裡了。我心裡感到非常的快樂和歡欣。去吃早飯時沿著清澈的小河慢慢地走細細地想，心想如果你在這裡就好了，這樣美麗的晨光一個人賞有點可惜。於是我又想著我們將來的家。

哥哥，我覺得我們房子小一點倒不要緊，但總得要有一個園子、一點可以散步的地盤，你以為如何？特別是為了小孩子空地是一定要有的。至於房子的本身，我想我們需要一間大臥房、兩間小臥房、

50 曾在西安擔任父親部屬的參謀總長彭孟緝，私下向父親坦告。見《胡宗南先生日記》，一九五九年九月二十九日記載。但方先覺的確是一位抗日英雄，日軍將領亦親自為文表示欽佩，他雖力盡被俘卻沒有投降，見阮大仁等人前著，頁四二九～四八二。

一間圖書室、一間會客室，如果能再有一間小起坐間更好。我們不必有許多佣人，只要有人洗衣燒飯就夠了。我打算把我的空餘時間用在寫作和做手工上面，至少有幾個月的時間我是不會太忙的，對嗎？哥哥。

前幾天我就在想著去買些夏布來繡桌布之類的東西，我的許多美國朋友都喜歡自己繡一些餐巾之類的東西，很有意思。我們的東西可以繡一個英文字母H，這是代表我們兩人的。我們的家庭應當要有我們本國固有的和穆，親愛的，空氣也應當有西洋人那種清潔明朗的調度。我們要把雍容富貴和整齊簡潔八個字，都用在我們的家庭布置上面。

戰事勝利之後，我們一定要有一架鋼琴，將來我們的女兒在四歲時就該學琴了。我們中國孩子的一般家庭教育都太落後了，有許多簡直談不到家庭教育，很少人懂得兒童心理學，我們可得特別注意兒童的養育和管教，其實這倒是基本的建國工作呢。哥哥，我這麼早就想到了這麼許多，你不會笑我吧？等你來時很希望你也告知我，你對於家庭的主張。

……

你的霞　一月廿六日

戰爭期間，軍人能否結婚成家呢？其實是可以的，蔣緯國就是一例，而且他是在父親的部隊裡。

蔣委員長把在德國、美國受軍事教育歸國的次子蔣緯國，派到三十四集團軍，由父親指導，顯見對父親的器重。蔣緯國後來升任少校營長時，在西安認識了西北紡織企業家石鳳翔的女兒石靜宜，一九四五年一月一日，蔣緯國向父親報告，他準備與石小姐訂婚，「家裡也同意了」。二月六日，兩人在王曲七分校的禮堂舉行婚禮，由父親主持婚禮，蔣經國也自重慶飛來代表男方家長，新房則設於父親自己的住處東倉門一號，非現在大陸西安當局展示、開放參觀的常寧宮裡。

元月，父親正式接第一戰區司令長官，設於漢中的長官部遷到西安，副長官為曾萬鍾、總參議龔浩、參謀長范漢傑，第一戰區指揮的部隊，計六個集團軍、十八個軍、四十三師，及七個特種兵團。[51]

西峽口戰役——八年抗戰最後一戰

一九四五年，軸心國敗象已現，日本東京遭到自成都起飛的B-29機群大轟炸，聯軍也攻入德境，義大利完全擋不住聯軍的反擊，獨裁者墨索里尼沒多久就遭義國反抗者處決。但身陷中國戰區泥淖的日軍，於岡村寧次接任中國派遣軍總司令官之後，決定做最後一擊，其中包括進犯父親所轄戰區。

三月下旬，平漢鐵路日軍約五師團、七萬餘人，分向南陽、老河口、襄、樊、西峽口進犯，使得五戰區長官部移往均縣，老河口的美軍也撤退。父親得報，命三十一集團軍吳紹周的八十五師推進到西峽口，支援第五戰區的作戰，他嚴令固守陣地，各師奮勇血戰，繼續擊潰敵軍，四月二十七日反攻，在西峽口背外成對峙之局。戰火炙烈之際，父親對歐戰的消息很快——他於四月二十九日日記寫下「德國無條件投降」——德國柏林四月三十日，德國獨裁者阿道夫．希特勒（Adolf Hitler）於戰火逼近藏身處時自殺，投降消息馬上傳到父親那裡。德國於五月七日正式簽下無條件投降書，歐戰結束。

五月八日國軍克復豆腐店及兩高地，連戰八晝夜，敵遺屍一千三百餘具及大量槍砲；五月十日西峽

51《一代名將胡宗南》，頁二八一～二八六。

口第三次大捷，九十軍孔令晟代營長反斜面戰術成功，不僅殲滅許多日軍，還迫使日軍在樹林中集體自殺。直到八月六日，西峽口雖仍在對峙中，已無激烈戰鬥。

父親偕三十一集團軍總司令王仲廉等共赴丁河店西側山頭的觀測所，遠眺敵陣，不禁領導在場幹部高呼：「我們終於打了一場大勝仗！」西峽口作戰，成為八年抗戰以來，最後一場大戰。中國八年抗戰始於北平的宛平盧溝橋，終於河南的宛西蘆溝村馬鞍橋，又稱之為「槍起盧溝橋、日落西峽口」——西峽口戰場是中國軍民粉碎日軍最後進攻的鐵壁銅牆，此役遏制日軍西進的戰略企圖，保障了川陝大後方的安全穩定，昭示八年抗戰的最終勝利。

由於我方大量運用河南當地民團，共同阻擊日軍，也成為軍民合作戰勝強敵的一項重要戰例。二〇一五年，位於臺灣桃園的國防大學曾特別請我演講，分析這場戰役以突顯軍民合作之重要。

在西峽口戰役期間，母親無從得知父親正指揮部隊對抗日本最後一波大規模攻擊，以她的心思，她認為父親能接到她的信，是作戰緊張生活之際的安慰，也是她自己抒發心靈期盼的解藥，所以她持續寫信，寫了她的愛、她的婚姻家庭思量；父親先前一年許諾她在五月底之前必當步上禮堂，四月底她認真地數算日子，發出近乎戲謔的「等候結婚最後通牒」信。

一九四五年四月三十日　母親之信

哥哥：

這將是我們結婚以前我所寫給你的最後一封信。今天是四月三十日，明天就是五月的開始也就是我們所渴望著來臨的一個月，在這一個月中我將天天地、隨時隨刻地等待著你的來到。

親愛的，你曾經計算過嗎？到今天為止我已經等待了你八年零一個月，我已經等待了你整整的九十七個月，我已經等待了你二千九百五十天。在杭州，在上海，在南京，在漢口，在重慶，在成都，我都在等候著你。在國內我等待著看見你，我等待著你的撫慰；在國外我等待著你的信、你的電報。在和平時我等待著你的健康的微笑，在戰時我等待著你平安的消息。親愛的哥哥，我已經從一個幼稚的少女等待著你等待到成為一個成年的人，我已經從一個無知的小姑娘等待到成為一個尊嚴的教師了。

這麼多年來，我的一顆柔軟的溫軟的心曾經受過了多少的憂患、多少的冷淡！親愛的，你不知道這些歲月是如何的度過的⁉現在，在這快樂的日子就要來到的時候，當我細細地憶念起過去這一段悠長的歷史，怎能不使我悲喜交集迴腸萬轉呢！

親愛的，我從小就有著一種靈感，一種對於偉大和美的追求的理想，我希望著遇到一位偉大的丈夫，我希望著一個真善美的家庭，當我碰到你時，你的行動舉止語言笑貌對我發生了非常深刻的影響，我整個心靈都在告訴著我，這就是我所追求的理想的開端，於是我開始等待，等待著你的靈感的共鳴。

……

我沒有怎麼預備，因為我不知道你打算行那種儀式。總之，我有一雙新鞋子和一件新衣服，如果你以為在這樣一個重大的日子我們應該打扮一下的話，那只要你預先請一個人來通知我一聲，我可以照你的意思辦的。……

你的霞　民國卅四年四月三十日

對於母親的「通牒」，父親並未等開視之。他在百忙之中，去電給母親：

一九四五年五月十九日　父親之電文[52]

四月三十日函悉，戰事緊急，一時未克抽身，萬希原諒，一待勝利，即當前來奉候，並盼函復。

父親收信之後馬上的回應，讓她終於了解前線軍情緊急，母親看到電文，反倒過意不去了，她也就諒解為何接不到一點訊息了，趕緊寫信要父親不要擔心她。

一九四五年五月二十三日　母親之信

南哥：

以個人幸福和國家前途比，前者是太渺小、太細微了。當然我們應該以國事為重。請安心作戰，勿以我為念。願上蒼保佑你平安、保佑勝利早日到來！

霞　五月二十三日於成都

52 《胡宗南先生日記》一九四五年五月十九日。

母親是感性、理性與幽默兼具的女性。從信的內容以及以後繼續寫給父親的信來看，她很擔心歲月不饒人，自己適合生育的年齡逐漸消逝。她期待正式和父親結為夫婦，因此才不斷地催促尚把精神、心力放在戰場的父親，趕快走進禮堂。七月間，她又寫了數信，以其中一信的部分內容為例，足以述說她為何催促儘速結婚的思量：「……在電話裡你不願談我們的大事，其實這事我們早就決定也不用談了。可不是嗎？去年我們就決定了的，現在我只希望你快些來，愈快愈好。不過有一點我得先警告你的，就是不要希望來看你所想像中的美人，你的所謂『絕世佳人』經過了這幾個月的煩惱焦慮，已經變為白髮蕭鬢臉黃肌瘦的老太婆了。如果世界上有所謂黃臉婆的話，那就該是將來你家裡的那一位了，相信不相信!?」

八月六日這天，準備本土作戰、不惜玉碎的日本，首遭第一枚原子彈攻擊廣島；九日，第二枚原子彈炸長崎。十日，日本天皇宣布無條件投降。蔣委員長電令陸軍總司令何應欽，指示對各戰區日軍投降應行注意事項；然而抗戰勝利了，幸福的日子卻未如預期地到來。

第八章

勝利到來苦難未盡・金陵心懷

一九四六　鄭州・南京

八年的艱苦抗戰終於獲得最後勝利。消息傳來是一九四五年八月十日晚上，父親在日記上簡單地記載：「日寇廣播接受波茨坦公告，無條件抗降，惟保留天皇。」母親則在成都，正在燈下與嫂嫂下跳棋，忽然聽得門外人聲鼎沸、處處鞭炮聲大作，嫂嫂出門打聽，回來說：「二妹，日本投降了，我們勝利了！」接著和鄰居一起吃喝慶祝，她從不飲酒，卻在此刻喝醉。

第三天，她和嫂嫂搭機飛赴重慶，與家人團聚。而她內心裡更重要的事，則是同未婚夫聯絡。她拍發了電報。

一九四五年八月十三日　母親電文

抗戰勝利盼能提早團聚
吾兄計畫如何即電復

抗戰勝利是黃埔建軍以來最大的成就，是中華民國對中華民族最大的貢獻。然而日本宣布投降，卻並非讓中國從此邁向和平。反而有如信號彈發射起跑一般，編為第十八集團軍的延安共軍總司令朱德立即連發七道命令，指示「解放區」共軍全面向日軍發出通牒限期繳出武裝；偽軍限於日本投降簽字前，接受共軍編造；並配合剛向日本宣戰而入侵中國的蘇軍作戰，準備接受東三省日偽軍的投降等。中共已藉著抗戰之機在華北、華中、東南、陝甘寧等地擴張勢力，成立各地的軍區和邊區政府，日本一投降就搶先接收的態勢，使得父親的第一戰區立即戒備，他無暇慶祝，下令隴海鐵路沿線部隊立即向河南洛陽、鄭州等城星夜推進。母親陶醉在抗戰勝利沒幾天，就驚覺態勢另有發展。

一九四五年八月二十一日　母親之信

南兄：

敵人無條件投降滿以為從此可以鬆一口氣了，那知那些共產黨居然又乘機搗亂起來，真是可恨。

我最近給你的幾封信不知看了沒有，如看了的話也請不要為我急，有時候我是悶得不得了，所以難免說一點氣話，其實只要你的心是誠懇的，那無論如何我都不會怪你的。事實上也許你的想見我，也正和我的想你一樣的呢。親愛的，我決不會因為你的因公廢私而生氣的，相反地，我的心底裡對你將更加親愛。實在，你已經夠苦了，如果我不體諒你還有誰能體諒你呵。

哥哥，我是會永遠愛你的，當我責備你時我的心感到比受人責備更難過。這一次我一看見報上的各種消息，我就失悔自己不應該再寫一些也許會使你不快的信，畢竟是國家事大個人事小，我為什麼這樣不明理呢？親愛的，我想在沒有接到你的指示之前，我就在這裡等你，請不要急，但一旦能抽身時，也

希望你不要使我久等。記著，我是無時無刻不想念你的，望千萬保重身體。祝你

快樂

你的霞　八月廿一日

父親軍旅生涯最光榮一刻——鄭州受降

九月二日，日本於停泊在東京灣密蘇里號戰艦的甲板上，正式簽字無條件投降，代表我國的軍令部部長、陸軍上將徐永昌是各盟國中，第二個在降書簽字的戰勝國代表。父親於三日以第一戰區司令長官身分，主持西安各界慶祝抗戰勝利大會，並發表演說。他讚揚這是蔣委員長的正確領導、卓越指揮，軍民堅苦支撐，以及八年來得到美國等友邦協助、合作，終讓中華民國得到偉大的勝利，「今天我們洗淨了中國歷史上一切恥辱，今天我們洗淨了中國地理上一切的汙點，今天我們洗淨了中國民眾心理上一切的不平而創造出一個新時代、新光明、新歲月、新生命。」

母親於六日抵達重慶，在那裡她見到八年沒見的大哥一家，她寫信告訴父親，許多朋友都打算回京滬去，至於葉家就以大哥的行止來決定，原則上在年內返鄉，她則留在成都等他，她會在二十一日返校任教。

日本投降，中國戰區分成十七個受降區。九月九日，在南京無條件投降書簽字；父親則奉命代表第一戰區於鄭州接受日本降書。那陣子，父親的名字天天見報，使得母親留心看報，感到與有榮焉。

二十二日上午，受降典禮在鄭州指揮部大禮堂舉行，日軍代表第十二軍軍長鷹森孝中將等六人，向

父親鞠躬致敬。接著典禮開始，日軍代表鷹森孝起立說：「余是接受命令來的。」父親問：「有沒有證明文件？」鷹森孝答有，父親看了後轉交給同為黃埔一期的范漢傑參謀長，范參謀長呈上命令二紙，交給父親簽字蓋章，然後轉交給日軍代表，說：「此為本長官交付貴官第一號命令。」日軍代表檢閱後簽字交還，然後說命令已確實奉到。父親說：「請貴官此後執行本長官命令。」鷹孝森說是，父親指示日方代表退席，受降典禮也就完成。鷹森孝次日再與父親禮貌性的見面，談話中曾詢及月前西峽口戰役中，國軍某年輕軍官在大橫嶺以卓越的反斜面戰術殲滅日軍甚眾，希能一見。父親交查，獲悉是七分校十五期畢業的孔令晟代營長，不過當時已調往甘肅而未能如願。

父親在一九二四年投筆從戎，考入黃埔軍校第一期後，連年征戰，就是要打倒帝國主義，尤其是侵略中國最厲的日本帝國主義。如今強敵終

日軍鷹森孝中將（中）代表日本投降，向父親鞠躬致敬。

父親受降後，向部屬及盟軍展示降書。

於投降了，當然是他身為中國國民革命軍人最大的光榮！

但他依然負有軍事重任，因為如今必須面臨另一個挑戰——共產黨。

中國共產黨長久以來一直以抗日為爭取民心支持的訴求，但真正對日抗戰展開後，絕大力量是壯大本身實力。美國魏德邁（Albert Coady Wedemeyer）將軍曾經在他的回憶錄中指出，中國國民政府一面抗戰，一面又要與中國共產黨的部隊鬥爭，在史達林與希特勒簽訂協定，以及後來蘇俄與日本成立聯盟後，中共軍隊即自聯合戰線撤出，不再抗日，而以其主要力量轉而對付國軍。[53]

在一九四五年夏天，父親指揮部隊與日軍作戰時，豫西共軍韓鈞部就公然連續攻擊我抗日部隊，父親下令反擊，中共遂北竄。共軍趁著國軍艱苦抗日官時，在山西占據了大部分縣分，迫使當地的閻錫山長

53 魏德邁於一九四四年底接史迪威為盟軍中國戰區參謀長及駐中國美軍指揮官，他的回憶錄做此陳訴。見程之行、陸道孚譯《魏德邁報告》（臺北：臺灣光復書局，一九五九），頁二五五及第二十三章。

在內戰時一再請中央令父親的部隊進入山西援救。

第一戰區的共軍在豫西有陝洛區韓鈞部、伏牛山土共王樹聲部、嵩嶽區皮定軍部，共三萬餘人；三股人馬在四至六月間都曾對國軍襲擾。日軍投降後，這些共軍即分別向洛陽南北區挺進，企圖搶占洛陽以便接收，並阻止父親的部隊東進，以使陳毅、劉伯承部隊得以進占華中。父親了解共軍的企圖，令原在豫西的第四、第三十一集團軍確保當前態勢，令九十軍軍長嚴明率部隊迅速東進，終於在八月二十五日入駐洛陽，並且劃分清剿區展開剿共作戰。

可以說，對日作戰才結束，國共作戰接續展開，中國八年戰亂的傷痕沒機會復原，苦難仍將持續。

蔣委員長與毛澤東經過六個星期的談判，十月十日國共雙方雖然發表了協定，強調同意召開一次政治協商會議，並共同體認到和平建國的重要性，可惜父親隨即接到情資並呈報給蔣中正，毛澤東於返回延安後召集高級會議所作的內部指示，還是在打擊國民政府。父親對共產黨的表面功夫完全不信任，以他多年與共軍鬥爭之經驗，密電蔣委員長必須不顧美方壓力，「乾運獨斷、貫徹剿共」，絕不能對共軍停戰。[54]

國共衝突接續展開，馬歇爾來華調停

但在戰後世界中變成美蘇兩大超強逐漸對立，也都在中國推展自身利益。美國特使馬歇爾於一九四五年十二月中旬來華，在日本投降前七天才對日宣戰的蘇聯，迅速派部隊占領我國東北，卻一面阻止國

54 參見國史館檔案，典藏號：002-020400-00003-106。

軍進入東北，一面將擄獲的日本飛機大砲等大量武器轉交趕往東北的二十萬共軍，直到年底才「允許」美軍空運國軍到東北的大城市，國軍終於在抗戰勝利將近五個月後的一九四六年一月才能進駐長春、三星期後進駐瀋陽，然而共軍幾乎已完全控制這兩大城以外的廣大農村，蘇聯軍隊最後於一九四六年五月撤離東北，但撤走之前洗劫了東北價值二十億美元的工業廠礦，當戰利品運往蘇聯。[55]

馬歇爾來華調停的三個目標是：一、雙方停火；二、召開政治協商會議討論建立聯合政府；三、將國共兩黨部隊整合成國家的軍隊。這三個目標起初看來都有進展，一月十日至三十一日國共停火，停火期間召開政治協商會議，以及裁減軍隊。一九四六年二月二十五日，在馬歇爾的斡旋下，國共雙方達成裁軍協定，該協定規定一年之內，國民政府軍隊裁減為九十個師；共軍則裁減到十八個師；接著六個月之內再裁到五十個師和十個師。[56]

父親領導的第一戰區，共轄有六個集團軍、十八個軍，戰後調走、整編成為四個集團軍統率十個整編師，共有官兵二十五萬六千人；鄭州綏署成立再撥出部隊，第一戰區父親統率的兵力減少了百分之四十，已不到十六萬人，而且精銳部隊大多撥交出去。[57]王曲七分校因抗戰結束，也奉命在一月間停辦，仍然在訓的學員及其他團隊，均改隸督訓處。父親對此十分不滿，因為中央把他親自組訓、能征善戰的

55 徐中約，《中國近代史：1600-2000 中國的奮鬥（第六版）》（北京：世界圖書出版公司北京公司，二〇〇八），頁二三三。

56 張玉法，《中華民國史稿》（臺北：聯經出版公司，一九九八），頁四三五。

57 《一代名將胡宗南》頁二三五～二三七。

精銳部隊如卅四集團軍調走，而後來戰事吃緊時把其他戰場戰敗而戰力薄弱的部隊調給他，他也不信共產黨會遵守停火協議。

後來母親一再告訴我，蔣主席對父親的提拔和信任，使得中央許多人對父親極為忌妒，因而用各種方法致力削弱他的力量，又還要他負戰力薄弱部隊戰敗的責任。其實，抗戰勝利後，父親麾下部隊即被派往各地作戰，如范漢傑到東北，李文兵團到華北，胡長青軍到東南，陳金城軍到山東，楊德亮軍到甘肅、陶峙岳兵團到新疆，所以留守關中的父親部隊主力，不過是整一軍和整二十九軍而已。

抗戰八年，父親坐鎮的陝西，已成支援華北、西北各戰場的基地，以及華北部隊整訓與幹部培訓所。而且，父親始終指揮兩個軍，在敵後的中條山和晉東南，與日軍作戰。這都是父親於抗戰時對中國的貢獻。三月間，父親因抗戰有功，獲蔣委員長頒發青天白日勳章，這是軍人最高榮譽。

春天開始，金陵大學聘母親為專任教授，但光華大學要改組為成華大學，對她的聘期到七月才滿，基於情感不宜辭，她也就成為兩所大學的專任教授，因此課務繁重，每天授課備課花的時間達到十二小時左右。就在這時，戴笠於三月十七日不幸墜機身亡，母親對雨師之死極為悲傷，她寫信給父親：

「……老師的死對國家和黨都是很大的損失，對我個人也是一個不幸的打擊，因為這麼多年來他都是處在保護人的地位來扶持我的，昨天去曾家岩祭他時，真感到悲痛萬分。這兩年來我失去了慈父又失去了良師，身世茫茫感慨萬千。」（一九四六年四月十四日函）

東北戰況吃緊，蔣主席曾想調父親前往

由於東北戰況吃緊，蘇聯剛於四月十四日撤出長春，共軍即以「東北民主聯軍」的名義攻入長春，並要求在東北與國民政府的駐軍比例從一比十四個師，提高到五比十四。蔣主席拒絕，並且派軍反擊，於五月中旬一舉擊敗林彪部隊，五月二十二日奪回四平與長春，這是中共在東北的重大軍事挫敗，史稱第一次四平戰役。

母親這邊，她還在成都，只能等候父親的電話，但失望的機會居大。她寫信告訴父親，決定五月十日先赴上海，然後轉往南京，她連南京的地址都有了，是「中山北路吉兆營吉兆里十號」，是她自己的家，母親、大哥和弟妹都在，她準備在南京金陵大學開課，「這個暑期，我想去上海住幾天，再去杭州看看，然後就在南京住下來，一方面翻讀一本書，一方面督促弟妹讀書，因為小弟和小妹下學期都得進大學了。你只要可能就來吧，無論什麼時候，我都在等待著你的。親愛的，我覺得有希望與愛情的人生，才是有價值的人生呢。國事多艱，千萬珍重。」（一九四六年五月六日函）

二十二日晚上，蔣主席在南京召見我父親，打算調他赴東北接杜聿明，因「相對於東北，現在西北重要性大減」。杜聿明當時是東北保安司令，國軍在東北的最高領導人，父親以能力學識不行，恐不能應付東北形勢而推辭。二十八日，軍令部長陳誠召見父親，問：「你願任陸軍總司令抑任東北長官？」陳誠並且做了一番分析，認為父親做東北長官比較適當，而且比起其他將領，「人格站得住，有能力、有辦法，且與官僚不妥協」。父親回答：「如部長能支持我，我願赴東北。」[58]緊接著便開始作準備。

但是由於東北情勢暫時穩住，蔣主席巡視東北後改變主意，於六月六日下手令：「胡長官：東北視

58 《胡宗南先生日記》一九四六年五月二十八日。

察回來，各主管精神團結工作成績亦良，以不即更調為宜，弟可暫服原有任務也。」[59]六月七日，國民政府再頒布第二次停戰令，進攻延安的計畫無從進行。然而中共卻趁著停戰之時，向晉南發動全面攻擊；月底，中共中原軍區的李先念軍，向鄂、豫、陝邊區進犯，八月間劉伯承的十五萬部隊，更肆意擾於魯西、豫北，使得地方性的衝突很快地升級為大規模戰鬥。事後了解，這些停戰令對已占上風的國軍士氣有重大打擊，因要他們停止乘勝攻擊，甚至要退出已花甚多犧牲代價攻下來的戰略要地（如陝北爺台山），而作戰失利的共軍反而因此得到喘息整補的機會，從而提升了士氣。

父親全力指揮剿共作戰，母親全無他的消息，她的一封信透露了心情。

一九四六年九月一日　母親之信

南哥：

這幾天時局似乎更緊張了，不知你現在在什麼地方、生活怎麼樣，心裡總是掛念著。戰爭實在是最可怕而又最可惡的東西，我真恨那些沒有人性甘心賣國的土匪，如果沒有他們的搗亂，中國已可以走上復興的坦途、老百姓們也都安居樂業了，現在卻大家都仍然在受罪。親愛的，我愈是想念你，我就愈恨他們。

昨天夜裡我又做夢了，我夢見了你，夢見我們在一起。醒後異常地想你，在床上翻來覆去不能睡，

59 參見國史館檔案，典藏號：002-01400-00002-020-001。

一直等到天明，從窗簾的花紋中透進陽光。我就起來站在窗前對那遙遠的西北方凝視，好像那裡可以發現你似的。……

金陵大學學期開始，然而由於通貨膨脹，母親的教書收入變得微薄，她形容「只夠坐車子，連飯都吃不飽」，這對她來講是個有失尊嚴的困境，她把難處直接寫在信裡，父親接到她的信之後，立即請程先生探視，這給了她相當的安慰。但她為了不致給父親造成太大的心理負擔，還是這麼寫了：「最近你關心幾次都問到我的生活情形，自然我是不願意增加你精神上煩惱的，事實上我過得也不算太壞，我覺得自己既然已經學業成就了，就不應該再像小學生似地受人家的幫助了。……一個人的生活是有伸縮性的，千萬的人都能夠生活下去，我當然也能生活下去的。如果軍務忙，你就根本不要為我想這些了。和國家民族的命運比，這又算得是什麼呢！親愛的，我所需要的是你的真心你的愛情，十年來是如此，將來也是如此。」（一九四六年十月一日函）

一九四六年七月到九月，李先念、王震所率共軍不斷在湖北、陝南及陝豫邊境攻擊國軍，父親指揮部隊截堵殲滅；由於這些勝仗，蔣主席對戰局感到樂觀，國民政府十月十一日頒布一個月後召開國民大會的召集令，但中共抵制。父親也被列入國民大會代表人選行列，不過他推辭不受，他認為自己的身分是軍人，不宜參政。

蔣主席打算赴臺灣巡視，幾經延宕之後，終於在十月下旬與夫人一起飛臺，臺灣居民與學生夾道歡迎，他並在臺灣過了光復節。十一月八日國府頒發第三次停戰命令，定十一月十一日起全國一律停止戰鬥，以示政府和平容忍之至意，並應社會賢達之請求，將國民大會延至十五日召開，但中共仍不派代表參加，且隨即聲明拒絕停戰，並且在九日攻陷河北崇禮。

馬歇爾則向蔣主席報告他與周恩來談話內容，周說商談的決裂與否，最重要者為國民大會，如政府不延緩召開國民大會，則是明白表示走向政治決裂之路；而且馬歇爾強調，如果延安對他不信任，則他無法再繼續擔當雙方調停的特使工作了。[60]這是馬歇爾使命告終的先聲，而蔣主席則在日記裡自記，「如此看來可知國民大會的召開，將是共黨在政治上最大的失敗」，他會貫徹制憲與行憲。

十一月二十二日，父親在南京謁見蔣中正主席，共進早餐。父親報告現在攻延安僅僅二十日時間，過了二十天，則天寒地凍，不能用兵，即使共黨攻榆林，也不能攻延安。蔣主席說，不攻延安已經是決策。[61]決定不攻延安，應該是考慮到國民大會正在籌備召開，以及馬

二〇一九年戴笠長孫戴以寬（左）與我在台北相會。

60 秦孝儀，《總統蔣公大事長編初稿》（臺北：中正文教基金會出版，一九七八～二〇〇八），卷六（上），頁三〇二。

61 《胡宗南先生日記》一九四六年十一月二十二日記載。

歐爾期待國共和解的原故。

哀悼戴笠過世

二十八日，父親於大雪紛飛中，與軍統局新領導人毛人鳳一起赴靈谷寺，祭悼這年三月十七日在南京墜機身亡的軍統局局長戴笠，內心裡感慨不已。戴笠是父親諸友中，性命道義之交。在他最早開始從事情報工作，也就是力行社特務處時代，戴笠住在南京雞鵝巷五十三號，就是用父親的第一師名義租賃，他的第一個總部對外也是用第一師駐京辦事處之名，以資保密。所以父親和戴笠的精誠合作，可想而知。而且父親每次來京，皆居住在戴笠寓所，親友往來接見賓客也都在這裡，母親自美返國，也住在他家。

戴笠放了座右銘在辦公桌上，銘曰：「胡宗南說寧作基石，不作棟樑，無名為大，無我為大，下層為大。」兩人都律己嚴、待人寬，點滴歸公，不治生業；在生活上，父親長久以來不為自己張羅，唯聽戴笠代為作主，父親在軍中只穿軍服，破舊補綻，亦不在意，至京或渝，所有內外衣服皆由戴笠選擇質料顏色，找裁縫尺量定製，連父親的總務局長都不能置喙。近三十年後，父親在臺北過世，身上所穿的一件破舊的羊毛背心，也正是戴笠二十年前送給他的。後來，這羊毛背心由弟弟為善繼續穿。

戴笠突然墜機而亡，也因此使龐大的情報網運作失靈，以後被史家認為是中華民國政府在國共內戰失敗的原因之一。父親在西安遙祭好友，不禁哀痛淚下，戴笠譜名春風，他親書輓聯：

夜帳茲雞鳴，浩浩黃流，更誰奮擊渡江楫。

春風生野草，滔滔天下，如君足懼亂臣心。

戴笠之離世，對中華民國影響至大，因為他所建立的情報網不僅對抗日有效，也壓制了共黨分子，然而為了保密，許多人員都是單線聯繫領導，他一辭世也就斷了。中共對他恨之入骨，以致幾年後大陸變色，尚留大陸未即時撤出的戴家親骨肉也受到迫害。戴笠的獨生子戴藏宜一家在上海被掃地出門，只能勉強住在臭水溝旁的違建裡，即使如此也未能躲過一九五一年開始的「鎮壓反革命運動」。

戴笠的長孫戴以寬那年十二歲，親眼目睹有天一批槍兵突然包圍住處，他的父親被帶走，從此再也沒回來。一九五四年經蔣總統下令，戴以寬和母親一起被我方情報人員救出，從香港上岸，然後返抵臺灣。戴以寬以後在中華民國經濟部駐外單位服務，直到退休。他結婚生子，如今在海外已讓戴笠將軍有了第五代。

二〇一九年，我和七十九歲的戴以寬在臺北見面，他的祖父戴笠將軍是我整個家庭得以在世上開枝散葉的關鍵，所以分外親切。我們談了許多，也知道他年幼時難以忘懷的經歷讓他到現在都是內心裡的陰影。然而戴笠將軍有後且過得很好，仍讓我感到寬慰。

二〇一七年，戴氏宗親啟動修譜，仙霞戴氏枝繁葉茂，自第四世、第五世族裔共同第一次修譜，迄今已九十年餘。臺海兩岸分治達七十年，雖尚存政治隔閡，但兩地族人抱持血濃於水之情，共同攜手致力家族史料蒐整與宗族凝聚，啟動第二次修譜，由於戴、胡兩家獨特的深厚情誼，戴氏後人特別邀我寫序，這是胡氏族人及我莫大的光榮。我寫序特別著眼於戴將軍：「……先生殉難後，不獨軍統局時代及其後的保密局，乃至於在臺的軍事情報局，以及其部屬退休後組成的忠義同志會，每年必在其逝世紀念日舉行大會，一同緬懷追思戴先生的事功與人格精神，竟然長達七十餘年不輟。即連成立於抗戰後期的中美合作所美國將士們及其眷屬子弟，在其逝世後的數十年間，仍定期組團赴臺表達追念。此等影響深遠之情懷，實人間罕見，自亦為戴氏宗族之大光榮。」我也衷心希望，兩岸三地的戴氏子孫為了報答祖上也為了教育後代，而能夠共同合作出版族譜，實在是促進民族和平共融的一個很好的示範，盼望這類的合作能更多的推廣，才對得起我們中華民族共同祖先。

馬歇爾調停失敗，國共內戰全面開打

父親在一九四六年十二月三日返回西安，第一戰區的戰事始終不斷。十二月二十五日，國民大會完成制憲，預定一年後行憲。由於中共拒絕馬歇爾的調停，馬歇爾促成國共和談失敗，十分遺憾地於一九四七年一月離華返美，偏偏他回去接任的是主管對外政策的國務卿——外交部長！國共內戰全面展開，而我的父母親，終於能在這個亂局中，結為連理。

第九章

攻克延安・終成眷屬

一九四七　延安・興隆嶺

民國三十六年六月廿一日上海《申報》刊載——

胡宗南結婚　祕密舉行八人觀禮　新娘執教金陵女大

〔本報訊〕延安來人談，陝北前線弟兄很高興聽到胡將軍喜報，多年獨身者，已於五月廿八日在西安近郊王曲的青龍嶺舉行婚禮，參與者僅八人，計軍事參議長王宗山，政治部主任顧希平，綏署副主任高桂滋，石敬亭，參謀長盛文等，分任主婚，介紹人和儐相。當時無一女客，各人步入客廳，送上紅襟條，前一秒鐘都不知道被請來是在婚書上簽署。一對新人均便服，未披紗，卅分鐘儀式後，入席吃八個「冷盤」。胡向來奉客是四菜一湯。新娘留美十年，據說極為戴笠將軍器重，傳說她廿八年在渝受訓，蔣委員長夫婦向極主張胡早日成婚，去年有即將舉行婚禮一說，當時新郎以國家大事而中止，但許下願，說打下延安再說。上月他凱旋西安，繼飛京述職，廿六日回長安，廿七日新娘也由京來，廿八日婚禮，三天「蜜月」，男的返防，女的返校。這婚禮聽說等兩月後才公開結婚照片至今亦未贈與觀禮者，新娘葉姓名字暫保留，為金陵女大教授。

一九四七年六月二十一日　母親之信

親愛的南哥：

今天下午佣人上來說有一個金大女生來看我，我以為是真的，一走下樓方知受騙，原來是中央日報的女記者。她當時就給我一份今天（六月廿一日）的申報，上面就登載著我們結婚的消息。我立刻否認自己是報上所指的人，以堅決而有禮貌的態度把她送走了。她臨走時還是說要把那份報送給我做紀念，我也沒有接受。好在我已關照家裡所有的人，除了平常的熟人外，其餘的人一概不見。相信以後不會再有麻煩了。不過這也奇怪，他們的消息似乎相當正確，畢竟這是那裡的消息呢，現在特將申報的報導附上。……

這封信，母親在信末署名是「你的愛妻」，當時她已懷了我；中央日報是南京的主要報紙，次日就刊了新聞，還有母親的照片。此時，母親的心情是愉悅的，不過父親一向低調，從八位賓客都不知為何而來的婚禮、三天的蜜月即可見得。父親內心裡把他的婚姻列為不打算公開的祕密，因此一個多月後「得京滬報紙結婚事洩漏，一夜未睡」。[62]我想父親不願把他的婚姻公開，是因他當時是家喻戶曉的知名人士，人在西安，而母親卻遠在南京教書，為了顧慮她的安全，不能引人注意，只有對外守密一途。

我父母的結婚，要從攻打延安說起。二〇一九年三月，我們一行自西安登上動車——在臺灣來講就

62《胡宗南先生日記》一九四七年六月二十九日。

是高鐵，兩個多小時後，抵達三百五十公里以外的延安。七十二年前的一九四七年三月十四日，父親揮軍向北進攻，花了五天的時間攻下延安，三百多公里路，沿路血跡斑斑。

一九四七年一月國軍又在山東遭受重大失敗，二月下旬，共軍在東北發動大規模攻勢，進犯長春；經濟上，上海停售黃金造成衝擊，物價激漲，由於通貨膨脹，貨品有價無市，公教人員甚至必須改發實物。為了改善國內外的處境和政府的聲望，蔣中正決定進攻延安。

二十七日，父親在陝北作戰會報裡，估計中共正規部隊連同民兵總數為十六萬人；雖然我方第一線部隊十二個旅有八萬四千人，直接指揮控制的部隊約三萬人，總計十一萬四千人，但我方有空軍，所以戰力相當。二十八日，父親飛抵南京，下午四點和湯恩伯一起到官邸謁見蔣委員長，蔣指示湯恩伯到兵團指揮作戰，等湯離開，蔣委員長問父親，對陝北攻擊有把握嗎？父親回答有把握，並且報告雙方的兵力。這天，臺灣剛巧發生為查緝私菸而引發動亂，並且迅速衝擊到政府機關，暴民以前任臺籍日本兵為主，開始燒燬官署、搶奪武器，殺害從大陸來臺的人士，不分老少童稚，是為二二八事件。日後證實，也有臺共參與其間。

三月一日上午在蔣委員長官邸，陳誠、湯恩伯、劉斐、林蔚、王叔銘等高層將領，與父親研究魯中作戰方案，接著父親到作戰次長劉斐辦公室，面談父親所提出的攻略陝北共軍方案；晚上，蔣委員長召集父親及劉斐到官邸一起研究攻略延安方案，蔣同意此方案，並定十五日展開行動。蔣委員長以後在日記裡自記：「此時行之，對於政略與外交，皆有最大意義也。」而劉斐以後被發現是潛伏在政府裡的共諜。當時的參謀總長是陳誠，他的回憶錄中坦白說明，他本人「時時奉命東奔西走，劉則在京包辦作戰，介公亦與之密商軍國大計」，劉斐經常「一紙命令下部隊，一紙命令暗達中共」[63]，實在太不幸了。

至於正在南京金陵大學任教的母親，也終於在戰事頻仍之際，有機會和父親見面，互敘離情。

二二八事件，蔣委員長並未要求嚴懲臺民

臺灣的動亂有擴大趨勢，也成為蔣委員長國事如麻時必須分神關注的問題。他指示國防部長白崇禧赴臺宣慰，十日在中樞擴大國父紀念週的演講中，他明白指出，「過去一年來，臺省農工商學各界同胞原有的守法精神與擁護中央之精誠表示，其愛國自愛之精神，實不亞於任何省分同胞。惟最近竟有曾被日本徵兵調往南洋一帶作戰之臺人，其中一部分為共產黨員，乃藉此次公賣局取締攤販，乘機煽惑，造成暴亂，並提出改革政治之要求。」由於當地人士所組成的「二二八事件處理委員會」要求取消臺灣警備司令部，繳卸武器，由該會保管，蔣委員長嚴斥已踰越地方政治範圍。[64]他說，維持治安的部隊已於昨夜在基隆登陸，他也嚴電留臺軍政人員，「不得採取報復行動，以期全臺同胞親愛團結，互助合作……始能無負於全國同胞五十年來為光復臺灣而忍痛犧牲艱苦奮鬥。」

由於處理事件之軍人顯然有脫軌殺害臺人的報復舉措，消息傳回中央之後，蔣委員長於十三日再電

---

63 《陳誠先生回憶錄》（臺北：國史館，二〇〇四），附錄一，頁一五一；《陳誠先生日記》（臺北：國史館，二〇一五），第二冊，頁一六五六。

64 《總統蔣公大事長編初稿》，頁四〇〇。

令陳儀，嚴禁軍政人員對二二八事件施行報復。電文內容如下：「請兄負責嚴禁軍政人員施行報復，否則，以抗命論罪。」[65]陳儀元亥復電：「已遵命嚴飭遵辦。」這就是蔣委員長在二二八事件裡的作為，他絕非所謂的「元凶」。

三月初，父親即準備延安作戰，令在晉南作戰的第一軍董釗軍長星夜從龍門渡河到宜川攻擊位置。父親於十日到二十九軍軍部的洛川召集第一、第廿九軍師旅長，指授攻占延安方略，會後召見整一師長羅列，勉勵他率軍突擊延安，經過崇山峻嶺要以三國時「鄧艾下陰平」的毅力與決心來作戰，羅列乃與各將士留下遺囑後開拔。十三日，九十四架戰機轟炸延安；十四日起開始行動，羅列部取道中共種植鴉片的宜川「南泥灣」[66]大片無人地區，出乎中共意料之外，因此十九日右縱隊第一師於傍晚五點攻克延安，九十師攻占清涼山及飛機場；左縱隊三十六師攻克賀龍負責防守的大小勞山。

值得注意的是，國共雙方多次交手之後，父親根據幾次慘痛經驗，意識到中共在最高統帥身邊可能有共諜，他隱藏部分作戰計畫的攻擊路線，才能在五天內打下延安。如派劉戡所率領第二十九軍對大小勞山攻了兩整天，因遇堅強抵抗及堅固工事而未能得手，右兵團整一師則通過崇山峻嶺後擊破連續三公里的工事和當面共軍三旅之眾，到達程家溝、楊家畔之線。十九日拂曉，整一師續向延安突進，整一旅鑽隙突擊，於上午協同整一六七旅協力擊破守城共軍，進入延安市區，並向北郊掃蕩。整九十師亦於同

65 同前註，頁四〇二。

66 陳永發，〈延安的「革命鴉片」：毛澤東的祕密武器〉原載於《二十一世紀》雙月刊（香港：香港中文大學．中國文化研究所，二〇一八年八月號），總第一六八期。

時攻克延安東北之清涼山及飛機場；左兵團整三十六師攻占大小勞山、三十里鋪，而與右兵團會師。由於此一路線若干內容沒有告知南京，國防部主管作戰的次長劉斐也不知道，而十分憤怒，所以後來他曾大罵父親的參謀長盛文是「軍閥」。

中共方面從前一年就開始布置重兵防衛延安，顯然消息相當靈通，此次毛澤東原命令共軍再堅持十天到兩週，期待陳賡、謝富治的援兵會來解圍，但共軍還是不敵父親部隊的強力攻擊。毛澤東於三月十八日黃昏後撤出了延安，朱德題詞「揮淚別延安」，從後來有關照片中看到，中共撤離延安是極為匆忙的倉惶逃離，絕非其宣傳上所說「從容離去」。這是國民政府剿共以來取得的重大勝利，也因為中共失去首府，對中共各「解放區」內部認知和國際宣傳，以及國際法上「交戰團體」的認定，都造成影響，其後共軍向政府軍投誠的數字也大量增加。

攻克延安

新聞媒體——主要是中央社，從十九日下午開始連續自西安發出多則「收復延安」的新聞，西安及京滬各地媒體紛紛出號外以報喜訊。唯一的外電報導如下：

【合眾社南京十九日電】據權威方面消息：國軍以閃電攻勢，占領延安後，將開山西追擊潰退之共軍。官方本日宣稱：國軍一週來一面向延安山區軍事據點加以轟炸，同時胡宗南在南部向延安挺進，已於本日晨十時攻入延安。國防部發言人稱：延安之役，共軍傷亡萬人，被俘二千人。防衛延安之共軍有十萬人，由賀龍率領。但關於中共各領袖之下落，及共軍主力之撤退路線，尚未得悉。據悉，延安占領時，毛澤東已不在城中。[67]

至於中共的《人民日報》，則於失去延安三天後，到二十二日才報導中共是「主動撤出延安空城，中共中央仍留陝北指揮全國愛國自衛戰爭」，自此這就成為中共對延安之役的宣傳主調，直到今日。

父親於二十四日清晨自洛川出發，經茶坊、甘泉、麻子街、四十里鋪，一路有交戰的痕跡，「血痕猶新」[68]，中午抵達延安，住在邊區銀行窯洞，隨即不懼共軍散兵和地雷，親自冒險至各地親自查看；不過由於「陝甘寧邊區經過共黨十餘年的經營，其廣大人民有較高的階級覺悟和嚴密的組織紀律，支援戰爭的積極性很高」[69]，國軍進展有相當的困難，第三十一旅九十二團近三千人於次日在共軍熟悉的青化砭附近中伏而覆沒，第一師雖攻占安塞，但此一挫折讓父親一夜未眠。

駐守延安時，他與母親的婚約已即將屆滿十年，必須對她的期盼有所回應。母親認為延安一役既已勝利，就事不宜遲了。父親在延安寫了兩封信，第二封信表示四月底就可以回到西安，要母親在南京等候消息，「不必預備什麼，並要嚴守祕密」，「我是永遠愛你的……」。接下來，父親的部隊雖打了幾場勝仗，蟠龍又於五月上旬失守。

父親攻下延安後，雖然幾度追擊陝北山區的中共毛、周等領導人，但因中共在陝甘寧邊區經營已久，共黨組織深入民間十分有效，因此很難殲滅共軍主力、捕捉到其領導人，但父親強化地方政治與親

---

67 此新聞電文刊於南京《中央日報》民國三十六年三月二十日一版頭條。現陳列於「延安革命紀念館」。

68 《胡宗南先生日記》，一九四七年三月廿四日。

69 《中國人民解放軍人全國解放戰爭史》（北京：北京軍事科學出版社，一九九六），第三卷，頁二八一。

民工作，並致力清剿，逐漸對中共領導階層造成壓力，連毛澤東本人有次也只差四百公尺就險些被我二十九軍發現。父親的部隊向北掃蕩，但一方面，部隊後勤完全靠後方支援，而陝西省政府在糧食和兵源的補給上常未能到位，另一方面國防部在領導階層有中共內應，也就是作戰次長劉斐等人，日後看來發現對作戰影響極為重大。國防部戰略指導總是以攻取城池為目的，且指令往往是限期肅清，一再下令急進綏德、米脂，以致中伏，而後又失去補給重鎮——蟠龍，損失不輕。

在蟠龍為共軍所奪的同時，國軍最精銳的整七十四師師長張靈甫、整二十五師師長黃百韜，時在第一兵團湯恩伯的序列，由魯南發起攻勢，已占領臨沂、蒙陰，原擬繼續向北攻勢，以整七十四師為主攻部隊，然而由於共諜劉斐的調度，右翼部隊卻未能配合，使得七十四師被陳毅的華東人民解放軍圍在毫無隱蔽的孟良崮石頭山，最後於五月十七日失去音訊，全師兩萬人盡沒，張靈甫自裁殉國。[70]前行政院長、參謀總長郝柏村評論，此役之失，是關內整個剿共戰爭的轉捩點。[71]我年少時在臺灣聽父親參謀告訴我說：「那個時期，我們只要聽國防部的命令進兵作戰就打敗仗，不聽命令自己進兵，就打勝仗！」

迅速於西安簡約成婚

然而對於母親的承諾，父親仍要信守，不能再蹉跎下去。他以電話與母親商量，十九日他終於下定

70 孟良崮之戰詳情及劉斐造成之傷害，詳見霍安治根據史料及訪談所著，《國軍名將張靈甫（二〇一四修訂版）》（臺北：臺北虎嘯工作室），頁二六一～三四〇。

71 郝柏村，《郝柏村解讀蔣公日記一九四五～一九四九》（臺北：天下文化出版公司，二〇一一），頁二六〇。

決心，在西安寫了一封信給母親：

一九四七年五月十九日　父親之信

霞翟先生：

弟一時不能來京，只有以極簡單、極祕密方式，（一）擬請先生單獨來西安。（二）在西安舉行一極簡單的儀式，大約四人或五人參加。（三）在西安留三日你即回南京，回京後仍住母家，不另租房屋，以後逐漸調整。上述不知　先生意下如何？最後派程君來京奉候，並迎高軒，敬祝

大安！

弟　宗上　五月十九日西安

對於母親而言，只要能和所愛成為夫妻、長相廝守，怎樣都好，她不在乎是否有場盛大風光的婚禮。

五月下旬，父親接到蔣委員長指示赴京。二十五日，父親飛抵南京，下午見到蔣委員長。父親在南京連續幾天和蔣見面討論軍情，也提到對「葉小姐」的人生承諾，從一九三七年起，她已等他十年了。他於二十七日上午告訴委座「準備和葉霞翟小姐結婚」，蔣說最好在陝北戰事結束再結婚，「但要現在也可以辦」。這等於層峰（比喻最高領導者）允准了，其實蔣委員長早就認為他該結婚，他有把握委座不會反對。接著再談到陝北軍事，父親說決定於六月二日開始進攻、九日完成，並希望有空軍、裝甲

父親婚後與程開椿（後中）、夏新華（後右）、副官苗德武（後左）於興隆嶺合影。

車、傘兵的協助，委座應允。這也可以解釋，軍務繁重之下，為何父母親的結婚是那麼的匆忙。

也是二十七日，母親一早接到第一戰區南京辦事處徐先麟主任親自送來的電報，是父親拍來的：「請即飛西安」。接著父親辦公室主任程開椿夫婦及兒子程一帆飛到南京來接她，母親則由我小舅葉雹送往南京明故宮機場，程主任一家陪她於次日飛往西安，雖然天候惡劣，但中航班機終於在午後三點半降落。父親得知母親安全抵達後，這才下定決心傍晚六點在興隆嶺結婚。母親下午五點半步入興隆嶺的客廳時，軍裝筆挺的父親已等在那裡，車一停下，迎上前來的父親第一句話是：「婚禮馬上可以舉行了。」於是挽著她進臨時的禮堂，所有的「來賓」都是臨時接到通知的部屬、當地首長及民代，一共八位，盛文、顧希平是介紹人，石敬亭、高桂滋、張鈁、祝紹周、劉楚材、王宗山是證婚人，父親在日記裡記載「遂在十分匆忙之中，舉行極簡單而祕密之結婚儀式」，完成了婚禮。

二十九日、三十日，父母親都在興隆嶺度蜜月。由於母親將以「胡太太」身分回南京教書了，就在三十日這天，父親很慎重地以毛筆字寫了一封信，信封上正書「葉霞翟先生」，當面遞給母親，內容如下：

此後生活以謝絕酬應，屏棄政治活動，閉門讀書，課侄克己，追求賢妻良母之理想，而在學術上努力是所盼望。

霞翟賢妻

胡宗南五月卅日於興隆山

這是父親婚後對母親「為妻之道」的囑咐，包括指導他自己的侄子讀書，母親對父親既愛又敬，自然遵行。三十一日下午一點半，父親把母親送上班機，由程主任陪著回南京。

邁入婚姻原本對父親而言看似有些勉強，因為他無時無刻不以戰局為念，也就犧牲了個人的福祉，乃至於讓母親等待婚約的踐行十年之久。但他終於正式成親，有了妻子和家庭，態度上卻是一百八十度的大轉變。他常抓著兵馬倥傯的空檔給母親寫情書，展現了柔情的一面。

一九四七年六月八日　父親之信

親愛的妻：

今天以愉快情緒，給你寫第一封信，並且稱呼你一聲夫人。

自從那天清晨，……匆匆離開了山居，在一天風雨、滿山雲霧之中，載了同心比翼的玉人，爬過了兩三個高坡，及好幾回泥濘的溝道，車益謹慎，人愈危懼，而終於平安進入了長安古城。一路氣象萬千，最使人愉快的，結束了二十餘年單人生活，我已有一個妻了！

以你的堅強、專一、忠實、聰明的美質，是你奮鬥成功的主要條件，我深怕不配你的高貴與賢明，我必須更向光明、榮譽的道路前進。

我在六月初二飛向延安，因為時間耽誤了太久，則很難擺布這一局棋。今日雲低霧沉，大雨終朝，並沒有晴意，閉門想老婆，恩意情懷盡在不寫中。……

宗南手啟　六月八日在延安

一九四七年六月二十六日　母親之信

親愛的南哥：

昨天好像是我的生日似的，你的十五、十八、廿二日三封信一齊遞到，我真高興得不知怎樣才好。當時我剛要去學校開會——女生指導委員會，因為忍不住不先看了你的信再去，所以遲到了十五分鐘，校長說我是最守時的人今天忽然遲到了，應當由我請客。我笑著點頭坐下，但心裡仍然是充滿愛情地想著我的丈夫和他在信中說的話。開會完了回家，在黃包車想一直叫車子快拉因為想回來趕快再看你的信，那車子很好很聽話，果然拉得特別快，於是在到家時我多給他一千元的車資，一方面是酬勞，另一方面是想著我有這麼一個好丈夫，我是這麼的幸福，對貧苦的人應當特別寬厚些。寶貝，上帝對我這麼好，我應當對別人也好，你說是嗎？後來我躺在床上又看你的信，到現在為止我已看過七八遍了，每次看後眼中都滿是淚水，因為我太高興了……

你叫我不要參加一切政治活動，在家過窮主婦賢主婦的生活，我一定會照你的吩咐做的。關於家務的分配及處置，等搬家以後看情形來辦。如那個地方宜於種花養雞就種花養雞，不然反正總是有事可做的。我打算下學期多做點手工，除了準備小孩的衣物外，就繡一些桌布、椅墊、餐巾這一類的東西……此外我想學做菜，哥哥你最好先告訴我歡喜吃些什麼菜，好等我預先學好，你回家時我就可以做給你吃。的確這麼多年來我只是注意於學問的研究上面，把婦女的許多工作都忽略了，現在我要慢慢的學起來……

你的愛妻　六月二十六日

一九四七年七月二日　母親之信

親愛的南哥：

我現在以最愉快的心情在自己家裡給你寫第一封信。我的好丈夫，現在我們居然有一個家了。我是多麼的快樂。寶貝，我不知怎樣的感謝上帝才好，實在一切是這麼的順利，這麼的愉快！

我們是六月三十日搬進來的，當我才來時，除了零亂的家具之外，許多日用品如茶杯熱水瓶等，以及全部的廚房用具一點都沒有，因為這裡本來住了些衛兵及其家眷等，他們撤退時就連所有可以攜帶走的東西就一起帶去了。於是程徐二位忙著替我們買東西，如菜碗飯碗、拖地板的傢伙，玻璃杯筷子等等，……第二天一切就粗粗齊備了。

父親親書的婚姻觀

父親並非僅為一介武夫。他雖然結婚遲了，但是他對婚姻的意義、夫妻的關係還是多所思索。八月間，他寫信，把他對夫妻結合的意義告訴母親：

……

a. 夫婦是永遠合作的伴侶，這個合作，為生活、為生存、為事業、為光明，是共同奮鬥的左右手。

b. 夫婦是生死患難，同甘共苦的責任、道義、名分的一對。

c. 夫婦不僅對家庭負責任，而且上對自己的祖宗三代、下對自己的後代子孫負責任，繁衍綿延，關係久遠。

d.夫婦生時同床，死了之後同穴，屍骨、墓園都在一起的一對。

e.夫婦之間沒有什麼祕密、隱藏，譬如同床共衾、共浴，沒有虛飾的一對。

f.夫婦是最私、最密、最封建、最感情的開始，所以人須要結婚，結婚才不辜負一生。

……

後來，當我從母親所珍藏的信盒子中看到這封信時，才知道父親對婚姻關係是那麼重視。當然，這應當也是他對人一向忠信的一貫作風，所以終一生都對母親忠實。

陝北作戰如期於六月三日展開，然而國共內戰的情勢已然翻轉，這些因素包括美援不來，最重大的影響是經濟上通貨膨脹惡化，全面衝擊軍官士兵的士氣，戰事上不論東北、華北以及陝甘，都不利於國民政府。五日，中央以抗日戰爭結束已久，明令裁撤各戰區，第一戰區奉命改為西安綏靖公署，由父親調任綏署主任。在此期間聶榮臻[72]的華北人民解放軍連下平漢鐵路兩側各城，威脅保定、北平；戰力較強的國軍至此已犧牲二十五個師，約三十萬人，山西大部分亦入解放軍徐向前、賀龍之手，綏靖主任閻錫山坐困太原，一再請中央派軍支援，於是蔣主席再令父親派軍進入山西。

蔣主席再度肯定父親部隊為模範

蔣主席基本上對延安之役極為肯定，其實這是一九四六年以來，唯一紮紮實實的勝仗。他於八月七日飛抵西安機場，由參謀長盛文隨行飛往延安，在機上告訴盛文：「全國剿共軍事只有這一次是完全如

72 聶榮臻當時為中共晉察冀中央局書記、晉察冀軍區司令員兼政委。

計畫完成，其他的都沒有。」[73]接著巡視了延安，並在延安開作戰會報。蔣主席也召見父親，他又對整二十七師營長以上人員訓話，父親當天記下蔣的訓話，是對陝北部隊的肯定：「瀋陽、北平官兵紀律太壞，管束無人，戰鬥力因而削弱。而陝北軍官能耐勞苦，維持革命軍人榮譽，在胡主任指揮下，可為全國軍人模範……。」

中共領導人周恩來也說：「蔣介石手下最能幹的指揮官恐怕要算胡宗南了，反共戰爭的大部分戰果是他取得的。」[74]

此刻局勢已逐漸不利國府，母親七月的信中提到家用問題，顯示通貨膨脹嚴重。她告訴父親，搬到新居之後，雜支包括搭篷和簾子、搬家具、修理水電等等就用去三百二十七萬法幣，其中六十多萬是伙食；她預計一個月的家計是一百萬元，「現在的物價波動得相當厲害，但我總想法子省用。……」經濟問題從民間延燒到軍中，代理陸軍總司令湯恩伯給父親的一封信上提及這個問題：「宗南我兄……軍隊之風氣與整個社風有關，今日社會各階層均墮落不堪，軍隊亦不能例外。

貴部有兄之堅苦領導尚能維持，其他一般者已不堪聞問矣。目前之急務在如何挽回已衰頹之人心正是非……目前一般人都感覺生活無保障，威脅生存，所以現在資本主義之經濟失態，和苦樂懸殊之生活方式都是消滅革命人生的毒劑，似非徹底迅速改進不可。……弟湯恩伯敬上 九月六日」

同時間，蔣經國亦去信給父親，他肯定父親在部隊的卓越領導，但也對時局憂心忡忡。

73 張朋園、林泉、張俊宏訪問；張俊宏記錄，《盛文先生訪問紀錄》（臺北：中央研究院近代史研究所出版），頁七七。

74 斯諾 Edgar Snow，《紅色中華散記》（中國：江蘇人民出版社，一九九一），頁七〇。

宗南老兄大鑒

……家父近來福體康健，此則可告慰於兄者也。下月九日為家父六旬大壽，心中極有所感故作此書與 兄一談得訴心中之情。

領袖領導革命，平內亂、爭獨立、謀富強，此種偉業已定春秋之基礎，但直至今日尚未成功，反而困難重重，關於此點凡領袖之學生子弟自不可不注意與考慮者也。一般幹部之中有悲觀者有消極者有後退者，亦有在花天酒地之中解其苦悶者此種人員皆無膽量之徒，如此態度唯有加重困難加深危機而已矣。吾人必須以理想與事業以及道義作為團結之精神，並應以受苦而不挫氣之信心，號召志同道合之友人作最後作戰之準備。

領袖最近曾謂「如再不知恥而奮鬥，則三五年之後必為共產黨之天下」，此語意義之深長，實足使吾人警惕而深思者也，舍鬥爭無二路可行矣。領袖事業之成敗集中於最近二十年之中，凡其忠實之學生子弟務必重整陣容加強團結，準備作最後之犧牲。

老兄為人人所敬佩者，亟望積極領導吾輩青年從事於堅苦之鬥爭，數年以來小弟之事時蒙老兄關切，無任感激，今後極願追隨
老兄抱忍辱負重之決心，共為
領袖之事業而奮鬥到死，餘情續書，即請
秋安

小弟經國手上九月十六日

時局緊張之下，母親臨盆

母親關切父親的戰情，共軍彭德懷部正以四萬兵力發動陝北榆林戰役，國軍二十二軍防守，西安綏署徐保率廿八旅奮勇抵抗，等綏署卅六師從長城外以強行軍兼程趕到，共同擊破共軍的包圍，成為國共內戰中國軍獲勝的另一戰例。[75]母親只能從報上看到簡略的戰況，丈夫是前線的高階指揮官，她更充分感受到國與家的共存共榮。

一九四七年八月十四日　母親之信

親愛的南哥：

今天報載榆林之圍已解，那麼你那邊的威脅也比較減少了。我真高興，因為我想也許你可能早些來了。本來每個國民的命運都是和國家連在一起的，不過大多數的人其關係是比較疏遠、比較間接的，而我們卻是這樣的密切、這樣的直接。我的寶貝，我是這麼的想你、這麼的想日夜有你在一起，但往往為一種愛國心所驅使，使我連給你的信上都要抑制住我的感情，深怕那會亂了你的心影響到你的工作。所以今天看見報上載著大勝利的消息，我又比較膽大了一點，又開始想我丈夫回來了。……

早上我說到你的信的事，妹妹說：「將來你們的情書也許多得可以成一文學巨著了。」她告訴我一

75 榆林戰役經過詳情及我軍勝利因素，可參考當時全程參加戰役、來臺後升至海總副參謀長的陳器將軍所著，〈攻克固守的榆林戰役〉《雪泥鴻爪談往事》，（一九九四年個人出版），頁三〇五～三一七。

個故事，她說有一個青年隨便到什麼地方都提著一隻比生命還寶貴的箱子，人家以為那是什麼珍寶，有一天一個賊把它偷去了，打開一看，原來是滿滿的一箱那位青年的父母的情書。因為那個賊也是很有人性的，就把那一箱信送還了……」

戰情到了年底更為緊張。榆林和山西南部的運城再度被圍，戰略要地宜川也幾度失守。十一月十三日，父親在小雁塔一帶試馬不慎摔傷昏迷，他清醒之後沒把這事告訴母親。那時南京已入初冬，母親大腹便便，思索了許多關於未來寶寶的事，其中想到命名，她寫信問：「昨夜因為不舒服睡不著，我就開始想著未來的孩子，忽然想到取名字。我想中文名字等你取，英文名字如果你同意的話，女孩就叫Victoria、男孩就叫Victor，這都是勝利的意思，他或她的到來，一方面可以帶來你的戰事的勝利，另一方面也帶來你我生活上的勝利，而且如果是女孩的話，她如能像英國維多利亞女王那樣的得人心、有福氣，我們也滿足了。你以為如何？」

結果一段時日之後，她在南京鼓樓醫院生下來的是Victor，那就是我。

七十多年前，惠英先在鼓樓醫院出生；三個多月以後，我也在同樣的醫院出生。鼓樓醫院是南京第一家西醫院，當時首屈一指，所以如此巧合的機率也應是挺大的；至於母親，除了胡長官妻子身分之外，還有一個身分會讓她選擇在此待產——她是南京金陵大學教授，而鼓樓醫院是金大附屬醫院。

我有如尋找生命的起始。鼓樓醫院在中山路上，目前是南京大學醫學院附屬醫院，因為金陵大學已改制為南京大學的一部分了。醫院是新舊建築並陳，一方面向南擴建了最新的院區；另方面近一百三十年前的醫院前身「基督醫院」，成為南京市重點保護建築，這棟擁有四字名銜的兩層西式樓房是當年的病房樓，所以母親生我後應該帶著我在此住過。「基督醫院」創辦者是美國基督教會的加拿大籍傳教士、醫

我贈書給鼓樓醫院副院長韋寧華，後為創辦人馬林的畫像。

學博士威廉・馬林（William E. Macklin），一八八六年教會派遣馬林到南京傳教行醫，隨後於一八九六年在鼓樓附近購地建造了這所西醫院，就在金陵大學——現在的南京大學旁邊。我們在馬林的畫像前合照，醫院副院長韋寧華女士則為我們導覽。據院方簡報，美國前總統卡特（Jimmy Carter）曾讚許鼓樓醫院為全中國最注重人性需要的醫院。

我們也赴南京大學鼓樓校區參觀原屬金陵大學的老校舍北大樓，北大樓的樓角有「一九一九」字樣，我和濟坎、期霖是師大附中實驗十九班同學，看了別有領會；另方面，現在是校區行政樓的北大樓建得這麼早，也顯見母親確曾在此駐足了。

擁有大批民國時期檔案的南京第二檔案館，竟然幫我找出三筆母親親手寫的金陵大學資料——一筆是她於民國三十五年（一九四六年）二月五日填寫的「金陵大學新教職員推薦書」，另兩筆則是她以毛筆親書民國三十五年不續應聘金大社會系特約教授信、三十六年暑假辭金大教職信。這都是母親當年的行誼，對我而言十分寶貴。

我於一九四七年年底出生，母親雖飽受生育之苦，但她寫給父親的信卻是「恭賀」——父親終於有後，也能對我祖父期盼之殷切，有個交代。尚在指揮作戰的父親，回信是不捨的；母親顯然聽聞父親落馬，十分著急。

一九四七年十二月十三日　父親之信

親愛的妻：

你的信收到了，承你恭賀我，很高興！你是辛苦了，累了，我不能幫助你，對不起！……九日的信亦收到了，我並沒有什麼，你不必空著急，別操心。但我近日工作甚忙罷了！

此祝

健康

你的丈夫　十二．十三

他隨即於年底的聖誕節，赴南京探視母親，二十七日中午又飛回西安。

一九四七年十二月二十五日，中華民國開始實施憲法，卻也是國共作戰攻守態勢轉換之時。共軍運動戰及情報戰均居上風，每能集中兵力殲滅國軍少數部隊。以「傷十指不如斷一指」的做法在內戰前兩年逐漸拉平了與國軍的實力對比，而國軍部隊分散防守各主要城市，被迫採取守勢，備多力分，到這個時候不論在東北、華北或西北都逐漸居於下風，不但如此，中共擅打總體戰，就是除了軍事對抗，也趁政治上的紛亂，在經濟上擾亂金融秩序使物價高漲，在社會上利用媒體操縱學潮來製造混亂與不安，這些事端不僅造成社會動盪，也使得前方將士的士氣與供需出了問題，都在在削弱了國軍戰力；在其占領的地區，則建立共黨控制的政權，並把黨組織深入到各農村，以致在動員人力、物力方面都強於政府控制區。

父親奉命「東攻北守」，馬上受到重傷害

那時關內有兩個主戰場，一在陝北、一在山東，父親的部隊在陝北追逐毛澤東等中共領導階層，讓毛在一年之內遷居三十七個村莊，平均十天就得搬一次家，其狼狽可想而知。所以為減輕陝北毛、周等領導人所受父親部隊的壓力，中共中央乃令劉伯承、鄧小平於一九四七年八月率大軍南下攻向大別山，威脅南京，陳賡、聶榮臻、徐向前各股共軍也同時作有計畫的進兵[76]，次長劉斐先是向蔣中正主席「堅決判斷」共軍不會跨越隴海線，影響他下指令猶豫，等情勢不對時，蔣主席乃動搖了陝北主攻的戰略。[77]

政府改採分區防禦戰略，尋求分別肅清共軍有形力量，然而共軍攻勢愈來愈凌厲，蔣主席乃令父親抽調精銳兵力支援東邊戰場，以打擊山西、河南、山東的陳賡、陳毅；但自一九四六年國軍整編之後，關中歸父親所轄的部隊，只有六個師、十四個旅，從攻克延安之後就長期作戰，已極為困疲；而且幾次找到共軍主力，都因後勤不繼而坐失殲敵良機。

父親盱衡整個情勢，認為他的部隊還是要以對抗北邊的毛澤東、周恩來、彭德懷等中共領導人為

76 國防部編，《國民革命軍戰役史》（臺北：國防部史政編譯局，一九九三），第五部第五冊，頁一九九～二〇〇。另見《中國人民解放軍全國解放戰爭史》，第三卷，頁七二：「中共中央軍委七月廿九日致電劉鄧，『現陝北情況甚為困難，如劉鄧及陳謝不能在兩個月內調動胡軍之一部，協助陝北打開局面，致陝北不能支持，則兩個月後胡軍主力可能調動，你們困難亦將增加。』」

77 《蔣中正日記》，一九四七年八月七日。

宜，於是以極機密電呈「陝北第九期作戰計畫」，力主「北攻東守」；然而蔣主席在共諜國防次長劉斐的獻策之下隨即復電，對父親的計畫嚴予斥責，強調要「東攻北守」。父親於一九四八年一月再呈蔣主席指出，當前共軍自攻陷山西運城之後，準備圍攻山西臨汾，「而我援救兵團遠在二百公里外，且第一師、第三十師、第二八旅各部總兵力不足三萬，而匪攻運城者，已達八萬，更增以運城以北獨立團等軍區部隊，則較我增援部隊優勢三倍以上。」[78]他強調，以極劣勢兵力要想深入共區二百公里解救臨汾，事實上恐不可能，而要閻錫山長官派兵自太原南下救援。

但閻錫山不願派兵南下，而蔣主席回電，依然要父親把部隊調往東邊圍剿陳毅、陳賡部隊；而國防部作戰次長劉斐更一再以上級單位身分，要父親把圍攻毛、周的部隊抽調到中原，電令父親從命，父親派參謀長盛文到南京力爭，強調此舉使陝北圍攻毛澤東的努力「前功盡棄」，且事實上也因鐵路已多被破壞，緩不濟急，故「絕不可行」，但蔣主席未同意，於是父親最後不得不遵令，命整一軍軍長董釗率整一、整三十六、整七十六共三個精銳師，東進入豫。

所有這些軍事行動、電報，蔣主席辦公室的參軍長薛岳在呈請蔣主席批核時，都簽「交劉次長速核辦」，也就是行動之前，劉斐都已知情。

把兵力東移，原來應該是機密的計畫。但共方消息異常靈通——父親向蔣主席呈報，奉命將精銳部隊東調才不過十天，陝北彭德懷部就調集大軍約五萬餘人大舉南下，王震部隊也強渡黃河，共八萬人進圍宜川。

78 《胡宗南先生文存》，頁二一五八。

瓦子街之役損兵折將

一九四八年二月二十六日，由於共軍大舉進犯，父親命二十四旅長張漢初固守宜川待援，並令陝北唯一主力整二十九軍軍長劉戡，率整二十七、整九十師四個旅，增援宜川。父親呈報的極機密軍事行動，同樣是經蔣主席批：「交國防部研議」，也就是經過共謀劉斐「研議」，我看了這些當年的電報，內心的痛難以言喻。

劉戡由於不久前陝北清澗失守救援不及，遭到國防部指責，自己也曾主動在國父遺像前罰站，因此動念既然要解宜川之圍就得講求時效，於是捨棄較安全但得多走三十里路的金盆灣山區路線，直接按原計畫沿著洛宜公路及兩側攻擊前進，結果遭遇將近三倍兵力的彭德懷部隊伏擊，等於落入口袋遭到包圍，最後兵敗自裁殉職。九十師嚴明師長親率特務營作戰，也受到包圍，彈盡援絕之際去電父親：「局勢甚急，自團長以上決心成仁以報鈞座、報總裁，敬祝，職嚴明……鄧宏義、楊」，此電到「楊」字就斷了，嚴師長亦殉職。李達、周由之兩位能征慣戰的少將旅長則均在此役中陣亡。

這就是造成陝北戰局完全改變的瓦子街之役。這場惡戰，雙方兵力懸殊，而關中自整一、整三十六、整七十六三個師東調之後，已無部隊可以馳援，以致造成整二十九軍全軍覆沒，那是西安綏署駐地僅存的主力。兵敗將亡的消息傳到西安，父親連續三天在日記中只寫下「痛心何極」四字，同時向蔣主席自請處分。蔣主席復以「撤職留任、戴罪立功」，又將西安綏署參謀長盛文撤職查辦。

我這趟大陸行，特地到西安南邊二十三公里的翠華山風景區，是要向四位忠勇將領劉戡、嚴明、周由之、李達致敬。當年他們在瓦子街之役殉職，父親主持安葬於此。如今的翠華山景區由碧山湖景區、天池景區和山崩石海景區三部分組成，我們很難找到確切埋葬位置，只能向山、向水恭行三鞠躬禮，以示身為胡宗南長官的長子，對四位為國獻身的將領之崇敬。

當年劉軍覆沒，共軍彭德懷欲乘勝追擊，於是立即揮軍南下。父親和盛文決定在不通知中央的情況下，逕自把東調的第一軍三個師抽回來，經通知軍長董釗，以三天三夜的時間趕回，恰好於渭河北岸予彭德懷部隊痛擊。三月十八日，共軍獨四旅進犯白水，被回防的整一師七十八旅擊退，不僅生擒共軍團長一員，還擄獲共軍教導旅的「作戰日誌」[79]，從其中所引述的多份電報可看出，當時共軍都是司令員彭德懷及政委習仲勛指揮。二十二日，彭德懷部第六縱隊及原踞洛川附近的共軍分竄銅川、白水、澄城以北地區，二十四日一部進犯洛川。三十日父親部隊收復澄城，洛川戰況激烈，中央由山東抽調整編六十五師兩個旅空運西安。

宜川失守後，駐延安的十七師孤懸陝北，父親於三月二十五日將延安的困境電呈蔣主席，建議撤離延安孤城，讓守軍參加關中作戰。蔣主席指示研究放棄及退出之路，並且在四月十二日電令父親改取守勢，父親令十七師破壞延安工事，焚燬物資後於四月二十一日撤出延安。

延安重回共黨之手後，彭德懷揮軍南下，圍攻洛川，攻下黃陵、宜君，進逼蒲城，並且進犯寶雞，我守寶雞的整七十六師師長、榆林之役立大功的名將徐保陣亡。

二十八日，整六十五師收復鳳翔，而以整一師之七十八旅車運天水，防敵西竄；二十九日，整一

79 全文附鉛字及地圖，連同當時參與陝北作戰國軍軍官之評述，《中共教導旅陝北作戰日誌》，已於二〇〇一年由國史館在臺北出版。

師、整三十師、整六十五師，緊追潰敵，以整三十六師由三原、涇陽沿西南公路向長武行超越追擊，時在麟游山區之共軍第六縱隊開始北竄。

涇渭大捷羅列首功

五月一日，三十八師由永壽附近沿西蘭公路及其兩側地區，對北竄之共軍第六縱隊行超越追擊，友軍八十二軍之一部亦已到達長武及其以東地區堵剿。而共軍之第一、第二、第四各縱隊，被迫由天堂鎮折向靈臺方向逃竄，我追擊各師均有斬獲，五月二日三個縱隊越過西蘭公路時，遭我軍緊追，遺棄裝備物資甚眾。其時，我整一師已由靈臺附近向東協力三十八師圍殲北竄之第六縱隊，僅彭德懷等小股共軍突圍逃逸，俘敵三千餘人；整六十五師、整三十師續向北尾追，得友軍馬繼援率八十二軍的協力，聚殲敵之第一、第二、第四各縱隊。

那天中午，西安綏署三十六師、六十五師已追至西蘭公路附近，截擊之下，共軍遂潰不成軍，傷亡七千餘人，俘獲三百餘人，殘敵向隴東正寧、寧縣附近老巢逃竄。

涇渭河谷之戰先後十七日，綏署整一師師長羅列厥功至偉[80]，計傷斃共軍二萬七千餘人，約三千八百人被俘，先前彭德懷部自整二十九軍取得之重武器、在寶雞搶掠的物資，悉在逃竄中遺棄；父親部隊另外也俘獲大批槍砲。此役是在全國各戰場全面失敗的情況下，難得一次大勝，讓關中危而復安，民間

80 這是父親於民國四十六年在臺灣高雄向蔣中正總統推薦時所述，見《胡宗南先生日記》，一九五七年一月十五日記載。另，蔣中正主席日記也對涇渭河谷大捷甚為肯定。

百姓也舒一口氣，紛獻錦旗勞軍，我目前仍珍藏數面。

參謀總長顧祝同因此向剛出任中華民國總統的蔣總統盛讚父親的用兵：「查此次陝北彭匪德懷，傾巢南犯，進竄隴東，經西安綏署所部與馬繼援師窮追，將匪主力殲滅。該主任胡宗南指揮卓越，用兵神速……」。以後蔣主席下了手令，把父親和盛文因瓦子街之役而受到的處分撤銷，也未追究父親在未陳報之下自行把三個師調回關中之事。

然而，整個局勢已急轉直下。總計這兩年來，國軍折損近百萬人，解放軍則增加一倍——國軍由四百三十萬人減至三百六十二萬人，解放軍由一百三十萬人增至二百八十萬人。[81]從軍事大局以觀，國共雙方已逐漸旗鼓相當，但國民政府在經濟和政治上的難題使得民心大失，共黨趁機發揮了總體戰，擴大了社會方面的打擊面，在這種情況下，共黨有信心在軍事上展開決戰。

國共關鍵三大決戰

七月，太原綏靖公署主任閻錫山部隊敗於晉中，太原完全被圍，等到一九四九年四月城破之後，父親派去支援太原及原先已駐守在臨汾的部隊，均全數壯烈犧牲。父親為了支援山西各戰場，都派了最好的部隊，部隊出發前必然親自與部隊長共餐，如八十三師師長謀湛，並下達指示，而這些部隊在絕對優勢的共軍猛烈的火炮和地道長期攻堅下，都盡了軍人的本分。

山東除了濟南、青島、煙臺等城，東北除了長春、瀋陽、錦州，幾乎都為共軍所據。七月十六日，

81 徐中約著，《中國近代史 1600～2000 中國的奮鬥》（北京：世界圖書出版公司北京公司，二〇一一），頁五〇八。

襄陽陷於共軍，第十五綏靖區司令官康澤受傷被俘；九月十三日，共軍陷兗州，兩天後進犯濟南，濟南設第二綏靖區，司令官為王耀武奉令堅守濟南，十六日中共華東野戰軍開始進攻，攻勢猛烈，防守城郊的整八十四師師長吳化文叛變投共，戰況急轉直下，濟南陷共，王耀武二十四日被俘。

遼瀋戰役已經從九月十二日開始，國軍主要困守在長春、瀋陽和錦州三個孤立的城市，由東北剿匪總司令衛立煌負責，共有兵力四、五十萬人，裝備亦佳；這些被包圍的精銳早應突圍到關內，卻因南京的堅持而坐失良機。十月十五日錦州失陷，父親的老同學老戰友、指揮官范漢傑被俘。自瀋陽西來解圍的廖耀湘部被衝散，亦無法撤回瀋陽，廖耀湘隨後被共軍俘獲。長春由鄭洞國率十萬部隊防守，因為第六十軍軍長曾澤生、第七軍軍長李鴻先後投降，鄭缺糧無援孤守九個多月之後被俘。瀋陽自廖耀湘率兵團往援錦州後，城內就已無強兵更無鬥志，十一月二日共軍招降，衛立煌逃出，東北至此已完全淪陷。

遼瀋戰役結束後，國共之間面臨徐蚌和平津地區決戰。一九四八年五月時，徐州剿匪總司令部由劉峙任司令，鄭州地區部隊編成十六兵團，由孫元良任司令。十月，蔣總統決定放棄鄭州，將十六兵團調往徐州，另調東北剿匪副總司令杜聿明任前進指揮所主任，當時徐蚌地區只有四個兵團——黃百韜的第七兵團、邱清泉的第二兵團、李彌的第十三兵團以及孫元良的十六兵團。另外屬於華中剿匪總司令部黃維的十二兵團奉命自河南南部馳援，國軍總兵力約五十五萬人；共軍方面有山東方面陳毅的華東野戰軍和河南方面劉伯承的中原野戰軍，共約六十萬人。但不幸的是，我國防部關鍵的作戰廳廳長郭汝瑰也是共諜，已將國軍作戰計畫洩露給中共。

十一月六日，共軍華東野戰軍對徐州東邊的郯城展開攻擊，黃百韜兵團及李彌兵團的一部掩護守軍撤退；七日，共軍策動徐州東北棗莊、賈汪一帶的第三綏靖區副司令官何基澧、張克俠叛變，這兩人都是中共地下黨黨員，率大部分官兵投共而造成防衛缺口，華東野戰軍得以迅速南下，侵入徐州以東，第十三兵團形同大部分被消滅。黃百韜兵團緊急越過運河向徐州集中，九日抵達運河以西、徐州以東的碾莊，卻在十一日遭共軍包圍。中原野戰軍也同時向徐州以西的邱清泉兵團進攻，劉峙命令邱兵團和徐州南邊的孫元良部解黃百韜之圍，但在共軍強力抗援之下未能及時趕到，黃百韜彈盡援絕，於二十二日舉槍自盡。

此刻，十一月十八日抵達蒙城的黃維十二兵團，也在二十五日於雙堆集被中原野戰軍包圍；徐州戰場改由杜聿明指揮，劉峙轉往蚌埠坐鎮，邱清泉奉命解黃維之圍，但在三十日，杜聿明決定率邱清泉、李彌、孫元良三兵團撤出徐州，向西移動時，十二月四日行至青龍集、陳官莊一帶，被中共華東野戰軍包圍，無法移動。七日孫元良兵團突圍失敗，孫元良只能率兵團司令部四百多官兵突圍逃出[82]；邱、李兩兵團攻擊共軍無效，十五日黃維兵團在突圍失敗而全軍覆沒。杜聿明及邱、李兩兵團在陳官莊一帶被圍四十多天，糧彈兩缺，一九四九年一月十日突圍失敗，曾任父親七分校副主任的名將邱清泉自殺，杜聿明被俘，李彌僅以身免。

徐蚌會戰為戡亂戰役中最重要一戰，五十五萬國軍精銳，犧牲殆盡。在此一戰役中，中共黨組織發揮了重大功能，動員了數百萬民工支援共軍前線，而國軍是靠後方支援及空投，以致慣戰國軍因共諜指揮及後勤不繼而失敗。[83]

82 孫元良，《億萬光年中的一瞬——孫元良回憶錄》（自行出版，一九七二），頁三二九。

83 參考《中國人民解放軍全國解放戰爭史》（北京：軍事科學院出版社，一九九七），第四卷。

前行政院長郝柏村先生認為，國軍剿共失敗，很大原因也是戰略上的錯誤所致，前一年白崇禧就已建議蔣總統應把精銳部隊自東北長春、瀋陽撤出以保存實力，因為那是孤懸的城市，不僅難有作為，而且已受包圍，但蔣總統並未採納，繼續把部隊投入其間；到了一九四八年下半年，國內政治、經濟、軍事全面崩潰，困在圍城中的部隊全部難以救出，再加上中共地下黨早已滲透國軍高層，使得我方任何重大軍事行動都被共軍掌握，作戰早已喪失先機。[84]

至於民間，母親早就說了，一九四八年實在是中華民族最為痛心的一年，軍事失敗，經濟也崩潰了，下半年她在南京的生活就非常困難，她帶著孩子毫無積蓄，開始面臨有如逃難的困境。

母親在危難中寫的信

在兵荒馬亂之際，母親過得很辛苦，她的少許積蓄因為通貨膨脹，早已無法買什麼東西，但她不斷寫信給父親，把自己對他的思慕寄情於字裡行間，雖然不知前線的軍情，但她筆下總帶著溫暖與鼓勵，而當年我不及一歲，也成為她和父親筆談的好材料。其中在八月寫給父親的信裡，她特別提到美國朋友轉來五月十七日出版的時代《Time》雜誌：

一九四八年八月十五日　母親之信

84 參考《郝柏村解讀蔣公日記一九四五至一九四九》（臺北：天下文化出版公司，二〇一一）。

……其中有一篇關於你的文章並且有一張四寸大的你的半身像，非常清楚，很有精神，其中的意思大致是說，你是國家在西北一大塊地區的看守者，去年收復延安後才結婚，今年雖然曾經一度因宜川的失利而被迫放棄延安，但在寶雞附近打了一次很有計畫、很有布置的大勝仗。你的責任是重大的，以後的工作將更艱苦，但你是有把握的等等。我讀了非常高興，我覺得還是美國觀察家公平點，他們對你並沒有什麼渲染，但他們把你應得的功勞歸於你了！……」

十月二十四日的去信，母親又提到陝東大荔之捷：

一九四八年十月二十四日　母親之信

……我知道你這一向是很辛苦的，但為國家為家庭，我都以你們那邊最近的勝利而感到興奮安慰和驕傲。這次西北戰場之勝利，百分之百是由於你這幾個月來的辛苦努力而來的。我的好丈夫，上帝在保佑著你，全國的人民在期待著你，你的妻子在預祝你更大的勝利呢！

家裡一切都很好，孩子愈來愈乖了，他一天到晚最少要叫一百聲爸爸，像他的母親一樣，他的心也是都在爸爸那裡的。

當然了，那段社稷將危、天下將傾的日子，也在母親的信裡呈現，讓我在六十多年後看得觸目心驚。就在十一月間徐蚌會戰最吃緊之際，她告訴父親，南京的物價漲得怕人，幾乎每小時的價格都不同，而且柴米等日常用品都買不到，她幾天前就已無錢可用，許多她認識的人能走就走了，經濟的崩潰使得南京混亂已極，幾乎可謂山窮水盡，她想離開南京。為戰事操煩的父親無暇兼顧，但在戰事緊急時回給母親的信還是帶些幽默，也顯現他的人生觀。

一九四八年十一月十二日　父親之信

親愛的妻：

何必如此發急呢？人家忙亂，因為人家有錢、有產，怕走不了。你既無錢又無產，何必和人家一樣慌亂呢！何況南京在最近一兩月內不至有什麼了不起的變化！

家用及特別變化時，行動已托某君面告，已有準備，如你認為南京不能住時，先到上海亦可。將來或另搬到別處時，只要飛機能通航地點，是很容易的！你說：你的妻是怕受侮辱，不能受侮辱，這話表現你的品德和精神，我很驕傲和得意！

你的丈夫

幾天以後，母親抵達上海，父親還嫌她太急著離開南京，但他回信正面看待：

一九四八年十一月二十日　父親之信

親愛的妻：

這幾天（你）很累、很辛苦，我聽了很高興，因為這是我們家庭應該的事，人生最高貴的事，為一窮婦人。在上海不可應酬、交際，與闊人們來往，因為這是最愚蠢的事！我們還是藏美、安貧、為善樂道吧！

你的丈夫

父親知道如此亂局必然無法顧家，他於十二月寫信給多年摯友湯恩伯拜託照顧母親，顯然沒有多談家庭的未來。因此沒幾天就接到湯將軍自南京打來的電話時，對話有些突兀。湯才剛出任京滬杭警備總司令，負責保衛南京和上海的安全與秩序。湯恩伯在電話中告訴父親：「你的信收到了，你的妻子預備和我家住一起。」

父親問：「何處？」

「臺灣。」[85]

那時，相對於大陸處處遭中共地下黨的潛伏與滲透，臺灣可謂是淨土，並有海峽相隔，所以在中華民國遭逢重大失敗之際，黨政軍高層已逐漸把寶島視為退守與復興中華之地。

一九四八年年底，已經沒什麼主意的母親接受湯恩伯的建議，帶著我隨湯家遷來臺灣。而我們的國家中華民國，也邁入存亡關鍵的一年——一九四九年。

85 《胡宗南先生日記》，一九四八年十二月二十二日記載。

第十一章

全力護國・傾訴親情

一九四九　西安・漢中・成都

中華民國的一九四九年是怎麼過的？對於老一輩而言，實在不堪回首；而我的父母親，更是面臨生死抉擇關頭。

在徐蚌戰役結束前，平津戰役已然進行。北平、天津地區為控制華北和東北的重地，華北剿匪總司令部一九四七年於北平成立，傅作義為總司令。一九四八年九月濟南戰役失敗，十一月遼瀋戰役也敗，國軍在平津戰場僅能守住北平、天津、保定、唐山、張家口及承德幾個大城市，彼此間的交通線已被共軍隔斷，華北剿總的兵力約六十萬人，中共則有華北野戰軍十餘萬人、東北野戰軍八十萬人。十二月間，由於傅作義的王牌部隊三十五軍遭到殲滅，軍長郭景雲自戕殉國，動搖了傅的決心。父親欣賞的老部屬、九十軍軍長周士瀛當時歸傅作義指揮，後來在臺北親口告訴我，三十五軍原先打勝仗後就要撤離張家口，以免被包圍，不幸中共發動當地百姓哭泣挽留而作了致命的耽誤，再撤時已來不及了。這就是毛澤東活用了孫子兵法上「將有五危」中的「愛民可煩」，以此「覆軍殺將」。

共黨整體戰成功，國府軍事與經濟均崩潰

從一九四八年六月至一九四九年一月間，共軍先後在遼瀋、徐蚌、平津，這三大戰役皆獲全勝，使

得國軍精銳盡失，只能憑長江天險守上海、南京、武漢一線。但是一般都知道國軍主力已經喪失殆盡，美援裝備盡失，其餘地區軍心士氣低落，經濟又崩潰，中共全面戰勝已指日可待，所以中共更加緊策反各非共地區首長和軍事領袖，亦獲眾多響應。

一九四八年十二月中旬，蔣中正確認華中剿總黃維十二兵團的四個軍在雙堆集突圍被殲，杜聿明兵團和平津繼續被圍後，再面臨廣西省主席黃旭初和白崇禧逼他下野之議。他有如四面楚歌，於是召喚一些各地領導人見面，也在二十日電召我父親立即從西安祕密到南京一敘。然而由於南京連續一星期的惡劣天候，父親直到二十八日才勉強飛赴南京。

父親次日見到蔣總統，蔣召見他時關切的是關中兵力及配備，父親見他「眼角之間隱隱有淚痕」。[86]三十日父親又受召見一同午餐，蔣總統正在擬元旦文告，其實文告所透露的內容，才是他這次召父親過來的主要目的，文告中尋求與共黨談和平，但須共黨停止武裝叛亂，否則就與之周旋到底，「個人的進退出處絕不縈懷，而一惟國民的公意是從」。

一九四九年元旦，文告發表。蔣總統中午在官邸宴請陸海空重要將領時，特地問父親對文告的感想，父親直率地回答：「這文告動搖第一線兵心士氣，又何必如此？」蔣總統不語，顯然不悅。[87]依王叔銘的日記[88]記載，當天只有父親公開持負面看法，這就是一九四九年的開始。

86 《胡宗南先生日記》一九四八年十二月二十九日。

87 《胡宗南先生日記》，一九四九年一月一日。

88 《王叔銘日記》，現由中央研究院近代史研究所保存，已公開。

五日，父親率盛文等部屬自南京明故宮機場起飛，他準備返回駐地，送行者不少，包括俞濟時、蔣經國、王叔銘、賀衷寒等多位人士，下午二時四十分抵達西安機場。

中華民國經過前半年在東北，華北戰場上的巨大挫敗，精神及主要裝備盡失，以致父親的部隊已成為剩下的極少數較完整戰力了。回到西安，他才給已到臺灣的母親寫信賀新年，並且囑咐她絕對要過低調不應酬的生活。

一九四九年一月七日　父親之信

親愛的妻：

今年第一封信，先給你拜年，恭祝你健康、快樂和幸運。

我自去年二十八日由西安飛京。心想你在上海住時，如何在海邊過年，但是一到南京，就發現報紙上登載你和湯太太在臺灣的消息，正是出人意想之外的一件奇事。

渡海機會正多，你又何必如此急迫呢？

我在南京住了九天，在郭懺及顧祝同兩位先生家中吃了年夜飯，送去了卅七年的一切，而迎到了卅八年的幸運，今年我希望和你有一個或兩個月的時間相處。我是五日回陝，正在部署戰爭中。在臺灣每月需要若干錢，請列一清單給我。我希望你不要交際應酬，一切在自尊自重自覺中鍛練人生……

你的丈夫

十日，從徐州戰場撤出的部隊在青龍集、陳官庄地區為共軍殲滅，父親一向欣賞的戰將第二兵團邱清泉司令自戕殉職，副總司令杜聿明突圍時被俘。邱清泉與羅列是連襟。

蔣總統引退

邱清泉的悲慘結局，當天就傳到西安，父親為之痛心焦慮。十四日，中共宣布和平談判八條件，第一條就是懲治「戰犯」，四十三人名單中，蔣總統是第一位，父親被列為第三十位。中央銀行總裁俞鴻鈞奉蔣總統指示，把央行庫存的金銀外匯逐次移運臺灣。一月十九日下午，蔣總統和行政院長孫科談了兩小時後，決定引退。父親隨即在二十一日接到蔣總統引退電文。

二十一日下午四點十分，蔣總統下野，並搭機赴杭州落地，他仍是中國國民黨總裁。二十二日，傅作義在北平宣布和平解決，也就是投共，五十萬國軍一夕轉向，接受改編——但李文副總司令、石覺司令官及袁樸軍長等優秀將領在最後一刻撤出。父親則在西安成立「鋤奸救國同志會」，他自任會長、趙龍文為書記長，這是為了配合西安綏靖公署、黨政人員訓練班反共訓練而設立，父親在學生宣誓時訓勉說，要永遠為反共而努力，為革新本黨而努力。

二十六日，父親所部政治部主任蔣堅忍自京回陝，攜來蔣總統在宣告下野之前，給父親寫的一封親筆函，我以後在父親遺物中，找到這封於二十日中午寫就的七頁親筆信，顯見蔣總裁即使下野，也並未棄國不顧，字裡行間也見對父親真摯的感情。

宗南主任弟勛鑒：

近日政局即有變動，但陝省重要，一切工作皆應照常進行，而且比前更應積極，準備作死中求生之奮鬥。關於增加弟部之番號，已指定兩個軍及另配四個師似已足用。武器亦已指配，望能於三個月內補充完畢也。今後主力應置於漢中附近，對於四川關係特須密切，將來應受重慶張主任之指揮，則公私皆宜。尤望在川中鄰接各地人民應多加工夫，切實撫慰，軍風紀必須特別優良，以期軍譽提高，人民仰賴也。又對馬繼援亦應派員切實聯絡友愛，俾能互助一致也。中不論在何地何時對弟部一切必如在京時無異，不必以此自餒，只要吾人自立自助、不屈不撓、百折不回，則最後勝利未有不屬於我也。餘不百一。順頌

戎祉

中正手啟

這是徐蚌會戰後到大陸淪陷之前，蔣總統給父親寫的六封親筆信之一。父親於二十六日展讀這封信，「讀罷為之悽然，涕淚直流」。蔣引退，李宗仁代理總統，並積極與中共議和，因此蔣親筆信所提兩軍四師番號及武器指配，始終未實施。

母親期待與父親見面已久。二十六日她終於如願以償，飛來西安，見到思念已久的父親，除了互訴衷曲外，不免觸及現實問題，如在臺灣的民生大計、生活交通費用等等，和父親有激烈的爭執，父親事後在日記反省，「此真非人負我，乃我負人也。」母親幾天前就去信父親說想赴臺灣大學教書，但父親不同意，認為做太太就應在家好好帶孩子；她訴說在臺灣寄人籬下，一切都不方便，她有身世飄零、丈夫遺棄她的感覺，說著就潸然淚下。母親期待隨著父親的部隊走，但這是怎麼可能的事，終父親的軍旅生涯，即使是來臺後赴外島任職，也都從沒讓母親留在身邊。

母親跟父親過了這年的農曆除夕及新年，就回臺灣了。以吉普車送母親離開王曲之際，母親自然離情依依，但父親開個玩笑哄她：「這回妳有夏新華（侍從參謀）當司機，我是衛兵，這樣的配檔不差嘛。」幽默的話讓母親心情好些。

和談不成共軍渡過長江

主張議和的桂系派出代表赴北平談判，希望與中共劃長江而治，但談判自始即落空。中共方面提出形同要求無條件投降的「和平協定」八條二十四款草案，四月間雙方在北平和談，中共所提條件絕不退讓，而且和談成立之後，共軍還是要渡江，進駐長江南岸，這完全和桂系的期待不同。四月十五日，共方代表要求李宗仁於四月二十日前簽字，並且宣稱無論南京政府簽字與否，共軍都得渡江。李、白這才知道所謂「和平談判」、「隔江而治」的難

一九四九年一月下旬相聚於西安，時局已十分緊張。

度有多高，而拒絕了中共的條件。

二十一日凌晨，中共不待南京方面的正式答覆，半夜發動全面攻擊，並在荻港、江陰附近渡江，江陰要塞司令戴戎光叛變，使得共軍毫無損失的情況下過了長江，到了下午，共軍已逼近常州以北地區，參謀總長顧祝同決定放棄南京。

二十二日，蔣總裁飛杭州，與李宗仁、何應欽、張群、吳忠信、王世杰等會商，李宗仁一開始即說，和平方針既告失敗，請蔣復職。但蔣總裁回答，「前此共匪之所以同意和談者，乃因其渡江兵力部署未定耳；今共匪來犯，既屬旦夕間事，則尚何談判之可言？」蔣總裁因此通電明示：「由於共黨毫無誠意，和平談判已告決裂，中華民國特昭告全世界，此後將繼續抵抗共產主義侵略，從明日起，政府遷往廣州辦公。」[89]

然而，李宗仁代總統卻於隔日搭機飛往桂林，至於談判代表張治中、邵力子也在同日變節投共，隨團前往的劉斐，則表露了他的真面貌，宣告投共。

到目前為止，國軍在軍事上除李宗仁在桂林外，白崇禧在漢口、程潛在湖南、蔣總裁在上海，軍事上形同各行其事；至於中央嫡系僅存的部隊，只有父親的主力尚在陝西，毛澤東估計父親的兵力為十五萬八千人[90]，另外除湯恩伯任京滬杭警備總司令、朱紹良為福州綏靖公署主任、余漢謀任廣州綏靖公署主任、臺灣省主席陳誠兼臺灣警備總司令，長江中上游除華中剿總外，張群為重慶綏靖公署主任。

89 秦孝儀，《總統蔣公大事長編初稿》（臺北：中正文教基金會出版，一九七八～二〇〇八），卷七（下），頁二七九。

90 《中國人民解放軍全國解放戰爭史》，（北京：軍事科學出版社，一九九七），第五卷，頁二四七。

共軍方面，一九四九年二、三月間，趁著宣稱和談之際進行了整編——西北野戰軍改為第一野戰軍，共三十五萬人[91]，司令員兼政委彭德懷；中原野戰軍改為第二野戰軍，司令員劉伯承、政委鄧小平；華東野戰軍改為第三野戰軍，司令員兼政委陳毅；東北野戰軍改為第四野戰軍，司令員林彪、政委羅榮桓。改組完成後，除了第一野戰軍繼續留在西北戰場與我父親所部對抗外，其餘二、三、四野戰軍均投入渡江戰場。在江陰渡江的共軍切斷京滬線，向東包圍了上海，部分共軍南下，五月四日占領了杭州。七日，蔣總裁乘江靜輪離開上海前往舟山，他在船上專心思考，如何建設臺灣，讓臺灣成為實現三民主義的省區。[92]

國軍繼續潰敗，十三日撤守松江，十五日撤出武漢，十九日臺灣全省宣布臨時戒嚴，二十一日國軍撤出南昌，二十七日上海國軍撤至定海。三十日何應欽率行政院各部會總辭，李代總統提名閻錫山為行政院院長。和談後，整個民心士氣遭受打擊，可謂土崩瓦解，大局已不可收拾。

撤守西安．我走父親當年的路線到漢中

父親在陝西，與共軍作戰一直持續，不僅如此，他還奉命派軍援助別的戰區，如一九四七年間支援閻錫山主席的運城作戰；一九四八年五月西安綏署在陝西截擊彭德懷部，也奉命派軍在山西臨汾、豫西等地與共軍惡戰；其後又支援閻錫山主席的太原作戰，各部隊都奮戰到最後為國犧牲。不過到了一九四

91 同上註，頁二四八。

92 《蔣中正日記》，一九四九年五月七日。

九年，父親的部隊也飽受金圓券失敗、經濟崩潰糧食不濟給養不足之苦，因而極為影響士氣與戰力，蔣總裁於五月十三日電四川省主席王陵基，設法供給父親部隊軍糧與兵源，但隔了一天就電告父親，應作「自立自強之打算」。[93]

由於大局激變，父親擔憂陝晉的第一、第二野戰軍必合力南下，為防局部耗損，決定放棄蒲城、銅川等據點，主力撤過渭河、涇水，以便集中兵力。這個時刻，父親的部隊番號雖存，兵額卻很缺，而彭德懷的第一、第三兩兵團已南犯，十六日直接威脅咸陽北原，咸陽距西安五十餘里，其實西安綏署可用於機動作戰的兵力不足五萬人，父親因考慮共軍攻勢凶猛，而寧夏友軍須至二十五日以後方能集中，為避免單獨決戰孤守一城之不利，於是主動撤離西安，十八日上午與羅列及各幕僚人員一起飛離，遷往南方的漢中。他在日記上很感性地寫：「別了西安，西安別了。」因為終究這裡前前後後待了十二年。二十日西安陷落。

他接到幾封母親的信，回信時簡述了放棄西安的考量以安慰母親，因母親對西安也有深厚的感情。

一九四九年六月九日　父親之信

親愛的霞妹：

……我於十八日離開了西安，十九日到達寶雞，二十日放棄西安。在寶雞住了十多天，於卅日到達

93 《胡宗南先生文存》，頁二七三。

了漢中，住在當年漢高祖住家的漢臺。

放棄西安為戰略上至當的行動，確保了秦嶺，扼守寶雞、鳳翔、虢鎮，而安定安康，打垮了自河西進的敵人，所以鞏固漢中，所以掩護四川，所以爭取時間，以為反攻的準備，還是當年諸葛先生之一套。

這次在大風大雨大霧，半夜之中闖過秦嶺，頗覺有聲有色，而有趣也。

宗上

那日，父親自寶雞於凌晨三點率軍在風雨及夜色中闖過秦嶺山區，中午十二點半抵達漢中南鄭。隔了七十年，我自西安經過高速公路越過秦嶺往漢中行去，雖然路更長，三個小時就到了。途中有個高速公路休息站，寫著「秦嶺服務區」，這就觸動了我的心弦。秦嶺是山脈，是父親長久以來各種戰況危急時的倚勢，我遠眺山巒綿延，當年要翻山越嶺是多麼的不容易啊。

我來到漢中，父親講住在當年漢高祖住的漢臺，當地的臺辦指現在是「漢中市博物館」，抵達博物館，當面的大大招牌確實是「古漢臺」三個大字，應該是沒錯了，但是裡面

我行經秦嶺，當年行軍困難之地，如今成為高速公路的一站。

古味全無；我再找「川陝甘綏靖公署」舊址，因為父親八月來此後，就發表為綏靖公署主任，臺辦細查後告知，當年父親撤離漢中時，破壞極為徹底，要找遺跡幾乎不可能，但現在的漢藝文化酒店有可能是原址，我投宿在那裡，內心自然感慨。

當年國防部指示，天水行轅也就是西北軍政長官公署，於五月將駐防甘肅的中央陸軍第九十一軍、第一一九軍、第一二〇軍，組成隴南兵團，共七個師、四萬五千多人，由第一一九軍軍長王治岐任隴南兵團司令官，隴南兵團組成後，隨即東赴陝西配合父親指揮。西安撤守時，以六十九軍控制在涇渭河谷，掩護三十六軍及西安各機關與物資西運，然後聯繫十七軍向西安南方的秦嶺山地轉進，再以六十五軍、五十七軍留置部分於涇水西岸，遲滯敵之行動；主力分別撤至乾縣、麟遊地區與乾縣、鳳翔地區，以掩護綏署之主力向渭水南岸及川陝公路轉進。

此時彭部已率第一、第二兵團及晉共之一部，沿涇渭河谷及西蘭公路大舉西犯，而西安撤退後，青海、寧夏地區國軍因側翼暴露，故希望國防部指導西安綏署一起反攻西安。於是國防部乃指導協調蘭州綏署以寧夏、隴東兩兵團東進，隴南兵團一一九軍王治岐部、西安綏署十八兵團李振所部沿渭河北岸東進；三十六軍向渭河南岸東向攻擊，十七軍出子午谷、第三軍出大峪口，以期包圍彭部於渭河平原武功以南而殲滅之。

這是大規模的軍事行動，從六月九日會戰開始，第三軍已經攻到西安外圍了，而且到十四日渭北部隊克復武功，但因三方協調不良，隴東、寧夏部隊均因小挫而撤回，致父親的西安綏署部隊反而被源源過來援助的共軍包圍於渭河北岸及南岸。浴血苦戰之下，裴昌會指揮第七兵團六十五軍、六十九軍、三十六軍、九十軍精銳損失過半，雖然斃敵萬餘人，仍是重大挫折，乃向秦嶺山區轉進。

父親將西安綏靖公署遷至漢中，這時尚可通郵。母親以「陝西漢中漢臺西安綏靖公署」為地址，寄給父親的信能到，可是得花上將近一個月。她在每封信敘述了局勢、她的思念也寫到尚不及兩歲的我。

一九四九年七月十日　母親之信

親愛的南哥：

這是幾星期來最涼的一個晚上，孩子睡著了，我靜靜地坐在窗邊聽著外面的雨聲。思潮又湧到你那邊，馬上感到一種綿綿的情意，很有「忽見陌頭楊柳色，悔教夫婿覓封侯」的景況，禁不住立刻站起來給你作書。……

今早去做禮拜，烈日當頭風意毫無。走到教堂門口已是滿頭大汗了。禮拜剛開始，大家站在那裡唱讚美詩，我和雹弟立刻加入那個隊伍，接著就是禱告，我細聲地祈禱你的平安和國家的好運。……最近我已去做過好幾次禮拜了，很奇怪近來我的宗教觀念似乎是愈來愈濃厚了。當我想念著你憂慮著國事時，我很盼望有一種神的啟示，能使我得到安慰、得到鼓勵。我想如果有一種精神的安慰，也許這種離家鄉別土地、夫婦久別而前途又頗為渺茫的日子，會容易過些。

實在當我們結婚之初，我總以為很快我們就能永遠在一起生活，像普通夫婦一般地過著夫唱婦隨的生活，誰知時局的演變影響了我們家庭的幸福，到今天我倆卻反而愈離愈遠了呢！親愛的哥哥，我想無論什麼人處我這個情境，也會思緒萬端、柔腸百結吧。我這不盡的相思這幾年來也說得不少了，誰知多的還在後面呢！的確我想只有上帝才能了解我的心境，從祂那裡我才能得到心的寧靜。

孩子是一天一天進步，現在他會一個人爬上桌子，今天下午他就爬上桌，兩手拿著我倆的照片，對著你叫著爸爸。他又長高了些，樣子和舉動可越來越像你了。他已會說許多簡單的句子，聲音和拼音都很清晰而可愛。假如他是在你身邊的話，我相信現在你就會喜歡帶著他出去散步或拜訪親近的朋友了。他的確是個很好的同伴，我想像著你父子倆攜手散步或你把他放在吉普車上，然後自己跳上去和他坐在一起的情形。我想當我親眼看到時，我將多麼的快樂呵！我雖是一個幸福的人，這是毫無問題的，可是到現在為止，我還沒有享受到我所應享的幸福……

調軍入川為四川政要延誤軍情

此際，父親一面經營甘肅南部，一面經營漢中，他希望立即派精銳的第一軍進入四川以鞏固政府在四川的中堅力量，並協助穩定西南局勢，但因四川當地政要的攔阻，而西南軍政長官張群又必須要調和鼎鼐，第一軍陳鞠旅軍長來見父親後，決定不入川，暫在陝南漢中北邊的留壩、褒城、城固一帶，作為戰略預備隊。李宗仁執意要把父親的部隊調到湖北北邊與西邊，以成「一字長蛇」防線之一部[94]，但父親多年後指出，由於李宗仁的阻止，他不得已撤回第一軍，部隊停留在漢中近半年，再加上早已與中共方面暗通聲息而有默契的四川實力軍人劉文輝、鄧錫侯、潘文華等，以各種方式應付蔣總裁的各種任命及鼓勵，進而欺騙蔣總裁及張群主任，張、蔣沒有正確的情資，不知他們已有意投共，反而相信他們對

94 李宗仁口述、唐德剛撰寫，《李宗仁回憶錄》（臺中：永蓮清出版社，一九八六），下冊，頁九五四～九五五。

黨國的忠誠，及與共產黨的矛盾難解，拖延父親部隊入川時間[95]，「以後入川形勢已變無法補救矣。」[96]

國際局勢對中華民國而言愈來愈不利。八月五日，美國發表白皮書，嚴責當前不利的局面，國民政府要負最大責任；而湖南程潛、陳明仁也在湖南同鄉劉斐的積極遊說下，於一日降共，使得共軍長驅直入南下。但程潛投共時，一〇〇軍軍長杜鼎率部由長沙突圍，向永豐集結；七十一軍軍長熊新民率部南下衡陽集結；十四軍軍長成剛率部由洞口向邵陽集結。三個軍的主力均來歸，由父親老友黃埔一期的黃杰繼任兵團司令。

八月七日，父親的黃埔一期老同學宋希濂到漢中來看他，兩人都贊成現在不能和共軍硬碰硬、不應當守城池，而要集中力量保存實力南下雲南，以後情勢再危急還可退到緬境——這主要是宋希濂所提出[97]；他倆的交談十分投機，父親在日記中寫「水乳交融，情投意洽」，可惜這個「全軍」計畫在蔣總裁那裡被擋了下來，八月間四川全境都尚在國軍手中，蔣總裁用更高的層次來考慮，希望把四川守下來，目的是政府地位及國際視聽，自然不願先考慮雲南退路。[98]

八日，父親兼任川陝甘邊區綏靖主任，仍在南鄭指揮。此時，蔣總裁已在臺北草山成立國民黨總裁

---

95 《四川省革命委員會，劉、鄧、潘起義與蔣介石的川西決戰》，四川文史資料選輯第十八輯。

96 《胡宗南先生日記》，下冊，一九六〇年一月六日。

97 宋希濂，〈解放前夕我和胡宗南策劃的一個陰謀〉《文史資料選輯》，第二十三輯。

98 《蔣中正日記》，一九四九年八月二十九日；《胡宗南先生日記》，下冊，一九四九年八月七日。

辦公室，進行在大陸西南地區對抗共軍的最後努力。

新任行政院長閻錫山致電父親，要求到廣州來會商，他在八月十三日以專機飛到廣州，次日上午在李代總統官邸開作戰會報，馬步芳、馬鴻逵、閻錫山、白崇禧、蕭毅肅、徐永昌都參加了，並決定作戰方案。當晚是閻主任宴會，父親在宴會中決定與馬步芳一起飛到臺灣。

次日，父親搭中航機與馬步芳同飛臺北，當晚也和母親見了面，住在湯恩伯的住宅。次日，蔣經國陪父親往草山謁見蔣總裁，並一起早餐；那天蔣總裁在日記裡特別記下了這次晤面：「約宗南來朝餐，報告其西北及陝南狀況，與今後戰略。彼甚有決心，且毫無頹唐之色。此乃幹部中之麟角也。」他並在當週的「反省錄」記載，「宗南來見。其精神志節始終如一，而勇氣與見解亦超乎常人。此為逆境中最自慰者。」他並把程潛投共後，有三個軍來歸，也列為足以自慰者二。

父親於十八日離臺，經廣州返回南鄭。蔣總裁於八月二十四日到重慶，希望穩住四川及西康的軍心民情；他於二十八日召見父親，研討川陝戰局與西北今後戰略，有二小時之久。與父親談話後，他更覺得四川可以穩住，不虞陝甘共軍來犯，但必須加倍努力。蔣總裁在這天日記裡又加了一句：「宗南實為將領中之麟角，可愛。」

母親八月下旬的信，也提到父親的來臺和蘭州失守。

一九四九年八月二十八日　母親之信

親愛的南哥：

……（小廣）今早吵著要到外婆家去，哄了半天剛才睡著了，那睡態之可愛真會使最惡的魔王也變為仁慈的。我一邊坐在床上拍著他一邊就想著你。我想假使你有一個整天和他在一起生活，你將感到多麼的幸福呵！

自從你走後我簡直一步都沒有外出，現在是一心一意地等著你來接我去。但願戰局不至阻止我們的會晤。

今日無線電報告蘭州失守，使人更感到西北風雲的緊急。昨天中央日報上有一篇「四川守備」的專刊，在分析戰局之餘，作者對於你的期望似乎非常殷切，特別附上給你做個參考。也許他們所見的，你早已有所安排，但至少你可以知道人民在想什麼。我看你的工作愈來愈艱苦，你的責任是愈來愈重大了。我真不知該如何的安慰你才好。……

現在是我們的冬天——全中國人民的冬天，但冬天會過去，春天總是要來的。親愛的，請以此去勉勵你那堅苦作戰幹部和壯士們吧！全中國的善良人民在等待著你們的拯救呢。祝你

勝利！

你的愛妻

政府遷往重慶

父親返回駐地後，於八、九月間分別電呈蔣總裁、張群長官，他的部隊在陝南、隴南、秦嶺附近，及北秦嶺的幾次戰役，攻擊都奏了功；但他也有後顧之憂。國防部第一視察組組長戴展向蔣總裁呈上報

告[99]指出，胡宗南部有責任卻缺資源，建議速予其川康軍政權力。九月間，不利消息繼續傳出，在綏遠、寧夏守軍相繼投共，且新疆陶峙岳也降共，造成西北四省全陷，此時中共西北解放軍便可集中全力攻擊兵力處於劣勢的父親，而他防線側翼又因湖南降共及桂系軍隊之潰敗而被圍，因此蔣總裁於二十五日致電父親，勉勵他「死中求生」。[100]

十月一日，中共在北京成立中華人民共和國。十日，白崇禧放棄衡陽，所部全部向廣西撤退；湘贛粵邊境的共軍全力向廣州進犯。十二日，國民政府宣布自廣州遷往重慶，廣州旋即失陷。

父親為安定所部將領的軍心，於十月十八日致電臺灣省政府主席陳誠，他準備把五十個高級將領的家庭送來臺灣，請陳誠代建房舍——他九月間就開始籌黃金一千兩為經費，以後陳誠主席協助在臺北市南京東路（今松江路）建築眷舍五十棟，優先分配給西安軍政幹部的家屬或烈士遺眷。至於我家，母親也在十一月間寫信給父親，省政府撥借一棟丙種住宅，地點在臺北市浦城街，她很滿意，決定搬入。父親七分校在臺學生所組成的「王曲聯誼會」孟興華會長如今回憶，陝西省主席董釗、卅四集團軍總司令李文、馮龍中將等二十餘位來臺高級軍政將領，還有如後來在一江山殉國的王生明司令等人的家人都住在這批眷舍裡，「有一戶較大留給胡公，胡公來臺不住，作為幼稚園（即現在第一大飯店原址），胡公自己則借住在政府公配的臺北市日式簡陋官舍，歷史見證。」

但是，臺灣形勢其實也不穩。福建廈門也在十月十七日因守軍不戰而退失守，影響到臺灣。保密局

99 《胡宗南先生文存》，頁二八八～二八九。

100 《胡宗南先生文存》，頁二九五。

長毛人鳳電告父親，由於共軍已襲捲大陸東南一帶，臺灣的人心不安，物價增高，有託管的謠言，冀求短期內的安全；一般人對臺灣問題並無信心，父親在日記裡寫，毛人鳳「亦認為需要一確保臺灣的新辦法，來鞏固人心、軍心，日來余與乃建、經國諸兄，正研究此一問題。」[101]

蔣總裁密函以西昌為最後根據地

蔣總裁連日約顧祝同等人研究今後戰略，特別是川康滇黔的軍隊部署，他跟顧祝同談西南軍事，很為前途憂慮，其實早在八月二十九日蔣總裁在重慶召集軍事會議時，他和其他與會高層就已經錯誤的認定共軍主力會從川陝邊境南下攻入四川，而不允父親將部隊南撤至四川、西康。這時在廈門失陷後，十月二十一日晚，他寫了一封極機密的信給父親，這封毛筆親筆信，父親妥為收藏，但未載於日記之中，此信顯示在十月下旬，蔣總裁才明確指示要把父親戰力完整的部隊，從陝南的秦嶺山地途經川北，繞過成都到川南，待命進入西康、雲南，也就是先「以西昌為根據」，最後是以「鞏固雲南為惟一要務」，父親需面對的挑戰，是如何快速地把六個軍的大部隊，從陝南平安送到千里以外的西昌，乃至於更遠的雲南，只可惜蔣總裁這個決心下得太遲了。

西昌早在抗戰期間，就已被選定為預備性的遷都城市，並做了相關的建設。但局勢變化之快、之大，讓政府對西南所有安排在短時間就全盤翻轉，使得中華民國國運陷入不可預測的境地。

101 《胡宗南先生日記》，一九四九年十月二十一日。乃建為唐縱的字，唐縱來臺後，當時是情報機關的召集人，以後任內政部次長。

第十二章

獨木難支大廈．母親的焦慮

一九四九　漢中．成都

一九四九年從四月共軍渡江開始，整個戰局有如一面倒，國軍將領意志不堅者紛紛投共，尤其是非黃埔系的將領，有些投共將領經過共軍領導者「再教育」，又被「釋放」，再回過頭來遊說、分化國軍各部隊主官變節棄戰。又或者，找來親朋好友當說客。

父親堅拒變節與誘降

父親也曾經成為目標，希望他像傅作義一樣，率領大軍不戰而降。但他意志堅定，堅決效忠中華民國與領袖蔣中正，即使在大局江河日下面臨崩潰之際，依然不改其志。

在父親的日記裡，一九四九年十月九日簡單記載了「張新、孟炳南自匪區回，各帶胡公冕君一函」，張新是兩年前被俘的整二十四旅旅長、孟炳南是同鄉。胡公冕是父親早年的年長朋友，是共產黨員，過去也時有往來；到了最後關頭，他數度試圖說服父親變節，父親雖然尊敬他，但志節堅定，胡公冕無功而退。張新已至共軍任職，此刻穿越防線到父親的陣營，目的不言可喻；然而父親並未接受勸降，反倒把張新關在牢裡，並且指示部隊，日後見到有類似身分者，一要拒之於部隊之外，其次要予關押，以免部隊受到影響。這都是屬於共軍於軍事行動之外的總體戰一部分，變節叛變可謂最影響大局。

東南情勢岌岌可危，唯一的好消息時十月下旬的金門古寧頭大捷，福州綏靖公署湯恩伯代主任、第二十二兵團李良榮司令官、第十二兵團胡璉司令官殲滅了登陸的近一萬共軍；隨後又在十一月初的舟山群島登步島作戰中，八十七軍軍長朱致一的指揮下獲勝，初步穩定了臺灣局勢。

父親再於十月底飛臺，十一月一日起連續和蔣總裁會面，研究西北防務及方針。三日下午四點半到草山謁見蔣總裁時，蔣總裁告訴父親，他決定要復職，而且美援還是有辦法。接著父親隨蔣總裁同往保密局，蔣總裁訓示後，一起回草山。蔣總裁再告訴父親，政府以不遷昆明為便，如要遷，以西昌為宜，並且發一萬五千兩黃金，先讓父親運一個師到西昌。這個師的目標是先在西昌占領陣地，確保後面的大軍能夠順利進入西康。

規畫以西南為復興基地

前國安局少將處長張政達當時是父親侍從參謀，以後談起這段祕辛。他說，父親早在一九四九年春天，就曾經以一通非常機密的密電，密呈總統批准——「胡先生的計畫是，他向總統報告，在西北，我們的作戰體系可就是非常完整，而我們當時有十三個軍的兵力。胡先生的希望是，放棄西安，拿七個軍來固守秦嶺，抵擋共敵彭德懷部隊跟其他部隊的進擾中原，而後索性退到陝川交界的大巴山；而將其他六個軍，就是我們西北所謂精銳部隊，能撤到雲南去，先集中到四川的廣元（按：漢中、成都之間的城市），用兩千輛軍車，從廣元經過新津、西昌，到達雲南。而第一軍的第一師部隊，從漢中空運到西昌去，把劉文輝的部隊趕掉，使這條到雲南去的路能夠暢通。這樣的話，胡先生的想法是，即使大陸全部淪陷的話，他可以在雲南，以六個軍為基幹，在一年到兩年之內，合為一百萬部隊。」[102]。

張政達說，雲南以金沙江與西康為界，和貴州以高原、高山、叢林為界，後面是越南和緬甸，共軍的大部隊是施展不開的，「所以胡先生認為在這樣的情況下，可以跟臺灣成一個犄角之勢，而且他非常有把握，能夠堅守整個西南的自由之地。」

他說，總統當時批准了，才會有經營西昌、並發一萬五千兩黃金，空運一個師到西昌之事；所以按照胡先生的計畫，主動放棄西安後，其他六個主要的精銳部隊就向廣元集中，第一期兩千輛軍車集中到廣元，準備運送這些部隊，而第一師的第一團到達漢中後，立刻用軍機載運到西昌。可惜因為親共四川政要成功欺騙了蔣總裁和張群長官，以至於讓父親部隊未能及早轉移到四川、西康、雲南，直到半年後的十一月十六日，才由第一師的團長朱光祖帶了六個連七百餘人，自漢中經成都新津機場轉運西昌。

父親在臺北，終能再見到母親。這是在危局裡一段溫馨時日，彷彿颱風眼裡的暫時放晴。他於五日飛回漢中，不禁感慨起來，寫給母親的一信，也就詠讚母親為知己：

一九四九年十一月五日　父親之信

親愛的霞翟：

人生人生，人生如飛，得一知己，共患難，共貧寒，共禍福者，千難萬難，而況我和你，柔情如

102 張政達，〈胡宗南先生行誼〉，收入《令人懷念的胡宗南將軍》，頁一五六至一六六。

海，恩愛如山，茫茫天地之間，可算是鳳之毛、麟之角，而不能多見者，此真可寶貴、真可愛惜，真可留戀，至死而無悔者。……夜深人靜，思維者再……敬祝健康。

十一月五日夜十二時

回到漢中，也就馬上面對惡劣的局勢。父親出現軍旅生涯裡，極少見的抗命行動，此事關係著中華民國在大陸的最後關頭。

父親凡事都看得長遠。依父親日記記載，父親於十一月上旬就開始安排西昌的人事及空運事宜，他特別指派袁杰三赴西昌任眷屬管理處長，又決定第一軍第一師師長袁書田開往陝南漢中，並準備赴西昌；兩天後，袁書田率部隊來到漢中的近郊南鄭。父親也在十三日日記寫，他決定在西昌造屋千幢，將各軍上校以下、少尉以上軍官眷屬，逐步逐次移過去。次日徐煥昇來漢中，規畫以二十架運輸機開始運送精銳的第一師第二團朱光祖團往西昌；第三團則往川北徒步走向兩百公里以外的廣元。

蔣總裁改變規畫父親為難

但四川軍情緊急，蔣總裁臨時改變了經營西南的原先規畫。

西南軍政長官公署，主任是張群，其下國軍部隊防備四川的分工是：父親負責陝南川北，宋希濂、孫震負責鄂西和川東，郭汝瑰等負責川南。共軍對四川作戰，先後使用十四個軍、五十萬眾之多，由一野及二野主力，配合攻下廣州的四野部分主力，分由陝南、鄂、湘、黔四路進軍，並研判國軍防守四川的東和南邊、貴州部分部隊的戰力最弱，乃置主攻於黔、湘方面進行迂迴的大包圍，目標是川西，要把國軍在四川境內部隊包圍殲滅。十月十九日貴州遵義失陷，進軍四川東南部的共軍，十一月七日占秀山，十二日占酉陽，距重慶僅數百公里。川東防衛的宋希濂部隊首當其衝，節節潰退；接著第十五兵團羅廣文部在重慶南方接戰，但也抵擋不住。以後在十二月關鍵時刻，共諜郭汝瑰兵團司令又率軍在川南宜賓叛變。

代總統李宗仁稱病不願赴重慶主持大局，卻赴南寧轉香港，最終赴美治病。蔣總裁看「整個政府形同瓦解，國難已至最後關頭」，乃於十一月十四日自臺灣飛抵重慶，希望支撐危局，他要調動父親的主力第一軍，致力解決眼前的重慶威脅，但父親極度不贊成，希望從長遠考量按原訂計畫施行，由第三軍南下保衛重慶，而由第一軍（已在廣元）到成都鎮壓。父親的司令部仍在陝南漢中南邊的南鄭，十六日，父親留意到距重慶僅百餘公里的彭水已於下午放棄。接著，蔣總裁為了調第一軍到重慶，十八日準備親自飛到南鄭[103]，父親日記記載他極力以天候等理由勸阻蔣總統才沒過來。

十九日清晨，侍衛長俞濟時致電轉達蔣令，指示父親派「第一軍車運重慶、第三軍開新津（即成都）。」父親當時就回答：「此不可能，萬難辦到。」從蔣總裁和父親日記所記，可以推斷先前蔣總裁準備把父親的精銳第一軍改調重慶，與羅廣文部隊、宋希濂部隊共同防衛重慶，然而父親的構想不是如此，他思考的是可長可久的戰略布局，把精銳部隊消耗在一時的危局，會影響四川西部、邛崍的安全，及日後對西昌基地的鞏固。溝通無效之後，他乾脆不接電話，蔣總裁才打算親自飛到南鄭，當面下令。

103 《蔣中正日記》，一九四九年十一月十八日。

那個時候，父親一面抵禦一野共軍在陝甘地區的進擊，一面將部隊漸次轉移到川北，戰力最強的第一軍預備繞過川西，並在成都張羅第十八兵團和其他各軍南下的後勤，還要赴西昌重建復興基地，第一軍軍長陳鞠旅已經抵達川北的廣元；第三軍則從陝南秦嶺經過漢中左右兩翼，預定開赴重慶支援。但蔣總裁的命令等於要把原先的部署改變，整個經營西南的全盤計畫中輟。而且，部隊調動一改就是幾百公里，缺車缺糧的情況下，對部隊是個折磨，且會全軍覆沒。

張政達回憶，每次他向胡先生報告是重慶俞濟時的電話，胡先生就很快的來接電話，因為胡先生對總統的忠貞，對總統的任何一個命令、一個交代，從來不說相反的意見，或者是不同意；「可是有一天，我向他報告，我說重慶俞先生電話，他說你告訴他我不在。我當然很奇怪，總統的電話來了，怎麼會不接呢？這樣差不多搞了兩三次。當然其中的情形，我是不太了解，不久之後，總統從重慶發來一個電報。」這個電報內容，就是部隊調動的事。

十九日當天，父親先是發了電文到重慶，還是主張調第三軍：「重慶總裁蔣戌嘯章電奉悉，本部在川北，無兵、無糧、無衣，川局之關係可知。此著如錯，全局皆敗，決無挽回之機會。除飭第三軍遵令在廿七日前車運到渝外，謹復。職胡宗南戌皓（十一月九日）參列印」。他並沒有指出先前總裁也知道的，把第一軍安排在成都附近目的，想來還是為了保密。夜裡，父親接到蔣總裁的回電：「聞弟對於第一軍調渝，甚為不願，是或愛惜兵力，以備決定成敗最後之使用，余甚了解，惟中以為，此次渝東作戰，實為黨國成敗，最後之一戰，若惜此，而不願聽命調用，恐無再使用之時，實革命成敗，黨國存亡，歷史榮辱，皆在此一舉。望仍遵令調用，勿誤為要。中正手啟。」此回電顯然知道先前與父親的共同考量，但迫在眉睫的是其他部隊潰散太快，當前重慶即將失守，改變了蔣總裁的決策，要求以父親麾下最精銳部隊參加川東「主力決戰」。然而，父親以敵我實力太過懸殊，當時即反對在重慶「決戰」，也反對在成都「決戰」，因為如此將使得僅存的國軍完整戰力消耗殆盡。他力主的戰略布局是放棄城池，直驅雲南、西康。

接著黃埔一期的侍衛長俞濟時又來電，力促第一軍東調。當晚，父親得知俞濟時還直接與刻在廣元的第七兵團司令裴昌會通話，轉達總裁指示第一軍車運重慶。此動作，是跳過父親，越級指揮部隊了。

父親很感慨地在日記記載，「此情形實為本軍全局失敗的原因」。他馬上同參謀長羅列、副參謀長沈策研究，討論到次日凌晨兩點半。父親慷慨陳詞——若如此，歷史會認為大陸將整個失陷，是西北部隊的責任！羅列則認為：「總裁有他的看法，如果你的部隊不去重慶，總裁真如電報所講的，跟黨、跟政府在重慶犧牲掉了，你將會變成歷史的罪人！」[104]討論之下，父親終於揮淚從命，決定二十日車運第一軍至重慶，另外請中央加派卡車八百輛，加運第三軍到重慶協助第一軍作戰，並請空運新津、西昌之第一師暫停空運，仍留成都附近。雖然服從了，但父親還是發了不甚客氣的電文給總裁：「渝電奉悉，職以第一軍為黨國歷史命運之所寄，全軍數十萬官兵精神維繫之重心，其使用效果如何，當即審慎考慮，若以此等精銳有用部隊，毫無計畫，分散割裂，投置於無用毀滅之途，如此用兵實為戰略上之大忌，職以全軍安危所繫，故未敢緘默，鈞座既固執己見，除飭第一軍遵於明晉（按：二十日）日自廣元趕運來渝外，務請再飭加汽車八百輛，趕運第三軍以便協力第一軍作戰，並請轉飭新津第一師緩運西

104 張政達，〈胡宗南先生行誼〉，收入《令人懷念的胡宗南將軍》。

昌，鞏固成都。謹復。戌皓十一時三十分參列。」[105]

父親遵令派第一軍千里赴援

第一、三軍均開往重慶挽救危局。蔣總裁進一步還致電父親，希望他能親自前往指揮麾下這兩個軍，以求統一號令；不過父親復電說，還是以第一軍軍長陳鞠旅來指揮為宜。刻在蔣總統身邊的錢大鈞[106]所寫的二十三日日記，給了我一個蔣總裁安排迎接父親部隊到來的真實畫面，可見得蔣總裁是多麼地期待：「今日又奉召赴林園，十一時余等始到。此行係研究第一軍到達後之集中地點及車輛放回再運部隊等問題。決定車隊在石橋鋪、歇台子、大坪、九龍坡等處下車，下車後即渡江至土橋集中。總裁指示每車犒賞五元迅速放回，再運第三軍前來，使車輛司機可迅速行動，因有第一、三軍之到達，故狀甚愉快。當時余即電話劉宗寬[107]迅速召集開會，指定負責人員在石橋鋪、大坪、九龍坡等處準備穀草糧食，並在山洞新橋派遣指引道路人員……」[108]

105 《胡宗南先生文存》，頁二九九。

106 當時任重慶綏靖公署副主任，兼西南軍政長官公署副長官。

107 不幸劉宗寬也是共諜，參考其子劉同飛撰〈父親劉宗寬：「潛伏」背後的功勛〉，《黃埔雜誌》，（北京：黃埔同學會，二〇一〇年一月），頁一八。劉時任西南軍政長官公署關鍵位置的中將副參謀長、代理參謀長，著有〈國民黨垂死掙扎的反動戰略部署及其最後覆滅〉等文，見《四川文史資料選輯》，第十八輯，一九七八年十二月。

108 錢世澤編，《千鈞重負：錢大鈞將軍民國日記摘要三》（美國加州：中華出版公司，二〇一五）。

父親決定遵從蔣總統指示，令第一軍自廣元改變方向，逐次車運重慶，並電軍長陳鞠旅，「勤王之師，義無反顧」。但是，第一軍因為找不到足夠的軍車，先頭部隊要在三天以後才以徒步方式逐步抵達，錢大鈞次日在日記寫蔣總裁「大發雷霆」。因為四川各地方勢力的阻撓，省市政府根本沒能發揮後勤功能，原定使用一百輛車日夜趕運，實際上只找到大小雜車六十輛，而且半數車子途中損壞停駛，部分官兵不得不下車急行軍；後續要求八百輛車運第三軍，竟然沒有一輛報到，俞濟時致電父親，轉達蔣總裁指示，第三軍即使沒車也應徒步應援，以爭取時間，不可在廣元等候。兩地之間的距離遠達四百六十公里，第三軍徒步，直到重慶陷落之前都沒趕到，後來直接轉往成都。

二〇一九年，我們一行結束西安及延安行，卻是搭乘現代化的動車以兩百公里以上的時速前往成都，中途經過廣元和綿陽這兩個在戰史上時常出現的城市，也就清楚這是西安與成都之間，必經之地了。即使動車速度如此的快，仍要好幾個小時，可以見得當年缺車的情況下，官兵必須在天寒地凍時，以兩條腿翻山越嶺行軍多日的艱難。

這個時刻，重慶即將不守的訊息已傳到臺灣，報紙二十二日刊出「準備遷都成都」的消息，母親為此感到焦慮，她寫信給父親主要目的還是在於安定父親的心，並把臺灣的訊息告訴他。信由空軍轉交。

一九四九年十一月二十二日　母親之信

親愛的夫：

上星期天曾有兩封信由空軍劉參謀長轉寄給你的，此外又由郵政直接寄你兩信，希望這些信都已前後到達了。

我們生活如恆，小廣強健活潑這是可以告慰於你的。這裡環境清幽住家很適宜，自從搬來之後我已經做了很多手工也念了幾本書，情緒也還寧靜，想念你的時間很多也很切。常常回憶到我倆共同生活的一切，覺得我們的歷史是多麼的值得寶貴，我們的愛情是多麼的真摯而純潔。覺得十多年來我都是耐心地、有自信地朝著一個目標走，終於渡過了一段艱難的旅途而到了今天這個目的地。在那一段時間可說是受盡了一切的磨練和試驗，如果像我們這樣的婚姻還不能完滿和幸福的話，那人間可說是沒有天理人情、人與人之間也沒有道義和真理了。

社會是險惡的，人心是難測的，除非我們自己能明辨是非，除非我們有自信互信的精神，那我們就難免給惡魔所中傷了。好在我倆都有一個特點，你有英明的見解和寬敞的胸懷，我有忍耐的特性和逆來順受的習慣，我確信我們會幸福快樂的。

今天報載成都將成為國都所在地，那麼重慶的危機已經十分迫切了。想到國家的前途真使人發愁。國府遷到成都之後你的責任一定更加重大，前些時看著戰局的變化，我很擔心你會被包圍在秦嶺山區中，相信英明如你現在一定有很好的部署了。

前幾天此間中央日報的地圖週刊曾把昆明以及雲南的地理、交通及戰略價值分析得相當清楚，我不是軍人更不明白戰略，但看了他們的分析，對於利用昆明作為最後退步以及國際路線的信心都發生動搖了。他們覺得滇緬公路和雷多公路以及通河內海防的路線都靠不住，原因是緬甸方面英國的友誼靠不住，安南方面越共很猖獗。讀了他們的報導使我覺得我們只有上山打游擊的最後退步。我不知道西康的地形如何？更不知道那裡的糧源如何？你覺得我們除了硬守四川之外還有更好的辦法嗎？我很希望我們在陝西和河南的敵後工作能積極展開，一方面牽制敵人的兵力，另一方面可以準備反攻。

我的親愛丈夫，國事到了這個田地，人們對你期望很殷，我知道你的確是國軍的精神堡壘，你的堅強意志一定能使你負起常人所不能負的堅苦卓絕任務。親愛的，我以我最大的信心和最深切的愛來支持你，祝你勝利。

你的愛妻 十一月廿二日

母親期待接到父親的隻字片語，然而整個情勢讓父親無法分神，戰情有如崩盤，對國軍極為不利。羅廣文的十五兵團在南川一帶與敵接戰，終因敵不過人海戰術，南川於十一月二十六日失守，羅廣文部損失已逾二分之一以上，被迫向重慶撤退；共軍再分乘汽車向綦江進軍，攻陷綦江後，二十九日直撲重慶南岸的南溫泉，卻在這裡遇上馳援而來的父親部隊——第一軍第一六七師，父親部隊士氣高昂、訓練有素，猛力阻擊之下，擋住了共軍攻勢。羅部十五兵團殘部就趁此時機越渡長江、繞過重慶，進入嘉陵江東西兩岸整頓，江津因而形同真空。[109]

第一軍趕到重慶接戰，蔣總裁遷成都

第一軍第七十八師也自二十六日起，逐次到達江津一帶，因為運具不足，所以直到二十八日尚未到

109 《戡亂戰史》（臺北：國防部史政編譯局，一九八一），第三篇〈會戰及重要作戰〉，第七章〈西南及西藏地方作戰〉，頁三二一。

齊，但也以此陣容不足之師，沿江津海棠溪長江北岸占領陣地，另以第二三三團守備白市驛機場。二十九日，共軍向江津猛攻，原先的羅廣文部已全部退回江北，而江防艦隊又告叛變，使得第七十八師陷於孤軍奮戰之境。

共軍逼近重慶近郊，南岸的黃桷椏已發生戰鬥，市區內秩序混亂，重慶大勢已去。蔣總裁先前思考的是，如果太早放棄重慶，則共軍必可於半月內到達成都；而唯一主力——陝南父親的部隊本來已撤至漢中以南，會無法轉移於成都以西地區，西南大陸將整個淪陷，所以要緩撤重慶守軍，並沿江設防以求確保；[110]但沒想到共軍藉著其他國軍土崩瓦解之際而進展快速。

到了二十九日深夜十點，林園官邸後面槍聲大作，周圍各兵工廠爆炸聲四起，蔣總裁這才決定離開重慶，由於路上汽車擁擠，道路不通，他直到午夜才抵達白市驛機場，並且宿於中美號專機。三十日清晨六點，專機起飛，七時到達新津，換機轉飛成都，入駐中央軍官學校。蔣總裁此時仍接見早有異心、即將叛變的西康省主席劉文輝及川陝甘邊區主任鄧錫侯等人，苦口婆心地勸導。[111]第一軍長陳鞠旅旋奉楊森總司令電話指示，向重慶北郊的壁山轉進。

當時，第一軍第一六七師在長江北岸布防，第七十八師還在與渡江的共軍激戰中，共軍知道第一軍已準備轉進，更加緊進攻，白市驛機場首告不守，第一軍與共軍陷於犬牙交錯的混戰，到了夜裡，第一軍兩個師終於脫離戰鬥，重慶淪陷。第一軍損失不輕，五日轉進至潼南，與尾追的共軍展開激戰，第一

110 蔣經國，〈危急存亡之秋〉，《風雨中的寧靜》，頁二六四。

111 見樓文淵，《老蔣在幹啥》頁二四五，聯經出版公司二〇一九年出版。

六七師師長趙仁傷重不治殉國，這是個作戰奮不顧身的師，殘部並未如一般部隊散掉，沿安岳向成都轉進。

重慶危急時，父親還遠在陝西漢中，也知道該向此地揮別了。他的部隊和當地居民相處極佳，二十七日辦了一次茶會，與地方各界代表相敘，「臨別依依之情，有說不出之苦」。[112]二十九日，他自漢中機場起飛，日記裡他寫：「別了，秦嶺，別了，關中的人民，陝南的人民，給你們一滴同情之淚。」下午兩點半飛抵廣漢機場，再向東邊車行五小時，抵達成都北邊的綿陽。十天以後，他改住成都空軍機械學校王叔銘副總司令的住宅。

共軍並未給予喘息空間，兩兵團二日向秦嶺李振西的三十八軍圍擊，使得三十八軍損失頗重。南面共軍陷重慶後，劉伯承部兩個兵團和林彪指揮的兩個軍分道西進，主力抵達安居、銅梁、隆昌，一部進犯內江、潼南。我方劉孟廉的第二十七軍十二月一日抵達內江，阻敵西進，並掩護重慶撤退的機關部隊人員和物資，撤向成都。

此時，成都內部已有中共地下黨活動，四日起城內秩序愈來愈惡化，影響到父親部隊的調動與作戰。就在此刻，原定馳援重慶的第三軍千里行軍，十一月三十日抵達綿陽，因重慶不守，乃逕往成都，而於五日抵達，並馬上擔任守衛成都之責。由於道路崎嶇、運具缺乏，部隊轉運極為困難，造成父親由陝南趕下來的其他部隊變成一字長蛇陣，父親以後寫信給湯恩伯告知這個情況。這其實是兵家大忌。

經國先生以後指出，胡宗南部隊「跋涉長途，轉到成都平原，以六百公里與敵對峙之正面，轉進至

112 《胡宗南先生日記》，一九四九年十一月二十七日。

一千餘公里長距離之目的地，而竟能於半個月之內迅速完成，主力毫無損失，亦戰敗中之奇蹟也。」[113]但如此的強行軍是有代價的。父親的侍從參謀夏新華親眼見到，趕來的部隊每位士兵，穿著草鞋的雙腳都血跡斑斑；真的是用鮮血和生命保衛中華民國到最後一刻。

蔣總裁起初認為政府駐地以遷西昌為宜，並且和張群商議雲南及遷都西昌問題[114]，但因共軍西攻樂山，我方三十一軍側背受到衝擊。

此時，由於西康省主席劉文輝，與前四川省主席鄧錫侯均有部隊在成都，蔣總裁再約見劉文輝、鄧錫侯，但兩人一向有異心且早與中共同謀，都避不見面。他本來還寄望雲南盧漢能夠出任滇黔剿共總司令以穩後方，並將大本營設於昆明，還派張群去勸盧漢，盧漢態度卻逐漸明朗，既不願大本營設於昆明，也不願出任滇黔總司令，「用心與劉、鄧如出一轍」。[115]

政府遷臺，蔣總裁寄希望於胡軍

十二月七日晚上，蔣總裁發布命令，政府遷臺北、大本營設西昌、成都設防衛總司令，顧祝同兼西南軍政長官，父親則為副長官兼參謀長。不幸的是，盧、劉等人以假忠貞欺騙蔣總裁和張群，直到最後一刻。張群飛昆明會晤盧漢做最後努力，但旋於昆明被扣。十日晨，電報局才剛叫通滇局，就收到盧漢

113 蔣經國，〈危急存亡之秋〉，《風雨中的寧靜》，頁二七一。
114 《蔣中正日記》，一九四九年十二月四日。
115 《蔣中正日記》，一九四九年十二月七日。

致電劉文輝，「請四川各將領活捉蔣匪」。[116]

由於文武人員皆要求蔣總裁離蓉（離開成都）返臺，不要先飛西昌，蔣總裁原先以自己留蓉的目的在於掩護父親的部隊，因盧漢已叛變，他與父親單獨面商三次，上午九點見面先是談到昆明事變，可慮的是不願見面的劉、鄧兩必為同謀；十一點半再次見總裁，蔣總裁主要在於徵詢父親，他要否留蓉或者返臺？父親回答還是早返臺北為是。蔣總裁於是在午餐後到鳳凰山機場上機起飛，父親在機場送行，晚上八點半，蔣總裁抵達臺灣。陳鞠旅的第一軍，此刻到達成都東南方約六十公里的簡陽附近。

蔣總裁返臺後，依然不氣餒。他於革命實踐研究院總理紀念週以〈西南戰局演變之經過〉為題，發表演講時，特別讚揚父親十餘年來對黨國貢獻的偉大，並說：「去年夏季以前，我們國軍正規軍有四百萬人，自從東北失利尤其是南京撤退以後，處處失利，到現在我們國軍只剩東南區的四十萬人，在大陸就只有胡主任所部四十萬人了。……胡主任現在負西南整個軍政的責任，我相信他一定可以率領我們革命軍最後一部分菁華的部隊，在這一個地區上建立起堅強不拔的基礎，作為我們大陸反攻的根據地。」[117]

然而，父親的部隊自駐西北以來，從來沒那麼多。父親曾於一九五〇年受到監察院彈劾後，奉公懲會命令提出的申辯書敘明：「……總計宗南在陝前後十一年所整訓之戰鬥部隊，最多時期亦不過二十七

116 《蔣中正日記》，一九四九年十二月十日。

117 劉維開，〈國軍在中國大陸的最後一戰——以胡宗南為中心的探討〉，一九九九年發表，引述之蔣文源自秦孝儀主編，《總統蔣公思想言論總集》（臺北：中國國民黨中央委員會黨史委員會，一九八四），卷二十三演講，頁七六。

萬人……」，父親所言為抗戰時期第一戰區兵力，但到了內戰後期，國防部的正式估計是十五萬人或不足十六萬人。在國防部史政編譯局出版的《國民革命軍戰役史第五部——戡亂》中，有清楚記載。到了防守成都最後階段，其實抵達兵力已不足六萬人。

劉文輝已經通敵投共，父親指示對劉部動武。

十二日晚上，西昌第一師第二團團長朱光祖，以僅有七百人的兵力夜襲二十四軍二三七師劉文輝女婿伍培英部，因為伍已於九日在西昌要求朱光祖團放下武器。到了次日清晨，兵力比朱部多上十倍的伍部整個潰散。十四日清晨，兼任成都防衛總司令的盛文，率第三軍清理留在成都的劉文輝部隊，總共俘虜八百餘人以及旅長。

父親也接到蔣總裁返臺之後十一日的親筆信[118]，信中對成都戰事作了研判與指示，認為共軍在川黔不過六至七個正規軍，要求父親在簡陽以東地區增強兵力，守十天以上，以待我方綿陽附近後續主力部隊的轉進，所以成都非萬不得已不宜放棄。

蔣總裁並指示作戰優先次序為，首先希望確保成都，首以要「在成都平原決戰」；其次向西南發展，先控制西昌不失，因此要繼續空運，運足一個加強團，並尊重賀國光，受其指揮；前述方案實行完成後，仍須向雲南發展，而以攻占昆明為今後作戰惟一目標；再不行就在雲南、西康、西藏山區打游擊，眼前則先設法撐過一九四九年這苦難的冬季。

蔣總裁仍期待以決戰殲敵

118 呂芳上，《蔣中正先生年譜長編》（臺北：國史館，二〇一五），第九冊，頁四〇七～四一三。

但整個情勢及發展並非如此。其實毛澤東因為忌憚父親部隊之完整實力與善戰，他對成都作戰所投入的軍力，不是六、七個軍，而是北路共軍賀龍一野之一部、南路劉伯承二野，以及林彪的四十七軍，約五十萬之眾。[119]一野攻占了成都北方的廣元，二野的第三兵團三個軍及第四十七軍，自重慶向成都進攻；第五兵團三個軍則由貴州向北攻擊，到了七日已進迫到宜賓，「迎敵」的正是日後被證實為共諜的二十一兵團司令郭汝瑰。

一野的十八兵團三個軍及第七軍，則由陝南秦嶺方面分三路進攻大巴山，南下追擊父親的入川部隊，迎戰的是第七兵團裴昌會部隊，但裴昌會早在上一年秋便透過地下共黨員部屬李希三與一野共軍取得聯繫，準備覓機叛變。[120]

共軍由北、東、南三面分七路進軍成都及周邊區域，而雅安劉文輝的第二十四軍又叛變，使得以成都為中心的父親部隊四面受敵。

十五日，共軍加強了攻勢，第三兵團的十、十一軍過了成都東南方的簡陽，十八兵團攻陷北邊廣元，裴昌會率軍向南移到劍閣，不久主動放棄，讓共軍長驅直入。十六日成都之南、距離一百三十多公里的樂山失守了，這是個四川通往雲南的關鍵戰略要地，父親以電話告知蔣總裁，蔣總裁在當天的日記

119 張玉法，《中華民國史稿》（臺北：聯經出版公司，一九九八），頁四八四。《戡亂戰史》（臺北：國防部史政單位，一九八〇～一九八四），第三篇〈會戰及重要作戰〉，第七章：西南及西藏地方作戰，頁二三三。劉伯承傳編寫組，《劉伯承傳》（北京：當代中國出版社，二〇〇七年，頁三二一～三二二。

120 《愛國起義將領裴昌會》，濰城文史資料第十四輯，頁八～九。

寫：「接宗南電話知樂山已失，則今後川康戰局陷於更嚴重地位，但聞宗南語氣，其氣仍甚壯也。」121緊張的情勢傳到臺北，母親心情大受影響，因為戰局是圍繞著成都而發展，而局勢的核心則是父親。她寫信，交由空軍帶到戰場。

一九四九年十二月十六日　母親之信

親愛的南哥：

這幾天來都以緊張的心情望著成都的局勢，每天一早就等待著報紙的來臨，我們本來只訂一份中央日報，可是最近因為對於時局的發展謠言紛紜，為了更明瞭實情起見，另外我又訂了一份新生報，每天把兩份報紙的頭一版每個字都念了，深怕漏掉一條有關你們的新聞。感謝上帝的保佑你們仍握有成都，香港匪報的謠言不攻自破了。

親愛的，前天竟有人造謠說新津機場失守，我想假使你還在城內那可怎麼辦？剎那間心完全亂了。後來仔細一想成都附近還有別的機場，大約你的安全總不會有問題的，於是又自我安慰一番。昨天報載你們已在成都附近和西昌經過了兩場驚險的場面，但都化險為夷了。南哥，我確信你是有辦法的。古語說，窮則變、變則通，我們是到了非變不可的窘境，只要我們能大刀闊斧的做，我們仍能握有川康，仍然是有可為的。

121《蔣中正日記》，一九四九年十二月十七日。

我這一向的心情是焦急而又興奮，憂愁而又歡欣，安定而又不寧，等待而又忍耐，這是只有你的妻子，在此時此刻才有這種複雜的心理的。我是切盼和你見面，切盼有你在旁邊，可是如果你的來臺是為了大陸上沒有據點，那又是非常傷心的。所以我現在第一個希望是你能把成都的局面安定下來，如果能進一步拿回重慶那就太好了，最低限度也希望能在西昌過舊曆年。親愛的，這是什麼時代⁉這是什麼年頭⁉

我正在替你打毛線衣，已經打好背後，大約兩天內可以打好，等打好後當馬上托便寄給你。成都一定相當冷了，你在每天清晨傍晚需要加件背心的。……

這兩天下雨怕這封信一時還帶不出去，心裡又急了。親愛的，離人的情緒總是難過的，你能抽空寫幾個字嗎？你是標準的好丈夫呀！ 祝你

勝利

你最愛的妻子 十二月十六日

成都西南郊區的新津機場尚未失，但父親要在二十六日才於海南島讀到此信。他因岷江西岸全局改變，連夜召開作戰會報，決定守新津、彭山西南的高地；盛文的第三軍撤出成都，向西南方的新津集結。十八日，蔣總統致電父親，指示集中部隊尋求與共軍決戰：「川西各方戰況雖不利，但匪軍力量不大，而且其力分散，如我軍能集中其比較優勢之兵力，選擇一個有利陣地，與之決戰，必可轉敗為勝，

希沉著力圖之。」[122]然而這指示與現實有相當距離，這天父親最倚重的第一軍各師就都被截斷，第五兵團司令李文把軍長陳鞠旅接到新津附近。

有股共軍從新津南面的毛家渡，渡河到西邊，父親預計次日共軍就會接近成都，他不禁感慨，在日記上寫：「吾人之一切計畫，皆以第一軍之調重慶，而貽誤，而全局失敗，可慨也！」因為，第一軍被急調重慶，不僅全軍沒有完整集結過，而且只參戰幾天，就因為宋希濂兵團、羅廣文兵團的潰敗，也必須西撤到成都，沿途遭到共軍的追擊，損兵折將。作戰會報又超過午夜，還是決定要確保新津，希望第三軍、第一軍殘部及李振兵團剩餘的九十軍靠攏，以集中力量。

此刻，成都防守已甚薄弱。但是，共軍的主力也沒進入成都，而是直接從東、南兩方包抄新津國軍部隊集結區。這天清晨，守軍向新津東邊普興場當面的共軍發動猛烈的攻擊，雙方短兵相接喋血，戰況激烈，激戰至次日，終將中共第十軍的主力擊敗，殘部渡錦江而退。

十九日，第三軍在新津東邊的普興場獲得捷報，第一軍僅以兩個團守新津，共軍以一個軍之眾攻擊一整天，戰鬥慘烈，但父親的部隊獲勝。這天是個關鍵，決定父親部隊未來的動向，父親與蔣總裁溝通，決定指揮機構是否要撤守成都以及移到何方。[123]

新津的國軍部隊已然殘破，全部加起來大約僅剩不到六萬人。二〇一九年我到新津機場原址尋訪，這機場已改名為「中國民航飛行學院新津分院」，成為專門訓練航機飛行員的飛行教練場，仍然有飛機

122 《蔣中正先生年譜長編》，一九四九年十二月十八日。

123 一九四九年十二月十九日的多通電文，均蒐集於《胡宗南先生文存》，頁三二〇～三二三。

新津機場如今已成飛行學校，只剩說明牌標示老跑道遺址。

新津機場現況。

起降，但都是教練機——天空依然，七十年前肅殺之氣不再。當地耆老告訴我，一九四九年十二月父親部隊防守機場，在各建築物內標示每個機關單位集合地點，以便單位人員分別上機撤到臺灣，這充分證明部隊為護衛政府遷臺，撐到最後一刻，以致本身失去突圍良機，後來乃被優勢共軍包圍。

我也試著尋訪空軍機械學校與王叔銘的住處，機校現址已成為「人民解放軍第五七〇一工廠」，同樣是生產航空方面的部件，至於父親住過的王叔銘住處，現在則是「太平園路」，疑似舊址之處如今蓋滿了公寓。

第十三章

殉國或再起的思考・毛線背心

一九四九　新津・三亞・西昌

一九四九年最後關頭到了。父親部隊是「各方面敗退於先，孤軍奮戰於後」，無論戰略如何，在形勢上已經無可挽回，他率領全軍卻是知其不可為而為之。在守衛大陸四川成都最後時間點，父親究竟如何思考，一直是我想要從客觀史料發現真實的課題。

我在國發會檔案局，找到幾通在一九四九年十二月十九日的關鍵電文。這天，共軍的第十軍、十一軍、十六軍已分別從東北、東、南三方，與父親的部隊在新津外圍激烈交戰。父親分別接到蔣總裁和顧總長的電話指出，我軍已到昆明，正與盧漢的叛軍展開巷戰中，這兩通電話是供父親指揮部隊的行動參考。

十九日　父親建議應自成都撤守到西昌

國軍在雲南作戰的是軍長李彌的第八軍和軍長余程萬被扣的第二十六軍，十九日已占領昆明巫家壩機場，午後各軍一部突入昆明，與盧漢部隊激烈巷戰；[124]但深夜盧漢釋放余程萬回二十六軍，余程萬立

124　《胡宗南先生日記》，一九四九年十二月十九日。

即撤退部隊，回到昆明東方約三十公里處的宜良，李彌孤軍難有作為，昆明終不可得。然而父親不知道這些接續發展。

十九日這天，蔣總裁致電父親，指示成都的作戰布署之外，並明白說：「……爾後應以昆明為後方……昆明機場與金殿據點，我軍已於今日拂曉占領，盧漢已逃滇西……」[125]

從我找到的機密電文，刻在新津指揮的父親，稍晚回復的是呈報成都「附近反擊奏捷，暫阻共軍攻勢的戰報：「總裁蔣 戰報：一、匪十二軍於本日上午十時，向我第一軍枕土橋、獅子山、商隆場『津南』陣地繼續攻擊；我即予猛烈還擊，戰況慘烈，肉搏經時，匪傷亡慘重，陣地一度被匪突破，經我空軍協力反擊，匪攻勢頓挫，並被迫後撤，我斬獲頗多，正清查中，二、本日晨四時，我十七師依一六五師之協力，開始向西口錦江（簡陽西北向）之匪反擊，當於李家店普迴菴唐官壩，與匪第十、第十一軍展開激戰，戰況慘烈空前，後經我二五四師南下協力反擊，迄下午四時，匪軍不支，即向南敗竄。是役，匪遺屍五百餘具，傷亡千餘，俘匪百餘人，獲步槍六十餘支，謹聞。」[126]

但同一天他顯然很務實的把敵我情勢向蔣總裁報告，他不贊成在成都平原決戰的指示：「總裁蔣一、當面匪六個軍（按：二野、四野）已逼近成都、新津、廣元；碧口匪三個軍（按：一野），亦已越過劍閣，合圍勢成。川軍自孫、楊飛臺後，所部軍心動搖，曾有叛離，難期協力，川境情形複雜，險象

125 《蔣中正總統事略稿本》（臺北：國史館，二〇一三），一九四九年十二月十九日記載。關於盧漢狀況的說法，事後證明完全不正確，並且影響成都國軍突圍的布署甚鉅。

126 國發會檔案管理局檔號：BS018230601-0038-543.64-10602A。

環生，成都平原決戰企圖，無法實現。二、為確保大陸反攻之僅有戰力，決即以主力經邛徠以西山地，繞道雅安，各留一部於通南巴及松理茂地區，分建根據地，待機反攻。三、為謀大陸作戰，指揮中樞安全，連絡容易及維繫國際視聽外，本署必要人員及警衛部隊，應剋日飛運西昌，預為布置。惟時機緊迫，機場安全以後難以確保，務懇從速派機廿架，攜油來蓉，以便趕運；否則分段脫離後，必致無法指揮，貽誤大局，如何乞速示。」[127]

在這電文中，父親呈報成都、新津因受到多達九個軍的共軍合圍，即將不保；而他也向蔣總統指出，從長遠的大陸作戰考量，自己的指揮中樞應該確保安全，所以要即時運往西昌，預做布置。父親並沒有對戰事絕望，所以要確保指揮中樞位置的安全；另方面也是說，父親如果飛離成都，目的地是西昌——他並未提到海南島的海口。

蔣總裁的回應是，決定展開空運，目標是西昌、昆明或西藏西南靠邊界的蒙自兩機場。總裁擔心成都的機場容納量太小，無法在短時間內達成空運任務，他發電文給父親：「鳳凰山機場太小，恐不能容納大量飛機，最好雙流（新津）與鳳凰山（成都）兩機場，同時並用，若有五日時間，當有一百架次飛機可以空運西昌與昆明或蒙自二機場，也能有五日以上之時間否？盼復」[128]

這就是一九四九年十二月十九日，成都與臺北之間的電文往還。蔣總裁與父親都已認知，成都守不住，父親的指揮機構應予遷移，父親的想法是遷到西昌。

127 國發會檔案管理局檔號：BS018230601-0038-543.64-10602A。電文中之孫、楊為孫震、楊森。

128 《蔣中正總統事略稿本》，一九四九年十二月十九日。

二十日　蔣總裁同意撤離成都

總裁在二十日的日記上寫：「電宗南，決令放棄成都，向康、滇分別撤退，其在新津、簡陽附近戰況尚稱順利，皆經過激戰後擊退匪軍兩軍也。」[129]此時蔣總裁電文同意為安全故，以父親為中心的指揮機構，應該以空運撤離岌岌可危的成都，也就是放棄成都。而且蔣總裁也知道，父親打算把指揮機構轉進至西昌，這也是先前想運一個師到西昌的目的。但無論怎麼遷，都太遲了，共軍合圍之勢已成，要突圍並不容易。

父親報告了有利的戰情，似又讓蔣總裁多了期待，二十日下了積極攻勢的軍事指示電文，要求仍留部分兵力在成都切勿撤空。[130]他又花了時間給父親寫長信，信以兩天寫就，二十二日上午才完成。蔣總裁所以寫親筆信，是因為內容敏感又須保密之故，寫這封信後，他「自覺此乃宗南部隊今後最大之生機也，……自信對黨國與部屬已竭盡心力無法復加，引以自慰。」[131]然而因為成都天候不佳，帶信的飛機中途折返，父親並沒有即時看到這信，因此再三詢問侍衛長俞濟時，但俞沒答覆。

後來父親還是看到此信而且帶在身邊，到現在我也可以見到了——蔣在信中主要是詳細指示作戰方針，以及父親的部隊要脫離成都的話，「以西康為目標以雲南為基地為上策」，如果不行的話就以「樂

129　《蔣中正日記》，一九四九年十二月二十日。

130　《胡宗南先生日記》，下冊，十二月二十一日。

131　《蔣中正日記》，一九四九年十二月二十二日。

山、宜賓與瀘州為目標，分向貴州與西昌進趨亦不失為中策」；若至萬不得已就「在川康滇黔邊區暫駐再定方針」，但這當然是下策了，因「惟恐兵力太大給養為難，而且目標太大不易隱蔽耳」。信中又提到五條轉進與行軍路線，這五條路線是以成都為中心，輻射出去到東西南北邊區，但總目標還是在雲南，所以「無論如何必須設法收復雲南」，以及於途中與空軍聯絡辦法等等，寫得相當詳細，並提及「據匪廣播郭汝瑰已在宜賓宣布投匪」。

父親於二十一日回復蔣總裁的詢問報告戰況，兩日來新津東正面的共軍已遭反擊頓挫，西南共軍攻新津未能得逞，主力續向西北竄；他已飭孫元良兵團並指揮七十六軍、九十八軍，先會殲北面南下綿陽之敵，再策劃以後之計；必要時主力再依原定計畫，「積極掃蕩，南下康黔，鞏固昆明。」

二十二日　新津作戰會議擬定突圍計畫

二十二日清晨，正副參謀長羅列、沈策先來父親在成都空軍機械學校住處和父親共同研究，接著父親車行兩小時前往新津，再與李文、李振、陳鞠旅、盛文等所有的高層將領開會研究當前局勢與對策，一直到下午兩點半才結束。結論是，成都、新津守軍向西昌及雲南突圍，以局部攻擊、主力避戰，脫離戰略包圍：

一、軍隊區分：五兵團（李文）之第一軍、第三軍、三十六軍、六十九軍（欠一四四師）及二一四師，十八兵團（李振）第九十軍、六十五軍、三十六軍，七兵團（裴昌會）、薛敏泉副司令官十七軍、七十六軍、九十八軍；

二、行動：十二月二十三日夜開始；

三、目標：五兵團往西昌（西康）、十八兵團往昭通（雲南）、七兵團往威寧（貴州、雲南邊界）。[132]

這個部署是，所有部隊要分三股向南突圍至西康、雲南，目標在於救部隊以保住中華民國一線生機。各將領並以綏署指揮人員沒有戰鬥力，反而要部隊保護，而且西昌當地也需先做防務、籌備部隊糧秣彈藥等後勤，因此堅決主張父親應率署部人員先往西昌布置，如此的安排就此定案。[133]

二十二日，撤離成都作業已展開，有十九架飛機降落雙流機場，父親讓部分參謀、通訊、譯電、軍需重要文書密件款項，先飛至西昌，但西昌機場不夠大，所以先降海南島海口，再陸續轉飛西昌。[134]父親也通知負責派機的王叔銘，他先直飛海口。王叔銘當時即請蔣經國轉告蔣總裁，並且在日記上記上感想：「胡宗南如離開成都，則其平生之心血付之流矣，卅萬大軍亦將不堪設想矣。[135]」我如今想，父親何以未直接到西昌，應是因為指揮機構的人與事尚未在西昌架構完成；至於離開成都，則父親先前幾天已經充分和蔣總裁交換過意見，並且有過共識了。而父親的部隊原本就不是十六萬人，由於許多部隊都還在路上，成都應該只剩不到六萬人，必須面對六十萬共軍和叛軍的包圍。

父親回到成都時已是黃昏，重慶兵敗的十五兵團司令官羅廣文、二十兵團司令官陳克非都在等他，

132 《胡宗南先生日記》，一九四九年十二月二十二日。

133 《胡宗南先生文存》，頁五五四。父親於一九五〇年六月遭監察院彈劾，因而提出申辯書中所載。

134 《一代名將胡宗南》，頁四五二。

135 《王叔銘日記》，一九四九年十二月二十二日。

父親跟羅、陳會談，兩人都願一起行動，於是約定二十四日拂曉。父親再指示三十六軍軍長朱先墀及一二三師師長雷振來受令，以戰車重砲守成都。

二十三日　父親登機前往海口因氣候問題轉降三亞

二十三日清晨，飛機在鳳凰山機場待命。這個時刻，第十八兵團司令兼六十五軍軍長李振、第五十七軍軍長馮龍先後來見父親。

李振說，魯軍長（崇義）、陳軍長（鞠旅）、李文等皆擬坐飛機離開，他的六十五軍已不成軍，可否搭機隨行？父親回答，以救部隊為主，不可飛行。其實李振所提的三位將領都沒有搭機離開戰地的想法，除了魯崇義隔兩天在成都龍泉驛率三十軍等投共外，李文、陳鞠旅都奮戰到最後一刻。李振被拒，就回市區裡的雙流駐地。馮龍來，也是希望上飛機。父親說，你尚有一二五師及直屬部隊，應隨李文行動，不可離隊。父親拒絕李振和馮龍跟自己一起飛離，道理很簡單，因為他對整個局勢並沒絕望，他自己登上飛機，是為了領導與維繫指揮中樞，以待繼續作戰；但兩位帶兵官就不一樣了，必須跟部隊在一起，帶部隊殺出重圍。

徐煥昇司令催促父親一行趕快到鳳凰山機場，因為機場已有治安疑慮。父親於上午九點三十分偕參謀長羅列、副參謀長沈策、參謀蔡棨、參謀長裴世禺、副處長楊蔭寰、祕書陳碩、第四科處長蔡劍秋及周士冕、李猶龍等人赴機場，十一時起飛。他此時的心情是悲壯的，為成都人民即將受到共黨統治而流淚；然而即使離開成都也因天候問題，造成從蔣總裁到一般將領最大的誤解。

父親在二十三日日記裡寫得簡單而感性：「……十一時起飛，別矣！我親愛的成都人民，為洒一滴同情之淚，飛行五、六時，未得下降，轉降於中國極南端之海濱三亞。一晚情緒惡劣，夜不成眠。」

他沒有寫起飛後的目的地，也沒寫降落到海南島最南的三亞原因為何。

二十四日 蔣總裁的憤怒

蔣總裁事先因為通訊問題而不知父親離開成都，前兩天還指示父親要「擊滅」四面迎頭而來的共軍，二十三日朝課後催空軍送信給父親，卻得到回應說成都已無人接電話，「深為駭異」；晚上卻乍然獲報父親已登機飛離成都抵達海南島，讓他內心交雜著大陸全然失守的心緒，頓時感到絕望了，因為他把對大陸情勢最後的希望，寄在我父親的身上。

蔣總裁於二十四日的日記寫：「昨晚……最傷心失望者，為宗南僭自離軍，未經報告，而突來榆林。在此冬至後一日、聖誕前二夕，大陸戰事之悲劇，最後失敗之一幕也。」136

雖然蔣總裁幾天前就同意棄守成都，但仍氣憤到無以復加，這是因為父親展開行動之前，他並未收到父親的告知，如果父親抵達的地點是西昌應該還好，但突然間就得知父親在三亞落地了。那時正處於國共內戰最後關鍵之時，所有的部隊動態以及細緻的考量或成因不會公開，蔣總裁對父親離開成都、降落在海南島，第一時間反應的惡感如此，一般不明就裡的外界人士及將領更只會有「胡宗南逃離戰場」的表面看法了。幾十年來，研究民國史、國共戰爭的學者，也都對父親自成都的撤離動機，以直接離開戰場到海南島視之，而不知他指揮部隊脫離成都困局，準備從西昌再出發。

136 《蔣中正日記》，一九四九年十二月二十四日。

前行政院長郝柏村先生，當時是顧總長的侍從參謀。他近年指出，其實，西昌不可能有所作為，「顧祝同以胡宗南在大陸犧牲，於心不忍，乃令其先到海南，未事先向蔣公報告，胡宗南並非擅離部隊。」137另方面，王叔銘日記也顯示，父親離蓉之前，曾經由王叔銘告知蔣經國，想來經國先生未知會蔣總裁。

以後，父親面對監察院彈劾時，詳細解釋了他為何會降落在三亞。他指出，二十二日新津作戰會議結束後，他就把決心及處置電報國防部，並奉示准予照辦，空軍也派機來成都，「時空軍人員以際此緊急撤退，來機不問氣候良否，立須離蓉，以防不測；如抵蓉後逕飛西昌，倘遇氣候惡劣無法降落，因油量關係，亦無法續飛海口，如是勢必人機同受損失，故建議宗南等先飛昆明霑益或海口後，再飛西昌。旋以西昌、成都間陰雲密厚，結冰不能通過，擬飛霑益或昆明，旋接海南空軍指揮部轉告，昆明霑益仍被匪軍控

137《郝柏村解讀蔣公日記一九四五～一九四九》，頁四五六。

父親（左）於民國三十六年與王叔銘（左二）合影。王將軍是父親餘生的好友，並且成為父親生涯見證人。

制，不能降落，時已屆十二月二十三日午刻，各部隊俱按預定部署開始行動，而飛機亦以抵蓉不能稽延，且是日成都西昌間天氣惡劣，陰雲密布，乃從空軍建議改飛海口，抵海口上空時，機場關閉，復降落三亞，著陸後即設法與突圍部隊保持連絡，並計畫飛往西昌。」[138]

父親因通盤考量和天候因素在三亞落地，動機被扭曲了；接下來幾天，幾位高階將領投共造成李文部隊突圍失敗，加重了對父親降落三亞的責難，認為如果他未離開成都，當不致如此。其實當時成都大局已勢不可為，如不突圍，會遭全然殲滅；而且依後來所知，在中共積極策反下，裴昌會、李振兩位握有兵權但非黃埔系統的兵團司令，和中共早有預先的聯繫，如果父親跟著任何部隊突圍，李、裴應還是會叛變，並且傷害到父親。

二十四日這天，顧祝同總長、蕭毅肅次長、陳良次長、錢大鈞副長官和王叔銘副總司令都飛來三亞與父親晤面，一談起來父親才知道昆明其實情況不好，根本沒有光復，一直被叛變的盧漢所控制，他因此擔憂刻在成都附近設法向雲南方向突圍的部隊，恐怕不會有好結果，也不禁說這麼重要的事卻早不通知，因為這和決策關係實在太大，早知如此，部隊就不應向南突圍了。

我在幾年前，尋得了父親幾則發自海南島三亞、給蔣總裁的電函，其中二十四日有兩則，一則詳細寫了他為什麼會降落在海南島的三亞，純粹是因為天候的原故，他原本要按照蔣總裁也知道的計畫，前往西昌的；另一電函則是建議西昌的未來。

138 《胡宗南先生文存》頁五五四。父親於一九五〇年六月遭監察院彈劾，因而提出申辯書中所載。

父親及顧總長皆建議自西昌撤退

原本被視為西南主要反攻基地的雲南昆明已陷共，西昌如同孤島，如以西昌為大陸根據地，已經不切實際。父親於同日晚上，又務實的以極機密電文給蔣總裁，剖析西昌已難繼續維繫，建議放棄：「本午顧總長、蕭次長飛三亞，面示昆明近況，業已完全惡化，黃杰部進越北，被法軍解除武裝，大軍向昆明、西昌轉進，已屬絕地。本署所部，爾後動向，實應重加研究等諭。昆明情況變化，職事先並無所知。查匪之主力方由成都東西地區南下，果如顧總長所示情況，西南基地既失憑藉，亟宜重策他圖。如須先回巴山（按：成都北邊），暫集結川、鄂邊區，稍事休整，再赴長江，分向浙、贛、粵、閩邊區，進出粵、閩、浙東南海岸，襲擊陳毅海防軍側背，我海口及沿海空軍基地與臺灣、定海謀取連絡，海陸相密呼應，較為有利。如此，立即下令改圖，尚不失時機，本署爾後動向，究應如何，拙見是否可行，立候鈞奪電示遵辦。職胡宗南　亥敬戌建印。」[139]

然而，蔣總裁並未回覆父親這兩則電文。他還在氣頭上，到二十六日都還認為「胡、顧誤事」；直至二十七日他看到父親要赴西昌指揮，才終於「聊以自慰」。[140]

次長陳良有要父親「認輸」之言，使得父親於二十五日寫了一封長函給陳良，以明心志。其實他一直反對死守成都，在信中明確指出（蔣總裁的）剿共作戰軍事指揮，特別是「決戰」指示錯誤，在成

139 《胡宗南先生文存》，頁三三一～三三二。

140 《蔣中正日記》，一九四九年十二月二十七日。

都，我軍已受到中共層層重兵包圍，所以他反對在成都決戰：「……內線作戰，乘敵分進合擊之時，而先擊滅其中一股，事實上已不可能，集中所有力量固守成都，作背城借一（按：背著城牆面對敵人決死戰）之舉，而結果必至全軍消滅。……妄言決戰，此種舊戰術、舊思想，在剿匪以來，不知陷滅了多少部隊，犧牲了多少將士，而白流了多少英雄之血，可歎之事，無過於此。弟有鑒於此，反對在成都附近決戰，反對在現態勢下作背城供一之舉，在利害轉圜線未定以前，在我軍力量，還沒十分損失之前，脫離內線，轉移外翼，有計畫，有目標，分數縱隊，放棄了成都，脫離了包圍，變不利態勢為有利態勢，變被動而為主動，預期不久將來，此力量將全部到達於某一地區，而重整陣容，造成奇局，決非決戰以後，逃跑潰敗者，所可比擬者也。但謀事在人，成事在天，在此一切變動之時，是否另有問題，則又非今日所敢斷定者也。故在今日，弟還不認輸，此種決策非有大膽、大勇者不敢為，非有如失敗，寧受軍法審判的胸襟者，不肯為，非有受千萬人唾罵，歷史上的斥責，而未嘗動心的氣概，不能為，成敗、利鈍、是非、罪惡，只好付諸未來的戰局。……」[141]父親之言，其實直指這幾個月來，蔣總裁的指戰觀念錯誤、指揮錯誤，說寧可冒被千萬人痛罵之險，也要到「某一地點」造成奇局，因此仍不認輸。但隔了幾天之後，他得知安排脫離成都的剩下部隊最後結局，卻又令他痛徹心扉，「心情嚴重」。

二十五日，顧總長也就西昌的未來，以電文向蔣總裁建議應將部隊撤離，因為西昌已難成大陸根據地，繼續保持，不但無補於大陸戰局，且終必被敵消滅，目前正是從西昌撤退及把西康省主席賀國光接

141《胡宗南先生日記》，下冊，一九四九年十二月二十五日。

運回臺的良好時機。[142]

蔣總裁自言受閻伯川一語之誤，致錯誤下令孤守成都

北洋軍隊出身的李振未能上機離開成都，由於中共葉劍英早於前一年十一月即以同是廣東人的關係派人要他「覓機起義」，於是他接下來的動作卻是和共軍聯繫，於二十四日投共並率軍占據成都。這是始料未及的事，並且影響到黃埔一期、第五兵團李文的突圍作戰，因為李振把第五兵團和第十八兵團的共同作戰計畫都交給共軍[143]，他手下的第三十軍軍長魯崇義，也一起叛變，使得李文部隊必須孤軍與敵正面遭遇，打到彈盡援絕而被俘；另外，也是北洋軍人出身的第七兵團司令裴昌會於二十三日晚上與共軍接洽，隔天投共；二十五日還有兵團司令羅廣文、陳克非不願向東進攻共軍後方而率部隊投共。[144]其實當時成都大局已勢不可為，如不突圍，會遭全然殲滅。

但是，對中華民國、領袖效忠的將領，也多有人在。

二十四日，共軍合圍之勢已成，第一軍奮勇作戰，第二十四師於新津掩護全軍南行，全師壯烈犧牲，師長吳方正陣亡。吳師長有家人已到臺灣，住在父親為部屬準備的房舍中，他的公子社邦先生後來

142 《胡宗南先生文存》，頁三三二～三三三。

143 李振，〈第十八兵團起義回憶〉，收入《起義・一九四九》（北京：中國文史出版社），頁一五五。劉學超整理李振回憶，《三十七年的戎馬生涯》，未刊本，頁一一五。

144 陳克非，〈我從鄂西潰退入川到起義經過〉，收入《全國文史資料選輯》，第二十三輯，北京政協。

服務於中山科學研究院數十年，為了中華民國貢獻一生。二十五日第一軍到達蒲江東北地區，遭共軍三個軍兵力圍攻，三十六軍一六五師師長汪承釗、一六七師代師長高宗珊均陣亡，軍長陳鞠旅率部向北突圍力盡被俘。五十七軍二一四師師長王菱舟夫婦同時自殺，第二五四師七六〇團團長繆銀和、軍部人力輸送團團長饒石夫、警衛營營長孫鏞皆陣亡。此一成都轉進之役中，陣亡的官長還有七十八師副師長梁德馨、第六十九軍少將參謀長陳壽人、第二十七軍三十一師參謀長劉禹田。

以後，蔣總裁在日記裡檢討，他是因為「當時被閻伯川一語之誤，即集中兵力孤守成都，正予共軍包圍殲滅之良機，以後無法與共軍周旋矣……」他認為，其實用胡宗南的部隊可以更靈活些，主動打擊共軍主力，不必為孤守成都而集中，沒想到自己「精神不專，卒至決心動搖，竟因之而大陸不保，痛懺莫及矣！」當時的東南軍政長官陳誠，也直指蔣總裁的西南戰略失效。[145]

二十六日　父親主動要求赴西昌指揮

父親是有志節的。他雖於二十四日建議因昆明情勢有變而應放棄西昌，但又於二十六日晚上致電蔣總裁，他要重回大陸西昌，進入最危險之境：「請即飭空軍立派機廿架，專送本署指揮機構，仍赴西昌指揮，除分電顧總長外，敬電核示。職胡宗南亥宥戌（十二月二十六日晚上七至九點）建印。」[146]

145 《蔣中正日記》，一九四九年十二月反省錄。而在《王叔銘日記》一九五〇年一月二日也記載：「……訪晤陳長官，彼對於華西之軍事部署極不贊成，其意見與宗南兄相同，但總裁不肯採納彼等意見，致有今日的結局。」

146 國發會檔案管理局檔號：BS018230601-0038-543.64-10602A。

他此刻雖在海南島，但仍掌握了所屬部隊突圍作戰的情況。起初成都附近尚有捷報，但二十七日他不得不呈報第五兵團司令官李文向成都轉進時，因為原先應相互掩護的李振、魯崇義叛變，使得突圍計畫因而被摧毀。同日他又呈報突圍戰情，九十軍周士瀛已攻抵距邛崍東北約五公里的童橋，迄目前為止仍在該區激戰中；三十六軍朱先墀進抵雙流、彭家場附近，陷入包圍，決拚戰突圍；「現第一線各部到處被匪截擊割裂，處境態勢均頗不利，除飭盡力避免膠著，排除萬難，盡一切手段，向預定雅安及其西北有利地區突進」。

王叔銘二十七日自海口飛到三亞，同父親見面。他告訴父親，俞濟時來電說，蔣總裁對父親過早離開成都甚不滿意。父親因此認為有面陳的必要，請王叔銘和羅列飛往臺灣，到臺中向總裁親自解釋降落三亞經過情形。

這天，西康省主席賀國光（字元靖）致電蔣總裁，「西昌寧屬已是大陸最後基地，現有兵力不足四營，如政府有決心，則請儘先由海口即日空運有力一師鞏固西昌，續運兩師向南北擴張……」蔣總裁已接到父親要赴西昌電文，於傍晚回復，「西昌賀副長官元靖兄：胡參謀長宗南即日來昌並空運兵力同來，餉彈自可運濟，務望靜？慎守，奠定反共基業，是盼。」蔣總裁又電復先前顧祝同的電文，不同意放棄西昌之議，「決令宗南先回西昌，指揮川康滇各軍，則元靖駐昌，此時當可無虞也。特復。蔣中正亥感」至於父親的電文，則由經國先生代批「奉諭：照辦併復」。

二十八日，王叔銘和羅列見蔣總裁，蔣總裁仍對父親憤怒不已，王、羅兩人解釋在三亞落地的經過，蔣總裁終於在中午給父親寫信，交給王叔銘轉交並當面鼓勵說：「疾風知勁草，板蕩識忠臣，以後全靠你和宗南矣，希各努力！」。王叔銘隨即在臺中去電父親，約他次日上午十點以前到海口見面。羅列隨即寫了一封信給我父親，他要到臺北探母，隔日再回海口，這封信我看見了，雖寥寥數語，內容悲壯悽涼。[147]

主任鈞鑒：

職本午在日月潭謁見 委座，彼對 鈞座甚表關切與愛護，唯諄諄以速赴西昌收拾大局為囑。茲謹將委座手函與經國先生信件先行呈閱。

職本晚趕赴臺北省視一別十八載未曾見面之老母，明日即搭乘空軍飛機返海口。明知此舉愧對「過門不入」之大禹；但以老母渴思成疾，不得不謀一面，藉慰慈情於萬一也！

謹此，敬祝

崇祺！

職 羅列上

二十九日　父親讀總裁信欲立即返西昌以成仁

二十九日上午十點多，父親到達海口；王叔銘則在十一點多從臺灣飛抵海口。王叔銘把蔣總裁的指示說了，要父親飛往西昌坐鎮指揮，並且交付蔣總裁前述的親筆信，內容如下：「王副總司令、羅參謀長來臺面報軍情，日來憂患，為之盡息，此時大陸局勢繫於西昌一點，而此僅存一點，其得失安危，全

147 二十七日電文均載於《胡宗南先生文存》，頁三三二至三三六。二十八日則記載於《蔣中正日記》，一九四九年十二月廿八日。

在吾弟一人之身，能否不顧一切，單刀前往坐鎮其間挽回頹勢，速行必成，徘徊則革命為之絕望矣。務望發揚革命精神，完成最大任務，不愧為吾黨之信徒，是所切盼，餘囑羅參謀長面達不贅。中正手啟」。

父親看了信熱血沸騰。

張政達以後回憶，那時父親當場向王叔銘將軍要求立即起飛前往西昌，王將軍勸父親不要衝動，因為當天氣候不佳：「大哥呀，這個天氣不能走呀，海口飛到西昌要很長的時間，夜間沒有夜航設備，怎麼降下去？降下去，西昌的情形怎樣你完全不了解，我看還是明天走。」

父親回答得慷慨悽涼又堅定：「叔銘呀，總裁是要我到西昌去成仁的，我不得不走。我要馬上走，你立刻跟我準備飛機。」

張政達說，當時王叔銘就準備一架運輸機——應該是C-46，前面有幾個座位，中間是一個很大的罈，完全是裝汽油的，因為這個油量可以讓飛機飛到西昌降落，然後飛回。父親帶了沈策、蔡棨、裴世禺、周士冕、夏新華和張政達等一共九人，於下午一點半起飛。

飛機起飛以後，到達雷州半島上空。張政達回憶：「軍用飛機座位的旁邊有一個圓孔，圓孔是用橡皮塞子塞住的，我跟夏參謀（夏新華）兩個人，常常把塞子拔開來透透氣。突然之間我們感覺到，怎麼我們的頭髮老感覺有雨水打進來，我們朝外一看，原來飛機左邊翅膀上面油箱蓋子飛掉了，汽油從左翼像水柱般衝出來，當時我們立刻就跑到駕駛艙告訴駕駛員，說這個情形非常嚴重，如果汽油噴出來碰到一點火，飛機就在空中爆炸了。」

「駕駛員立刻做處置，慢慢的從雷州半島折回來，駕回海口機場。這時候王叔銘將軍仍舊在機場等待，他看到飛機降下來之後，就問什麼事情，駕駛員報告左邊機翼上的油箱蓋子飛掉了，這是非常危險的事，當時王叔銘將軍非常生氣，對著機械員拳打腳踢，也顧不到什麼禮貌。胡先生一再的勸他，說算了算了。所以那一天沒有能夠飛到西昌去。」

其實蔣總裁對父親赴西昌的心情應是複雜的，有如要把手中最後一張王牌打在大陸最後一處控制地點；雖然他在前一年十二月七日就已認定西昌之南因已受龍雲部隊威脅，而不能作為政府駐在地點。[148]而父親知道蔣總裁要他「不顧一切」的心意，因此他要「立刻」飛過去。

蔣總裁於二十九日這天致顧祝同的電報，這麼說：「宗南決飛西昌指揮川康各部，收拾殘局，重整旗鼓，必大有可為。」[149]晚上，父親與沈策、趙龍文、李廉、王超凡等幕僚商討西昌之行，幕僚們全部反對，不過父親意志堅定。蔣總裁顯然知道了父親折返海口，又於這晚九點致電父親：「無論情況如何，吾弟均應即回西昌，否則各方之責難必紛起，以後無法繼續革命矣 蔣中正」。

父親隨即於卅日凌晨零時呈報蔣總裁：「總裁蔣　鑒（十二月廿九日）廿一時電奉悉，職本於鑒十三時半已起飛，因油箱故障，臨時降落，王副總司令以為時過遲，改明晨起飛西昌，赴義盡職，決無他顧，萬請釋念。職胡宗南亥陷（十二月卅日）子建印」。

148 《總統　蔣公事略稿本》，一九四九年十二月七日。

149 《京滬撤守前後之戡亂局勢（下）》，收入總統府編，《革命文獻》，第三十二冊。

三十日　父親穿母親手織背心飛抵西昌

父親知道中華民國在大陸最後據點西昌不可能守得住，但是他還是知其不可為而為，為的是守住自己為中華民國盡忠、為總裁效命的志節，即便成仁也在所不惜。一九四九年十二月三十日下午二時，他和主要幕僚、通信設備，以及衛士一百零一人，分乘十架飛機，抵達西昌。

王叔銘隔天特別致電經國先生，陳報父親一行已安抵西昌；然而此電主要內容，還是為了寫下他對父親的觀感：「……經各方調查，且有事實證明，總裁想愛護宗南兄深切，此次似有誤會之處，弟當時因總裁震怒，未敢多解，而宗南兄已行，前雖遵指示之計畫行事，但未先報告之咎，坦白承認弟與宗南非親非戚，只站在同學立場而言，彼實唯一之忠心耿耿聽命於總裁之人也。弟魯莽直言，諸請鑒原。」

經國先生把此電呈給他父親，蔣總裁幾天後回電給王叔銘，他感到欣慰，如果部屬皆如王叔銘及胡宗南，則革命絕不挫失至此。

父親忠心耿耿，為國而赴義，關鍵轉折那幾天行止，身在臺北的母親完全不知。母親不知他身在何處，還得四處打聽，她從一九四九年十二月起，就沒有接到父親隻字片語，只能從報紙上的新聞，設法找出父親的動態，以及研判是否安康。她為此多訂了一份報，每天仔細讀頭版的新聞，深怕漏掉父親丁點消息。成都已失，突然間母親得知父親到了三亞並且滯留了幾天的消息，接下來整個消息都混亂了，有將領失蹤，有的投共，給臺灣的眷屬極大震撼。十二月三十日，王叔銘派人送來父親委託帶的五包照片，她以為王叔銘還在臺北想打聽父親消息，打電話問王太太，才知道王副總司令只在臺中住了兩天就又回海口去了。

這天就是父親自海南島飛赴大陸西昌的日子，但母親並不知道。她寫信給父親，信裡除問候父親，告知正在趕工織毛線背心給他；也說早上裴昌會的太太來看她，並說香港報紙報導父親麾下有十二個將領被「解放」了，其中有裴昌會的名字：

一九四九年十二月三十日　母親之信

> ……她（裴太太）說裴先生絕對不會的；李振的太太告訴她，當他們聽說你將離成都時，李振曾打電話給裴先生叫他去商量商量，但是裴先生沒有去，結果會沒開成，現在李太太和別的太太們（我不認得也記不到她說的名字了）都怪她的裴先生不好。總之裴太太表示裴先生絕不會投匪，萬一被俘，他們一家五口生活很成問題。……李文的太太哭鬧得最厲害，我提議她有機會和李太太見面時，多多勸慰……[150]

這就是將領眷屬圈子裡的景況，因為在一九四九年，家庭失掉男主人的重大事故，可能有如當頭棒喝般突然臨到一個家庭，讓眷屬難以承受。母親也處於如此的光景之下，時時擔心受怕。然而，如此的

150 裴昌會依照與一野胡耀邦的約定，於十二月二十三日正式叛變，其後擔任中共人大代表、政協委員、重慶市副市長等職，見《愛國起義將領裴昌會》濰城文史資料第十四輯。第五兵團司令李文被俘，後來脫險返臺任國防部高參，一九七七年去世，獲總統明令褒揚。

日子，她還得多熬三個月。

父親接到母親親手織的毛線背心了。他剛飛到西昌，一九四九年最後一天終於寫了一封信給母親，但還是沒告訴她，他現在到哪兒去了。

一九四九年十二月三十一日　父親的信

親愛的妻：

昨在飛機上，感覺寒冷，我就拿你所贈送的絨線背心穿上，舒適暖和而高貴。我知道這是你最近的心血、淚、恨，所織成的禮物。我是特別重視的！今天我亦送你小小禮物。將來到了意外時期，可以使用。古人說千里送鵝毛，請你哂納罷！

祝你

健康！

你的丈夫　十二月卅一日

七十年前，中華民國多災多難的一九四九年就這麼地過了，大陸幾乎完全赤化，只剩群山環抱的西昌，而父親剛剛飛了過去，要為國家守住這最後一片土地、在大陸的最後一口氣。母親則在過了年之後才知道，當她得從趙龍文夫婦口中得知父親打算以自己的生命，為即將丟失大陸的中華民國陪葬時，她不禁哭了。她即刻堅強起來，以最義無反顧的態度，寫了心境決然的信給父親。

第十四章

西昌成仁之心・堅決同命

一九五〇　邛海・臺北

西昌地處原來西康省東南十餘平方公里的盆地，是省政府所在地，現在西康已併入四川、西昌市則成為四川省涼山彝族自治州的首府了，這是我的旅程終點——不同於父親，我們從成都經雅安，然後驅車經雅西高速公路，翻山越嶺。雅安在成都保衛戰的最後關頭，也歷經了戰火，並寫入父親的日記；這座城市在山區的邊緣，是往西昌的必經之地。

至於雅西高速公路，近年來已被盛讚為工程奇蹟，有「天路」、「天梯高速」和「雲端上的高速公路」美稱，確實是不容易的工程傑作。也可見得，相當偏僻的西昌位處於群山與大河之間，要修條路都有如攀上天。

自雅安通往西昌的雅西高速公路，由於要翻山越嶺，而有「天路」之稱。七十年前，這是父親部隊最後撤退路線，但終未達成。

從一九四九年年底到一九五〇年初，中華民國經歷了驚心動魄的大變局，不僅失了大陸大部分土地、政府遷臺，而且未來如何難以預知。國家如此，覆巢之下的個人命運更有如處於風雨飄搖之中；父親以成仁之心飛赴西昌，留在臺灣的母親，心情也好不到哪裡去。

新年元旦，她提筆寫信給父親。

一九五〇年一月一日　母親之信

親愛的夫，

今天是民國三十九年的元旦，我給你拜年，並祝你健康、祝戡亂的最後勝利！

昨天晚上孩子睡熟了，我一個人靜靜地坐在客廳裡打毛線，打開無線電聽委座的除夕廣播，情詞懇切而沉痛，歷述吾中華民國開國以來的種種經過，真使人感慨萬千、熱淚盈眶。今天國家到了這種田地，中華民族沉淪到這步田地，叫人怎不痛心。聽完廣播之後，我仍然繼續地坐在那裡，深覺得這國家歷史上最黑暗、最苦痛的一年真不容易過去，恨不得趕快捱過那最後的兩個鐘頭。

在那時候我就想著你，不知道你在哪裡—昨天早晨聽說你還是去西昌了—是不是也在聽廣播？是不是也在同樣的心境度著這歲末的幾個殘餘的時辰？天涯海角，天各一方，此情此境怎不使人黯然欲泣。

親愛的，過去幾個陽曆年我們雖也不在一起，但我從來沒有像這次這樣的難過，但願一九五〇年的除夕能夠有點比較使人安慰的回憶。昨夜我在十一時左右上床，可是一直到三點鐘還沒睡著，後來睡去了也睡得非常不安寧。今早起來有點頭痛，心情也似很沉重。親愛的，假使我們在一起，日子就不會這樣的難過的。現在你在做什麼？希望你的心境能比我的舒暢點。南哥，上帝總會保佑你的。

今天中午，我請母親、兄嫂、亞麗和程太太一家，來家吃中飯，此外也約了Mary陳的兩個外甥女。大家一起熱鬧一點而彼此也可以相互安慰。

剛才報紙來了，其中有一則你和顧總長署名發出的告西南將士、民眾通電，閱後心裡比較安慰得多，因為這表明你仍然在一個大陸據點指揮著，而這個據點在目前仍是安全的。

接下來，母親寫信就被諸多來家探視、賀年的親友、將領包括陳誠夫婦打斷了，她這封信斷斷續續寫到次日才完成。信中她還提了我一筆：「……陳長官夫婦來了，坐了一會和小廣玩得很高興。親愛的，你不在家孩子替你招呼客人，大家都很稱讚你的兒子呢！你高興嗎？」那時，我才剛滿三歲。

信末，母親提了她的人生盼望：「親愛的，如果不是國家萬分的需要你的話，我真想你現在回來，讓我們找個荒鄉僻壤去墾荒！我不想任何的富貴榮華，只盼望能夫唱婦隨、平平安安的過一輩子。現在這種世界，一切的虛榮都是累贅，可恨的是在目前這個時候，我們要解甲歸田都無田可收呢！」

母親哭了。她要以命相陪希望父親珍惜生命

然而，母親三日終於從父親的西安綏署祕書長趙龍文夫婦打聽到父親的真實情況及處境，她悲傷難抑，深知父親此行凶多吉少。當晚，她寫了一封態度堅決、奮力勸解的信給父親，內容和過去的鼓勵肯定與溫情完全不同——她準備與父親同生死，連才三歲的我，未來都預想了安排。

一九五〇年一月三日　母親之信

最親愛的南哥：

昨天下午趙先生和趙太太來了，從趙先生那裡才得知你已安抵西昌的消息，並知道了過去一週多來的一切情形。親愛的，我非常知道你的性格也明瞭你目下的處境，我沒有什麼話可說，不過我是你的妻子，是這世界上最愛你的人，而我的命運永遠和你的連結在一起的。想到你目前所感到的精神上的痛苦，想到你的孤苦奮鬥的情形，怎麼能不心疼、怎麼能不悲從中來。我拚命的咬緊牙關，但熱淚還是奪眶而出。我是無用地在客人面前抱著兒子的頭痛哭了。

夜裡我不能入睡，一切的思潮都湧上心頭。記得趙先生告訴我在最近兩個星期內，西昌是沒有危險的，而也許過了兩個星期我們有些部隊也可以聯絡上了，這樣就不但一切會轉危為安，也許從此我們就可以重整旗鼓向外反攻，但願天從人意。如果能這樣，那就是國家之福、民族之幸了。萬一不能如此，而你的孤身陷在那裡，對軍事上已完全失了意義的話，我希望你無論如何要接受部屬和朋友的勸告，回來再說。我們只要還有臺灣，還有一尺一寸領土，我們都仍舊有奮鬥的餘地、仍有轉敗為勝的希望。我們只要留著一口氣就都有為國家民族出氣的可能的。尤其是你們軍人既然以身許國，就應該利用你的身心為國家盡最大的任務、作最大的用處。

如果因一時的氣憤把個人犧牲了，那對於國家只有損失並無補救。這是非常魯莽和愚蠢的舉動，在歷史的眼光中，只能稱為小忠而不能稱為大智大勇大忠。只有盡量利用自己的聰明才智、自己的身力精神，永遠奮鬥永不消極以拚最後的勝利，就是勝利不可得也只有用盡自己的一切，直到像點盡的油燈一樣連燈芯也沒有了一點油為止，這才對得起國家對得起民族，而對於自己也才能算得是沒有遺憾。

我聽他們說你在成都時就不想出來了，我覺得勇敢聰明而忠心如你，實在是一時矇瞳了。死是很容易的事，可是死要得其時得其所。如果那時你真的犧牲了，那在國家的觀點上就只有遺憾而已。親愛的，怎麼你會這麼糊塗的。現在我請求你對於此後的行動要再三思考，不要任性。你想蘇武牧羊十九年，其目的也就是在留得一身在，以備最後為國使用，你難道沒有蘇武的聰明愛國嗎？你如把自己白白犧牲了，那共產黨才開心呢！他們正日夜計謀要想把你消滅了。現在我們可憐的祖國像你這樣的硬漢太少了，共匪在得意之餘就怕你們這少數幾個禍患，少了你，他們不正中下懷嗎？何況 領袖目下處境也萬分困難，你是他的手足般的忠實部下，你對他也有無限的責任。不但目前你不能推諉你的責任，就是再艱難困苦的環境中，你也不能推諉你的責任的。親愛的，仔細想想我說的對不對。

我對你的一切勸告並沒有存在任何個人的儌幸心理。我的前途是非常明白的。萬一你有什麼不幸，那我就根本失去了生存的價值。那時候我自然知道怎麼處理的。當然最可憐的是小廣，他不幸而生在現在的中國，更不幸生在我們家裡而有我們這樣的父母。我想如真的到了那步田地，我就想法托人帶到加拿大去請霆弟撫養他成人，因為我決不願他做蘇俄暴君的奴隸，我們死了也要我們的兒子做個自由人的。上帝如真的有靈，祂也會保護他的。我的兩個弟弟對我都很友愛，他們一定能像自己的兒子一般，把他教養成人的。

現在當我們還不必要那樣做時，我請你千萬保重自己。親愛的，看上帝的面上，看國家民族的面上，現在不要急急的折磨你自己吧！我心碎了。願你平安更祝你勝利！

你的生死伴侶，你的妻子

一月三日

這封長信，父親後來隔了一個月以「沒有收到」來答覆母親，然而其實他是收到的，因為日後我們四個兒女都看到這封信隨著他飄洋過海回來，和其他的信保存在一起。他規避，想來是難以回應；但應也提醒了他，他個人的命運牽連了他自己的家庭。

我就是母親信裡的「小廣」。七十年後，我到邛海之濱，在海濱南路上看到牆上有「蘇武牧羊」壁畫，立即聯想到那封母親勸父信，要父親「留得一身在，以備最後為國使用」的話！她以自己的生命表達得很清楚——戰死就罷，千萬不能自裁！在她的內心裡，自裁就是白死，中華民國徒然失去一位頂尖戰將，剛好遂了敵人的願。

父親抵達西昌之後，住在西昌東邊瀘山與邛海之間的邛海新村。一九四九年的除夕，他與幕僚及飛行員一起過，「於新村藉酒澆愁，勉強為歡」。

在邛海濱的一處圍牆見到「蘇武牧羊」壁畫，我立刻想到當年母親的信上，曾以蘇武期勉父親。

這裡就是邛海新村，父親在大陸最後落腳處。

這新村，原先因為國民政府於抗戰時期的遠慮，所以在此興建了一個聚落，除了蔣委員長行轅外，還有各部會的房舍，以做為萬一日軍攻進四川，可以再遷來此，做為戰時陪都。

我們如今到了。新村和邛海之間僅隔一條馬路，沒有多遠。父親曾於一九五〇年初和來訪的蔣經國先生一道，從新村走到邛海，談論生死問題。邛海是四川境內第二大的淡水湖，海拔一千五百公尺，現在有三十一平方公里；我們又登上瀘山，父親也攀登過，從瀘山一間寺廟可以看到邛海全景，遠處則可見西昌近年來的繁華，處處高樓大廈。

西昌會議認不可守，父親自責

一九五〇年時可不是這樣。元旦，父親在邛海之濱向第一師第二團官兵七百餘

眺望邛海，西昌現代化處處可見。

人講話，稱讚第二團以區區七百人兵力，可以打敗十倍以上之敵也就是叛將劉文輝女婿伍培英的部隊，奠定了西昌根據地，也挽回了危局，「這顯示我軍第二團同志之英雄堅強，更顯示朱團長之機警、迅速堅強，慓悍的指揮天才，岳飛的『滿江紅』——待從頭收捨舊山河，你們已經收拾了西昌，即以西昌為開始，重新收拾已失的山河！」

次日晚上，他和核心幕僚羅列、沈策、蔡棨、裴世禺、楊蔭寰等座談，但幕僚全認為蔣總裁對西昌期望太高，守西昌不是長久之計，也絕不能扭轉乾坤，因此羅列等人提出方案：

一、第一案上策，全體空運海口或附近海島。

二、第二案下下策，全部向印邊轉進。

三、第三案中下策，控制有力一部，四至五個連保衛指揮機構行動，分散其他現有兵力，控制寧屬南北八縣，安定西昌，配合土司，利用漢人展開全面游擊，本署各級人員，除有必要者外，大部派領部隊，分赴各縣展開工作，獨立發展。

四、第四案下策，背城一戰案，較湮沒於窮山荒谷中，稍勝一籌。

父親先前在抵達三亞之後，就已盱衡西昌的處境，認為是「絕地」，應將朱光祖的七百多官兵撤出，不要做無謂的犧牲，並沒有為蔣總裁所接受；此際他身為主官，也只有險中求生。所以上列四案，父親反對列為上策的空運撤退案，也反對留置幾架飛機在西昌，做為隨時運送指揮機構之準備，因為這會使軍心渙散而不能作戰，他最後裁示不如採取第三案，而以第二案為輔，並且極力展開準備。[151]

來到西昌，突然有如暴風雨之前的寧靜，在這狹長的山谷間，暫時沒有戰火的滋擾。父親停下腳步，他回顧去年十二月天翻地覆的變局，想到李文、陳鞠旅等這樣好的將領可能都完了，內心極為沉重，情緒也惡劣，自覺「鑄此大錯，造成不能挽回之損失」[152]，真是無語問蒼天啊，他自責不已。即使在十天之後的一月二十三日，那是離開成都整整一個月，他以「成都撤走紀念日」視之，還是「如何鑄此大錯，千思不解。此真真凶日，毀滅歷史，毀滅生命，毀滅一切的紀念日也。」[153]在日記中他沒有怪罪別人，也不談自己根本反對在成都「決戰」，而且因缺乏交通工具，大部分部隊靠徒步從陝南千里應

151 《胡宗南先生日記》，下冊，一九五〇年一月二日。
152 《胡宗南先生日記》，一九五〇年一月二日。
153 《胡宗南先生日記》，一九五〇年一月二十三日。

援，無法集中部隊，更沒有怪罪強要他把第一軍改調到重慶白白犧牲的蔣總裁，把成都之失、部隊潰散的責任，全攬在自己的身上。

他因而於元月五日電呈蔣總裁，「……成都之戰，職統御失道，指揮無方，致肇斯變，責任攸歸，罪無可恕，懇請明令撤職交軍法審判，以彰法紀，並撤銷長官公署而節國帑，除飭屬趕辦結束外，待罪西昌，伏候鈞奪」。他又另外回覆湯恩伯、毛人鳳的電慰，以及隔天致電蔣經國，都告知自己已呈請總裁撤職法辦，而自己則要在大陸最後據點「拚最後一顆彈、最後一滴血，寫大陸歷史最後之一頁」。他以死報國之志，其實是堅定的。

從總裁一向談到「我死則國生」的死志，以及父親自己對部屬的精神講話中，也時時勉勵部隊不要怕死，我心想父親此刻的心情該是想到「成仁」，應該留在成都、戰死在沙場。然而那是誰都說不準的事，這兩年來，共軍之間一直流傳一個強而有力的目標——「活捉胡宗南」，因為父親的部隊最有戰力，曾多次在大小戰役中獲勝；他的部屬因而要他在必要時必須先移轉指揮機構，才能繼續領導作戰，以避免共軍得逞而真正打擊整體士氣。前述電文中，他一則在意自己飛離成都，準備分批到另一險地西昌重整旗鼓繼續指揮，卻沒想到因為不可抗力的天候因素最後轉降三亞，予人逃避之印象；另外則是他離去之後，部隊因非黃埔系統的高階將領降共致土崩瓦解的現實。

父親請求撤職查辦之電文，蔣總裁九日回覆了——「胡副司令官：微、魚各電均悉。革命精神全在此失敗之時，仍能百折不回死生一致者得之。只要吾人決心堅定，奮鬥到底，則人定勝天，轉敗為勝之機，即在於此山窮水盡之中，所謂疾風知勁草，歲寒知松柏者，亦即在此也。此時會理、寧南雖失，然皆土共牽制攪亂，不足為慮。況現有三千部眾，略加整補，則以西昌之形勝與今日飛行之交通實大有可為，何如此之窘迫自餒耶。望專心一致，堅忍奮鬥，毋作他念，勿愧為革命之信徒，是望也。中正手啟」。[154]

蔣經國則於十日回電，他再三讀父親的信，感慨非常深，此時此地希望父親能以忍耐、苦心來克服目前的困難，他並說擬於最近赴西昌看父親「面商一切」，又特別提起蔣總裁前幾天曾親到我家來賀年，「見令郎活潑可愛，無任快樂」。

不過父親想成仁，部屬卻不這麼想，特別是參謀長羅列。羅列認為將才難尋，父親不宜在小小的西昌犧牲掉，因為反攻大陸大業來日方長。

失蒙自：西昌無望

雲南昆明南方、靠近越南的蒙自，有陸軍副總司令湯堯率先前派在雲南的李彌第八軍與余程萬的第二十六軍在此集中，待命收復昆明。到西昌沒多久，羅列就發了一個電報給蔣總裁，很務實的認為西昌的形勢就是滄海一粟，用不著胡先生在這裡主持，只要他或者另外派一個將領在這裡就可以了，希望為未來的反攻大陸著眼，讓胡先生離開西昌，並以蒙自的二十六軍及第八軍行止，決定以後西昌動向，再做最後的定奪。蔣總裁當時未回此電。

一月中旬，共軍大軍攻向蒙自，十六日凌晨即攻占蒙自機場，使得八軍和二十六軍潰散，湯堯被俘；顧總長及派為雲南省主席的八軍軍長李彌等人，前一天才自臺灣飛來西昌與父親研究戰情，十六日

154 《總統蔣公大事長編初稿》，卷九，頁十二。

起飛後突然接到空軍電臺告知蒙自有變，機場不能落地。父親在日記上記載：「此事對西昌打擊太大，一切計畫不能實施了。」這是因為蒙自是戰略要地，西昌的油料、後勤補給重要中轉點，沒有蒙自，執行西昌空運補給的飛機就得自帶回程油料，長久下來難以維繫。羅列則於十七日又發電報給蔣總裁，內容是蒙自已經放棄，西昌八百個人在此守著一個孤島，實在對整個反攻的軍事形勢沒有什麼貢獻，希望能把胡先生接回臺灣，作為將來反攻之用。[155]

蔣總裁接到此電後很生氣。他致電羅列痛責身為幕僚長，不僅不沉著，還動搖主官的決心——「羅參謀長：篠（十七日）電悉。現在第八、第二十六軍行動及其情形，尚未得確報，當待有確息方能決定整個計畫，何必怯懦如此。歷觀弟來各電，只見慌張，而毫無沉著之氣概，參長應為主官之輔翊，當以堅忍不拔之精神，奠定其旋乾轉坤之基業，愈危急，愈安詳，須以中之訓示，作戰步步求生，存心時時可死之志節，不失為革命之信徒也，何可專求避難趨易，以動搖主官決心，其將何以立世成業耶。中正手啟」[156]說得羅列很慚愧，也就埋下兩個月之後，西昌到最後關頭之際，羅列堅持不走的伏筆。

二十一日，蔣總裁接到顧祝同的報告指出，蒙自的兩軍受到共軍攻擊後，已分向滇西、越南轉進；不過西昌自父親坐鎮之後，陸續收容了六千餘官兵，會理、寧南皆已收復，「則西昌兵力加強，防務較穩，應令宗南固守勿離也。」[157]風聞父親在西昌而陸續來歸的部隊，以後有六十九軍胡長青部、一二四

155 張政達，〈胡宗南先生行誼〉，收入《令人懷念的胡宗南將軍》，頁一六二。

156 《總統蔣公大事長編初稿》，卷九，頁二一四。

157 《總統蔣公大事長編初稿》，卷九，頁二一四。

軍張桐森部、二十七軍劉孟廉部，另外還有王伯驊團，約近一萬人分守西昌為中心、南北相距三百公里之盆地，要守住中華民國在大陸最後的據點。

蔣經國赴西昌轉達蔣總裁希望「死守」西昌

二十五日，蔣總裁派蔣經國飛西昌，目的主要在於勉勵父親死中求生、死守西昌。不過母親並不知道經國先生的任務是如此生命交關，她早先去信給父親，提到經國先生於一月十五日來家，帶了幾套駐菲律賓陳質平大使送給小廣的衣服，「他順便告訴我，他日內就要去西昌，叫我有什麼東西交給他帶給你。我想給你打兩雙襪子，馬上就去買了毛線來，昨天趕了一天，一隻都沒有打好，大約這次是趕不上了。我打算買點橘子請他帶去。」幾天前王叔銘太太曾替經國太太蔣方良女士送了一紙箱的蘋果、葡萄和橘子等美國水果來，說是總統請她代送來給小廣的，「你碰見經國時有便也向他謝謝吧，總算是老人家的一片心。」蔣經國並沒有馬上到西昌，而母親終於打好一雙毛線襪，交給經國先生帶到西昌。

二十六日，蔣經國與王叔銘一起降落在西昌，父親迎至新村。次日，父親與經國先生一同下山，邊走邊談，來到邛海之濱。當天，父親在日記寫下蔣經國轉達蔣總裁的指示：「雲南情況變化之後，西昌當更艱難，然最近匪似不至大部入康，故最近如將臺北軍火轉運西昌，為可能之事。如將西昌部隊空運入臺，為不經濟，亦不可能之事，故總裁希望以西昌為延安；又總裁最後鄭重說，如匪攻臺灣，余必與臺灣共存亡，而決不出國。」他沒有提父親在西昌又要如何，但父親內心裡清清楚楚——「此意即希望匪攻西昌，胡與西昌共存亡，而不來臺灣之昭示。」[158]

父親當即回答，如果最近運兩個師的武器到西昌，假如兩個月內無事，則第三個月可南向雲南打昆明，如果不空運武器，則一切無希望，「至於與西昌共存亡，須待武器到後，庶有共存亡之可言也。」也就是說，父親希望能夠好好打一仗，且樂意以戰死方式共存亡。我也同樣走在邛海之濱，內心裡無比感慨——這裡可能就是當年父親和經國先生邊散步，邊談生死之處。

同一時間，蔣總裁於二十六日主持中國國民黨中常會，討論當前嚴重局勢的解決辦法，並發表〈挽救危亡復興革命之道〉時，特別宣示與臺灣共存亡的決心：「我個人今天可以向常會宣示我的決心，我今天只有兩條路，一條是如果本黨徹底失敗，臺灣淪陷，那我就犧牲在臺灣！臺灣是我手上

158《胡宗南先生日記》，一九五〇年一月二十七日。

蔣經國（左五）親傳「死守西昌」指示，他飛離西昌前，在小廟機場與父親（左一）及幹部們包括王叔銘（右一）在內的空軍人員合影。

拿回的，我用我的生命去保障，這樣一方面保全我人格的完整，同時也就不辜負總理『我死國生』的遺訓，為本黨留下最後的一線生機。另一條路是確保臺灣，反攻大陸。這就有待我們全黨同志本風雨同舟之誼，精誠團結，堅強奮鬥，乃克有濟。」他又在當天的日記自記身殉黨國決心：「萬一臺灣不幸淪陷，則余必身殉黨國，決不自負平生也。」[159]在生死意義之間，他下定決心；同樣的，他希望父親也是如此，把精神力量加諸於軍事上，以求置之死地而後生，終能克敵制勝。但是面對裝備、人數及訓練皆遠超於己的敵方正規軍，精神戰力總有其極限，如果不能克敵，即以死志來保全「人格的完整」。

王叔銘、蔣經國於二十九日起飛返臺，父親給蔣總裁寫了一信，指出西昌情況至為艱危，但如在二月十五日之前空運一個師的武器彈藥到西昌，則西南局勢仍有可為，「然必須鈞座親自督促，則空運才有希望為荷」。他知道，國防部高層並不想大規模空運武器彈藥來西昌。

六日，運送彈藥、武器的飛機開始抵達西昌，這天到了四架，趙龍文也來了。他帶來母親一函，並告訴父親，蔣總裁前一年自成都回臺北後，十二月十二日在革命實踐研究院的總理紀念週講話時，曾對父親的部隊抱持著莫大希望[160]；然而二十三日孫立人謁見蔣總裁，卻見形容憔悴，答非所問等等。父親聽了心裡更自責不已，在當天的日記寫：「我真死有餘辜，罪孽深重了。」

隔天，胡長青軍長經過突破重圍，抵達西昌北邊約一百多公里的漢源，他的六十九軍只剩下幾百人，但仍能加入抗共陣營，父親馬上去電問候。他也寫了封信給母親，不希望她到西昌來。

159 《總統蔣公大事長編初稿》，卷九，頁二八～二九。

160 見本書第十二章。

一九五〇年二月九日　父親之信

親愛的妻：

……此間大事還沒有部署妥當，因此我不能來看你了。又因此間尚在風雨飄搖之中，更不能使寶貴的妻，來冒此多餘之險，所以不希望你來了。但這不是失約，請你不可誤會，度了這舊年以後，情形稍為輕鬆之時，當就一葉飛舟，迎你度過一萬三千尺高峰，而歡迎你於邛海之上了。恐此信到遲，明日擬給你一個電報，來沖淡你的感情衝動。……匆匆寫此，祝你

健康！

你的丈夫

相對於蔣總裁讓父親覺得自己死有餘辜，母親的信總是給父親捎來陽光，她不斷地提醒他，遠在臺灣還有一個妻子全心全意盼望他能夠歸來。

母親看到父親的二月來信之後，立即回信：「這兩個月來我無時不在想念著你，設想著你的情緒。我知道你的性情，我也能理解到你對事物的看法。親愛的，畢竟我是你的妻子，我們是有同樣的感應的，所以我常常深夜不眠，我也常常終日沉思。有時候消極起來恨不得打電報去勸你回來不要做事了，有時候積極起來又想寫一封長信去鼓勵你、激勵你。……

自從我們離開的這四個月來，我的確是一心一意為你而做人、為你而生活，無論在你的面前，在兒子的前面或在上帝的面前，我都是坦白、真切而誠懇的。親愛的，我希望這都給你一點安慰。至於我的

生活，無論過去的，終日在家打毛線、看書也好，或最近的用功學聖經參加祈禱會也好，其真切純良和認真是一致的。我也盼望你對我的本身有基本的認識，不至於只用『不要出去』四個字來限制。親愛的，你是有智慧、有遠見，也有一顆慈和純良的心的人，你一定能理解一切、體驗一切的。

……我所希望的是你能回來看看我們。我想你兒子也需要你，他已經高得多了，常常念著爸爸，要打電話給爸爸。他整個身材都長得像你，特別是走路的樣子，簡直和你一模一樣。今天上午當他在前面走我在後面跟著時，忽然我從他那走路的樣子上聯想到你，一剎那間整個心靈都到你那裡去了。你在那個時候有什麼感覺嗎？」

母親書信內容極為豐富，而且往往一寫好幾頁，把她的思念、真摯的感情滿溢於字裡行間，為的都是讓父親能夠在嚴肅的軍旅中，有愛情、家庭感情融入其間，現在她更把親情傳遞給遠在西昌的父親。

二月十七日是舊曆三十九年的農曆新年。父母親結婚以來，還首次分別在兩地過年。前兩天，父親讀到盛文電及程開椿報告說，自成都回臺北將校「多數將失敗之責歸於余一人」，他在日記自言「非常難受」。

蔣總裁決定不理會滯留美國的李宗仁代總統幾度以法理來阻止，宣布於三月一日復總統職；復職的前一天中午，母親受邀參加蔣總裁伉儷餐宴，同席的有陳誠夫婦、空軍總司令周至柔夫婦、海軍總司令桂永清夫婦、彭孟緝副司令夫婦、和孫立人夫人、石覺夫人。

母親寫給父親的信裡，詳述了這次餐宴，她比較留意的話題。

蔣夫人說她最近要去定海勞軍；後來又對母親說：「我想定海回來後要去西昌，看看宗南，妳和我同去好嗎？」

母親回答：「好的，不過這麼遠的路，夫人去太辛苦了。」

「沒有關係，這是應當去的。」

蔣夫人又把這意思向桌子另一端的蔣總裁說一遍，總裁連連說：「我贊成，我贊成。」坐在母親左邊的陳誠長官則說：「最近去不勝去，那裡的航行很困難。」桂總司令認為當地氣候要到舊曆年後三月才會好。這話題就此打住，母親認為如果要看父親，可能得到那時吧。

後來蔣總裁又特別向夫人們說：「你們各位司令官夫人、總司令夫人，應當把你們屬下的眷屬組織起來，對於陣亡或被被俘的眷屬要多加慰問，現在我們要大家團結起來打成一片，才好。」

蔣夫人馬上接著說：「達令，她們都已經在做了，空軍和海軍都很容易辦的，胡璉夫人那部分也有很好的組織，」停了一下，她望向母親：「胡宗南夫人也在著手組織？」

母親沒有說什麼，可她心裡立刻就想：「但願我的先生也贊成！」

二月二十八日聽了蔣總裁伉儷之言之後，母親有了新的期待——她想赴西昌探視父親，於是當天立即給父親發了電報，她要來西昌，並盼父親復信；但父親顯然沒有同意。

不過，蔣夫人想要去西昌勞軍，以及母親想探視父親，沒多久就因為優勢共軍對西昌發動總攻擊，變得不可能了。

第十五章

痛離大陸・大愛無言

一九五〇 小廟機場・海口・花蓮

我走在一片荒地上，處處瓦礫碎石，只剩旁邊以「老機場」為名的小鋪，印證這裡原先確實為機場。

引導我來此的當地耆老告訴我，這就是二戰期間熱鬧過的小廟機場遺址，也是七十年前政府空運補給、父親永別西昌之所在，我不勝唏嘘。

小廟機場原為四川軍閥劉文輝所建，對日抗戰爆發後，國府多次擴建出一千五百公尺、寬四百餘公尺碎石跑道和三十多棟房舍的軍用機場，成為「駝峰航線」中轉站，有美軍地勤

西昌當地人士引導我踏上小廟機場遺址。

中隊三百人進駐，天天都有美軍運輸機起降、加油和維修。一九五〇年這機場短暫成為臺灣與西昌的生命線；又過了二十五年，距西昌更北的青山機場啟用，小廟機場於一九七五年廢棄。七十年後，我來此憑弔父親揮別大陸時，這方原供巨鳥起降之地。

父親內心裡，有個問題困擾他好久——他應該在成都成仁，還是在西昌成仁？照他思維深處持守的信念，國家光景如此，他不應活著，他的生命與中華民國相繫，應該隨著那片廣袤卻已然變色的大地，把生命獻出才是。

領袖要父親死守西昌。父親電請總裁親自催運一個師的武器彈藥，如此才不致只因供應的匱乏導至含恨而亡，他又當面請蔣經國返臺催運，因為國防部高層官員未必會確實執行空運。儘管如此努力，從一九五〇年二月起一直到三月十九日總共九次空運、約

名為「老機場超市」的雜貨店，位於小廟機場舊址邊緣，印證此處確實曾有機場存在。

四十架次在小廟機場落地，只運到一個師武器彈藥的三分之一都不到。三月下旬，共軍主力從西昌這處狹長盆地南北兩端及東南方分頭進犯，也就無法續運了。

死守西昌・父親日記與最後戰報

在三月上旬，西昌外圍百公里的山區已逐漸出現戰事，不過那是西南軍閥龍雲旗下的土共，雖然部隊規模也不小，但還好應付。共軍對於父親指揮的部隊從不敢輕看，二十日起，正規軍和土共部隊共約十三萬人，分東南北三面向西昌發動總攻擊。

以父親的部隊現況而言，要擋住蜂擁而來、十幾倍於己的共軍大部隊極為困難。如以西昌為中心點，北邊胡長青部防守的漢源、富林，距離約達兩百公里，更北的防守地點瀘定還要再加將近九十公里，所以二月上旬胡長青軍長突圍而來同父親聯繫上後，還沒跟父親見過面；南邊的會理距西昌也超過一百七十公里，東南方的戰略要地寧南距西昌則有一百三十公里。那時部隊是沒有運輸工具的，不論官或兵要移動就得靠徒步行軍，因父親之名當時號召來的近一萬人，要防守如此大片的土地，其中還大部分是峻嶺，面對共軍大規模進攻，真的是父親所言的「兵單防廣」。

守軍面對十倍以上敵軍，毫無增援之下，開始支撐不住。依據我在檔案管理局找到的當時電文，父親從三月中旬到二十一日的戰報，還都屬於獲勝的捷報；到了二十二日，突然間南北所有的部隊都開始作戰，戰報顯示西昌南北戰線節節敗退。

二十三日，父親向蔣總統報告，這次共軍分由東、北、南三面進攻我大陸最後根據地，計第一線三個正規軍之外，配合土共二萬餘人，會犯西昌，志在必得，「本署兵單防廣，且多整補未完，裝備未充，僅有控置主力第一師，復于寧南戰鬥中重受損失，西昌已無控置兵力，除積極部署各部隊分區游擊外。謹聞。職胡宗南寅梗（三月二十三日）禹印」[161]

父親在二十四日的日記寫：「朱光祖退白水河，胡長青、王伯驊退大樹堡，顧葆裕退出會理，情形突變。」

三方共軍大部隊源源而來，推進迅速，守軍寡不敵眾且彈盡援絕。父親於二十五日上午及再向蔣總統電呈戰報，這回告急。父親戰報指出，寧南於二十三日被共軍攻陷後，朱光祖部隊連日轉戰只剩六百餘人，據俘虜說，此次由巧家西渡金沙江進犯的共軍，為陳賡部的兩個師及漢陽岷江的三個支隊，共約五萬人；會理縣共軍第十二軍渡江後，與我守軍顧葆裕、張桐森部激戰，守軍均遭嚴重損失，「大敵分股會犯西昌，已無法守備」。下午，他再呈戰報，共軍追擊第一師殘部使得朱光祖退到西昌東南山谷的扯扯街；北邊南渡大渡河的共軍追擊我三三五師，致該師損失極大，已無戰鬥能力，共軍目前急進南下，「本署因無控置兵力，各路均無法增援阻擊」。

他在二十五日的日記寫：「匪竄到德昌附近，海棠亦到匪，朱光祖退扯扯街，西昌危在旦夕矣。」德昌位於西昌南邊約六十餘公里；海棠約在北邊近兩百公里，但意味著胡長青、王伯驊防區已遭突破；而東南邊扯扯街則距西昌僅約四十公里。

父親一九五〇年的日記就此中斷。

部屬極力勸父親撤離西昌

161 《胡宗南先生文存》，頁三七四。

父親於二十五日晚上以後的行止，由他身邊的至友趙龍文、侍從參謀張政達所敘述，以及所接、發的電文，大致呈現。

也是在二十五日下午軍情緊急之際，西康省主席賀國光發了電報給蔣總統，電報中請求把胡宗南長官撤離西昌。他指出當下四面進攻西昌的共軍均為正規部隊，裝備既佳，兵力也數倍於我方，西昌危在旦夕，而且這裡多為彝區，彝人搖擺不定，隨時有倒向共軍的可能；此後打游擊只能以連為單位，否則給養困難無法生存，高級司令部實難留存，因為人少沒有防衛能力、人多則難以生活，而且容易成為攻擊目標，「胡宗南長官固願遵從鈞座，從事游擊，但游擊結果不死於匪，即死於夷之手。不僅無益黨國，適足以增匪熾，三軍易得，一將難求，萬懇立電胡長官乘機離昌，以備將來之用。」[162]

蔣總統當然知道西昌難保，到了晚上約八點左右致電父親：「胡代長官，如果西昌不能不放棄時，吾弟是否仍將領導各部隊與匪作游擊戰，繼續鬥爭，否則弟離部來臺，則由何人可代為領導與匪周旋到底也。」[163]

副參謀總長郭寄嶠則於稍晚代發手令，指示我父親、非戰鬥人員的長官部及賀國光主席撤離，把部隊交給當時階級最高的兵團司令胡長青將軍繼續指揮。

侍從參謀張政達那年才二十九歲。他回憶，當時羅列接到總統的電報，指示西昌撤退，部隊交由少將級的人員率領，繼續打游擊，長官部所有人員撤退，賀主席一起撤。但羅列堅決不走，並提二月間蔣

---

162 《胡宗南先生文存》，頁三七六。

163 《總統蔣公大事長編初稿》，卷九。頁八一～八二。

總統給他的電報說：「總統認為我是貪生怕死的人，我一切的勳績都被抹殺掉了，我不能走。」胡先生聽到這些話後說：「不走，我們大家都不要走，我們就在此成仁算了。」但羅列講：「我就是因為想讓你為未來的反攻大業做貢獻，才打這個電報給總統，如果你不走，那等於是說我以前發的電報都是白發的。」[164]

二十五日，南路共軍離西昌只有一天行程。

二十六日半夜一點鐘，參謀長羅列打一電話給趙文龍，趙文龍回憶當時的情景——

「睡了沒有？」

「睡了，有事嗎？」

「有事。請過來談談。」羅參謀長永遠是那麼從容不迫的。

我到參謀長室去。冷梅（羅列的字）正在寫遺書，看到了我，把一張電報遞過來，說：「剛到的。」

「總裁的電報，要我們轉進到海口，把部隊交給高級將領。」我把電報念了出來。「把部隊交給誰呢？」

「問題就在這兒。胡兵團司令長青要三天以後才可以到瀘沽[165]。別的人不能交。部隊不能交，胡先

164 張政達，〈胡宗南將軍行誼〉，收入，《令人懷念的胡宗南將軍》，頁一六三。

165 瀘沽位於西昌北一百二十華里，此為步行行軍預估時程。

生就不能脫離這個險境，為了要解這個結，只有我來擔任這個任務。」

「冷梅兄！」我站起來緊緊握住他的手，「這是忠義凜然之舉，我深深地感佩！」

「這是一封信，一兩金子，一枝自來水筆，請你到臺灣時，交給我的內人！」

「胡先生的性格，你是知道的。還得多幾個人去，作說明的工作。」

「好。去請蔡棨、裴世禹一起去。」

我們坐吉普車到邛海，已經是清晨二時，胡先生寓所卻是燈光明亮。我們進入門口會客室，只見胡先生左手挾了一包文件，右手拿了兩個玻璃杯，先衝著我笑笑，讓傳令兵倒了兩杯酒，對我說：「龍文兄，你是不應該留在此地的，早上就要走。這是我十年來的日記，請你帶到臺灣，有空整理一下。」

「胡先生，這酒請慢點喝，總裁的命令，不能不服從。請多拿幾只杯子，大家坐下來談一談。」

大家坐下來，茶几上擺著五只杯子。

「服從命令，是今天大義所在。此其一。共匪八路進兵，要活捉胡宗南，我們不能上當。此其二。反共不是一天完成，真正的鬥爭要從今天開始。此其三。」我們作了幾句開場白。

接著大家發言，這一場談話，一直發展到清晨四時。

羅參謀長最後發言，他用低沉的語氣，一句一句地說道：「當年漢高祖滎陽被圍，假若沒有紀信代死，以後的歷史，可能全變了。我們犧牲了多少人，對於歷史，沒有絲毫影響，胡先生犧牲了，將來七萬多的學生，三萬多的幹部，誰能號召起來，領導起來，再與共匪作殊死戰呢？所以我籌思至再，決定我來作一個紀信！」

這句話，感動了我們大家，一致站起來，請求胡先生採納羅參謀長的主張。這幕可歌可泣的歷史，完成了「終於道義」的信條。[166]

二十六日凌晨，父親發了一則電文給蔣總統，回覆先前的詢問：「職為減小目標，簡化機構，以便機動游擊起見，遵於此間留置簡單指揮機構，由參謀長羅列負責領導，職率非戰鬥人員，擬於本寢（三月二十六日）飛瓊轉臺。謹復。」

張政達回憶，共軍推進迅速，西昌已可聞清晰槍聲，羅列與趙龍文催促說，「胡先生你再不走的話，我們恐怕走不成了，這樣的犧牲是毫無代價的。」那天入夜後，胡先生終於離開邛海前往小廟機場，飛機場沒有夜航設備，有一個連以火把在跑道的兩邊築籬，長官部的警衛隊通通劃歸羅列參謀長指揮，三架飛機起飛，整個大陸軍事最後的據點沒多久就淪入共軍之手。

這是父親軍事領導生涯的關鍵時刻，我特別留意尋找所有細節與證言，以得出真相。

王叔銘日記、羅列證言與卜少夫的訪談

二〇一九年，王叔銘日記在中研院近史所開放閱覽。他的日記記載當年西昌撤守，補上了幾個角度的證言，使得事實更為清晰——羅列為了保全父親，設法騙他上飛機——父親原來不打算離開西昌的。經國先生那時的態度也是認為我父親應死在西昌的，等於也反映了蔣總統內心的思量。

三月廿六日：「……西昌忽然告急，羅列數電來請余報告　總統關於胡宗南之安全問題。余與經國

---

166 趙龍文：〈此心光明亦復何言〉《令人懷念的胡宗南將軍》頁一一三～一一四。

相商，彼不同意胡宗南撤離，俞濟時亦有刻薄語。周至柔下午一時經　總統同意電胡必要時撤至海口。在西昌有三架飛機于廿時後分別陸續起飛，胡宗南與賀國光等均在其上焉。」

廿七日：「西昌陷匪想是今日胡宗南的政治生命由此休矣。廿餘年之功廢于一旦，惜甚。以余與經國通電話，彼對宗南至表不滿，責胡何以不死于西昌？俞濟時譏笑亦甚。……」

廿八日：「趙龍文、賀國光今由海口飛來臺北，趙先來余處詳談胡宗南撤離西昌時之情形。趙龍文、羅列等假致　總裁電報，令胡離西昌，胡初仍不肯，後經再三勸告，羅列來部隊（按：羅列留守領導部隊），于廿六日晚撤離西昌東行，胡即起飛至海口。余囑夏功權報告　總統，召見趙龍文，期能解釋清楚。兩次報告始奉准于明天八時卅分召見。關於胡之情形為何，俟趙晉見後始能斷定。經國兄對胡宗南極不諒解矣。」

十二年後父親辭世，除了趙龍文，另有兩位關鍵人士為文敘述了這一段歷史，可以佐證事實及父親內心的思考。這兩位人士，一位是當事人之一羅列將軍，另一位是親耳聽到父親談述的香港《新聞天地》創辦人卜少夫先生。

羅列寫道：「尤其令我難忘的，是民國三十九年三月二十五日西昌之夜，當時數十倍於我的匪軍，已侵迫西昌城郊，我與現任臺灣警察學校校長趙龍文先生等，往勸其速遵　總統電令飛臺，並自請留守，與匪作最後一拚。那天晚上，在宗南先生所居的邛海，萬木蕭蕭，一燈如豆，我們瞻念國家前途，不禁萬感交集。在先，宗南先生堅欲與部屬共生死，不願離去，經我勸其一身生死為輕，雪恥復仇事大，並以紀信代死故事自任，始勉承俯允。那晚會商決定之後，宗南先生置酒與我道別，雖明知再見難期，卻無一語道及個人的生死，僅互以服從領袖善盡職責相勉勵。」[167]

卜少夫先生則是在一九五〇年父親受監察院不公彈劾而留在臺北之際，兩度與他在錦州街湯恩伯借他的房子見面。這是父親極少見的與新聞界人士接觸，卜先生寫：

「……談話主題，集中在他的揮軍從西安到成都，雙流撤退，以及功罪問題。他承認從大陸撤退是一種失敗，各方缺少配合也是造成這種失敗重要的原因之一，但他自信對中共作戰有極寶貴的經驗，還是有把握的。他很激動的眼眶中閃著淚光，說：『我當然要負責，失地戰敗，一個軍人只有以死謝國，我決心不出來，我的部下，我的參謀長對我說：即使你死了，對國家又有什麼益處，這是最愚蠢的行動，使敵人哈哈笑行動；留得有用之身，再謀報效國家，以贖前愆，這是最正確也是賢明的一條路。我來負責，代替你在這裡收拾殘部，徐圖再起，你可以放心罷！他們甚至用自殺來勸我上飛機。我仔細尋思，他們的話很有道理，我悲愴地離開了他們。』」[168]

這是父親所親言，他從死守成仁到撤退徐圖再起的心路歷程，主要是部屬，尤其是羅列參謀長，不惜又騙又勸地，要他留下應能繼續為國所用的生命所致。以後羅列陷入險境，父親在臺北將羅列母親視為自己母親奉養，三天兩頭去探視，我到五六歲時，印象裡過節跟父母一起看望父親多位部屬的長輩，在車上不止一次聽過母親跟父親講：「現在要去看羅老太太了。」

167 羅列，〈敬悼宗南先生〉，收入《胡宗南將軍傳》（臺北：國防部史政局，一九六二），頁四四～四五。

168 《令人懷念的胡宗南將軍》，頁六五。

母親的回應與父親的失落

父親於二十六日晚上飛抵海口，次日即規畫於海口成立指揮機構，準備繼續指揮作戰，但蔣總統指示新任參謀總長周至柔於二十七日一併裁撤西南長官公署和白崇禧的華中長官公署，父親調為總統府戰略顧問。成都撤守時，西南長官公署人員自成都飛海口人員原為二百六十二人，父親到西昌，因為飛機運量限制，除了部分陸續飛到西昌外，其餘在海口候令；父親自西昌抵達海口之後，因海南島也有危險，空軍已準備撤離，父親於是指示規畫到臺南設辦事處，辦理前線供應及臺北眷屬管理之事，於達兼主任，下設政工等四組、轄有五個電臺、官兵一百餘人，但突然被告知裁撤後，所有官兵改調、受訓以及安排遣散，他因此無法再和留在西昌的部隊聯繫。

母親則是似乎知道西昌有變，先前在二十八日晚上，剛發表為國防部政治部主任的蔣經國突然在深夜打電話給她，問了趙龍文祕書長的電話，然後就掛斷了。母親起疑，蔣先生打電話來應不是那麼單純問電話而已，她開始想到前方軍情以及父親的安全了，是否又有變化？問臺北辦事處也沒消息，她因此整夜失眠。第二天晚上，母親似乎有了父親已抵達海口的消息，她決定到海口去探視父親，寫了一個電報請人發送後，不久趙龍文就來了，告訴她，父親人在海口，但因為幾夜沒睡，情緒又極端惡劣，現在病倒在海口，大約要休息幾天才能回來。

趙龍文已和王叔銘商妥，父親來臺後「宜住在花蓮」，王叔銘寫在二十九日的日記裡。三十日母親寫了封信給父親，交趙祕書長帶到海口。

一九五〇年三月三十日　母親之信

親愛的南哥：

沒有想到局勢的變化這麼快。但這是大勢所趨，人力所不可挽回的。也許是上帝的意旨，此為中國的全部大陸要淪陷在共匪的手中，經過一個短期的洗劫。不過我仍然確信總有一天我們會回到大陸上的。

昨天是我最難過的日子，焦急、懷念、盼望、失望、懊喪，各種情緒使得我坐立不安，食而不知其味，到了下午七時左右，我終於忍耐不住，伏案痛哭。兒子看見我這樣，嚇得莫名其妙，跪在我旁邊，雙手扶著我的膝蓋，一句也不響。最後我決定去海口看看你，匆匆草了一個電報，叫武良臣送去發，過了不久趙先生來了，他把經過的情形詳細的告訴我。他把和湯先生商量的計畫也告訴我了。我很贊成，本來我也打算和你一起，讓我們到僻靜的海邊去避開一切的世俗、安靜地渡過一段歲月的，現在這個計畫正合我的理想，希望你能夠贊同。實在你也需要一點休息，你更需要過一點家庭生活，我相信只要你能和我們母子共同度過幾個星期的生活，你就會了解「家」的意義和孩子的價值的，你也會體驗出人生最溫暖的那一方面的。親愛的，「醉翁失馬焉知非福」，我感謝上帝給我們這個機會。

你的事業只是暫時的挫折並沒有失敗，你還可以有很多的機會發展你的抱負。現在最重要的是維持你那強健的身體和宏大的氣魄。親愛的，希望你照趙先生他們所計畫的那樣做，如果那樣我就可以不必去海口了，我們可以在那美麗的海港相見。不然我一定要去看你的，天涯海角無論你到那裡我就去那裡和你相見。你是我的靈魂，我決不能沒有你而生存。我的丈夫，讓我們快點見面吧！祝你健康，吻你！

你的愛妻

三月卅日晨七時

母親在信中所提趙先生的「計畫」，就是父親返回臺灣後，到花蓮暫居的安排。依母親而言，只要父親能平安歸來，她怎樣都贊成。不過依張政達的回憶，這個安排應該也是蔣總統的意思。

父親在海口停留了一週，於四月四日飛抵臺南，然後飛臺北，母親終於見到思念已久的丈夫。她以後為文敘述這一段重逢：

> ……南兄終於回到臺北，雖然憔悴蒼白，但目光仍然明亮，步伐仍很堅定，一看到我就笑著說：
> 「你看我回來抱兒子了，你開心嗎？」
> 「當然開心，實在你辛苦了這麼多年也應該休息休息。」
> 「唔，你以為這是應該的嗎？」[169]

母親無言以對。

蔣總統連談關於「死得其所」

在父親尚未回到臺灣之際，四月一日，蔣總統曾召見兼任東南長官公署的陸軍總司令孫立人以及甫

169 葉霞翟，《天地悠悠》（臺北：幼獅文化公司，二〇一二），頁一三〇。

返回臺灣的西康省主席賀國光，聽取西昌撤退情形報告；然而，他一直沒有召見父親。

父親返臺之後不到兩個星期，蔣總統主持四月十六日的革命實踐研究院第五期開學典禮，面對高階軍官，他以「軍人魂」為題，講述軍人「愛」與「死」的要義：「……我以我們軍人的基本觀念只有兩個字：就是『愛』與『死』，因為我們有熱烈的愛，所以才立志作軍人。軍人愛什麼呢？愛我們的國家，愛我們的同胞，愛我們的歷史文化。什麼叫做愛呢？愛的意義各有不同，愛的程度亦有深淺，我們所謂愛，就是為一個主義和信仰，而要愛他，為要愛他即使犧牲自己的性命，亦所不惜，這樣才叫做真愛。我們既然愛我自己國家，愛我自己同胞，愛我自己歷史文化，那末如果一旦國家危亡，人民陷溺，歷史文化將被毀滅，我們就要盡一切力量乃至不惜犧牲自己的生命來挽救他，護衛他，保障他。所以一個軍人，為了真愛，就不惜一死，為其所愛所信的而死，無不安心瞑目，亦可說是求仁得仁，死得其所了。……」[170]蔣總統圍繞著精神、氣節主題，隔天又發表「革命魂」，五月一日再講「民族正氣」訓示，並要求將領閱讀。父親兩年後在大陳曾經以「死得其所」做為自己的目標，恰好是訓詞的重點。

至於如何把自己的生命獻在中國大陸最後的據點，首先就是依父親在黃埔軍校的初心——戰死，其次就是隱入山區打游擊。父親是極高層的軍事領導者，並非戰鬥人員，游擊部隊只能是最小的作戰單位才有效，他的龐大指揮機構不論要隱藏或維持都很困難，而且游擊的條件是熟悉當地環境，以及當地百姓願意配合，但父親部隊久戍西北，對西南完全陌生，而四川、西康山地係劉文輝盤踞多年之地，彝人又無忠誠度，所以完全沒有游擊的條件，在沒有外援的情況下，游擊遲早會送命，或者被俘受辱。還有

170 秦孝儀，《總統蔣公大事長編初稿》（臺北：中正文教基金會出版，一九七八～二〇〇八），卷九，頁九二。

一種選擇，就是自裁——但這是母親最反對的，她認為只要國家未亡，留得將才一命，就可繼續報國；相反的，就是便宜了敵方。

父親一向對於「死」並不排斥，他已然把自己的生命和國家的命運相連。一甲子之後，當我開始追尋父親腳蹤，看到母親的信，這才體認到，當年父親如果以死明志的話，會造成我家全然不同的處境。而這正是中華民國處於存亡關鍵之際，我們全家也就面臨生死關頭的抉擇。

蔣總統雖然以不怕死的志節期勉國軍幹部死守，沒多久也在五月間安排自海南、舟山大撤退以集中部隊保衛臺灣；七月間並且一度打算自金門撤退。

湯恩伯為父親安排住在花蓮港口的花蓮賓館，隔了幾天，我們一家三口以及少數隨從就乘吉普車到花蓮住下來。

張政達回憶，在花蓮的日子，每天下午他都陪著父親到花蓮海邊散步，父親常常面對大海一站就是十幾分鐘到半小時，也曾兩度問他這個年輕小伙子：「我是應該在西昌成仁呢？還是應該在成都成仁呢？我是不應該出來的，現在整個大陸的問題，何以對得起領袖，何以對得起國家。」

李夢彪對父親提彈劾案

在花蓮待了一個多月，陝西籍監察委員李夢彪竟然發動監委對父親提出彈劾案，案由為：「胡宗南喪師失地，貽誤軍國，依法提出彈劾，以肅綱紀，而振軍威。」彈劾文列舉了父親於一九四九年種種「敗績」、「罪責」，第一是不戰而棄西安；第二是未能盡心盡力聯合馬家軍反撲西安收復關中；三是不能積極援救蘭州；四，倉皇逃離陝南；五，在川西全軍覆滅，到西昌掙扎又遭失敗，最後喪師失地返回臺灣。全文數千言，四十五位監察委員簽署，於五月二十六日提交監察院會，經院會推派劉永濟等十一位委員審查成立，移送公務員懲戒委員會審議，有關刑事部分則移送國防部偵辦。

李夢彪是父親一直十分禮遇的陝西耆老，他來臺後，曾向父親主持的西安綏靖公署在臺北辦事處要求分配松江路眷舍一棟，但辦事處以李並非前線作戰將領而未同意，也沒有向父親報告；是否李因此懷怨在心而提彈劾？許多當時父親的部屬都有此懷疑。

此彈劾文沒到監察院院會之前，就已被李夢彪違背尚未成案不能公開的基本原則，油印分發各報社。父親於五月十一日看到彈劾案全文後，次日即帶著母親及我返回臺北，因為他覺得彈劾文不實之處太多了，完全不清楚內情，但臺北有這等大事，他必須回去。在臺北，母親和我住在浦城街的公教住宅，父親則借居在湯恩伯錦州街的房子，做為他平常看書、接待朋友之用，幾個隨員也在那裡陪他。張政達說，父親有三個知己好友，第一是蔣經國先生，第二個是湯恩伯先生，第三個是王叔銘先生，三位每星期都會來錦州街看他。

許多部屬知道父親住到臺北來了，紛紛來拜訪他，為他抱不平，但他保持沉默，對慰問者也只說感謝而已。父親的部屬陳大勳曾撰一稿，欲在新聞媒體發表，他看後收下一笑置之，並說：「你是我的學生，你應該了解，數十年來我們吃國家的飯，拿國家的錢，我們有什麼貢獻，別人指責我們是應該的。我們是革命軍人，是領袖的幹部，只求俯仰無愧，一切誹謗加之於我，復又何辭？今後惟有益自惕勵，再圖報效國家，以補罪惡。」[171]這是父親所親言，但他有什麼「罪惡」呢？他沒有闡述給學生聽。大陸

171 陳大勳，〈沉默的巨人：胡宗南先生〉，收入《令人懷念的胡宗南將軍》，頁一九七。

失守有千百將領變節，如果不是父親指揮大軍迅速下四川支援，犧牲了部隊，政府和蔣總裁都很難安撤臺灣；但如今我清楚知道他的罪惡感，不是他作戰不力，而是來自領袖要他在責任戰區死守到捐軀以彰顯黃埔軍人的氣節，他卻活著回到臺灣。

父親遭監察院彈劾並由行政院移國防部審辦，卻激起立法院不平，立法委員江一平、張源烈等一百零八人簽名上書總統，請國家愛惜人才，免其議處，畀以新任，責效將來。李夢彪彈劾案由國防部處理，並於六月二日轉達公懲會指示父親提出申辯命令。父親奉令後，於八月十六日提出申辯書，卻非常溫和地指出彈劾文「所列情節，似係出諸道途傳聞，頗與事實不符，誤會滋甚」。而國防部軍法處也傳訊父親本人與他的部屬以及陝甘有關人士後，證明李夢彪所提，均與事實相反，而且父親的指揮作為都是根據國防部等上級的命令，有根有據，確實已經盡了最大的力量，於是予以不起訴處分。至於公懲會也申覆父親在一九四九年由西安撤退至西昌，歷經戰鬥，並未措置乖方，「應免議處」。

大陸失陷，父親身為數十萬部隊指揮官，對於整個戰局失利當然痛徹心肺。他尤其對與他並肩作戰殉國將領念念不忘，因為都是忠貞而優秀的部屬。以後他在劉戡（字麟書）殉國四週年、胡長青成仁二週年之際，忍不住感到傷痛，於是從大陳致函在臺北的蔣經國主任，請蔣主任協助公祭殉國諸將領：

……弟部前於西北及川康歷年戡亂戰役中，殉國將領自師長以上總司令以下，不下數十餘人，如前第三十七集團軍、整編二十九軍軍長劉麟書、整編第九十師師長嚴明、三十一旅旅長周由之、四十七旅旅長李達，同於民國三十七年陝北宜川瓦子街之役殉國成仁。又歷年在陝北各次戰役中陣亡殉職如七十六軍軍長徐保、四十八師師長何奇、十七師師長王作棟、整三十六師副師長朱俠、八二軍二四八師師長馬得勝等，其英勇壯烈均足以光昭史冊、表率群倫。

再如民國三十八年杪渝蓉之戰，所部遠道赴援，於四面合圍中拚死力戰，死傷枕藉，各該戰役中忠勇成仁者，有第一軍一六七師師長趙仁、代師長高宗珊，三十六軍一六五師師長汪承釗、五十七軍二一四師師長王菱舟、六十九軍參謀長陳壽人等；迨至三十九年三月三十一日西昌被陷，第六十五軍軍長代第五兵團司令官胡長青、二十七軍軍長劉孟廉、參謀長劉逢會、前西南長官公署少將高參黃維一等，同以身殉。其餘忠貞殉國未悉詳情之士，尚不知凡幾。……

這些殉國將領，都是父親內心的傷痛，終他一生難以忘懷。特別是長年追隨父親的胡長青將軍，他率殘破的六十九軍官兵突圍，自願殿後的軍參謀長陳壽人首先陣亡，胡長青自己從成都打到西康北方，與父親取得聯繫並擔任西昌北邊的防衛任務。一九五〇年二月九日胡長青寄出家書，寫下〈報國歌〉。開頭是：「青天白日下，正氣信常存。即令蒙晦蔽，雨過天復明。……」

後面的歌辭又這麼寫：

「去夏在宣城，自戕恨未已；
今復抵康境，部眾未我隨。
報國雖有心，力量不能濟。
顧前與瞻後，唯死以明志。
……」

那年三月三十一日，胡長青先烈時任第五兵團司令官兼反共救國軍第二路軍總指揮，在西康孟獲嶺負傷自裁，一九七三年十二月國防部追晉陸軍上將。

韓戰爆發，父親接受新任務

中共準備進攻臺灣，要求超強蘇聯支援海空軍，雙方隨即於一九五〇年二月十四日簽訂了《中蘇友好同盟互助條約》後，一面是蘇聯協助中共建立海空軍，一面是共軍預備攻臺。正當臺灣為能否擋得住共軍攻擊而惶惶不安之際，韓戰於一九五〇年六月二十五日爆發。北韓大軍越過北緯三十八度線，迅速南下攻陷漢城，美國眼見共產國際的擴張在太平洋地區已經威脅到美國的利益，對華政策也就改變，杜魯門總統不僅下令第七艦隊協防臺灣，防止中共對臺灣的任何攻擊，後來也以第十三航隊進駐臺灣協防，臺灣的局勢終於穩定下來。

以美軍為主體的聯合國部隊，在麥克阿瑟元帥的指揮下，以奇襲方式揮軍在仁川登陸，迅速瓦解了北韓部隊猛烈攻勢，聯合國軍並且越過三十八度線，推進到鴨綠江畔，北韓被滅已是指日可待；然而就在十月間，數十萬中共部隊，包括許多投共的國軍越過鴨綠江參戰，中共並且公開發動「抗美援朝」運動，這反而促使美國對中華民國的軍援重新展開，第一批美援彈藥於十一月下旬運抵基隆。

父親僅僅暫離部隊將近一年，蔣總統又賦予新的任務，他則不問職務高低，只要重回前線戰場為國效命都接受，這也是他先前尚留一命在人間的最大考量。

第十六章

大陳反攻．領洗歸主

一九五三　大陳．凱歌堂

一九四九年四月，共軍渡過長江，京滬棄守以後，江浙兩省的反共志士就在浙東、蘇南一帶抵抗共軍；其後石覺部隊跨海東移舟山群島，不少游擊部隊也撤居舟山外圍，並以漁撈為業。一九五〇年國軍撤離舟山，各游擊隊以縱隊、支隊為單位，跟著撤至浙江東南方諸島，北起漁山，南至南北麂、洞頭，而以上下大陳為中心。

父親自西昌回臺後，並沒有因此灰心喪志，他曾於返臺不及兩個月，在五月三十日親擬報告呈送行政院院長陳誠，指出可利用中共控制大陸未穩之際，組織在臺的江浙山東等省義民，成立野戰挺進縱隊，深入江浙閩贛邊境，建立游擊基地，以迎接國軍的反攻。

韓戰爆發的契機

韓戰爆發後，美國轉而重視臺灣的戰略價值，中共部隊越過鴨綠江使得聯軍攻勢受挫後，美方希望我大陸沿海的游擊隊能成為牽制中共的力量，以減輕美軍在韓國戰場的威脅，於是在一九五一年二月成立直屬美國中央情報局（ＣＩＡ）政策協調處的西方公司，並於三月在臺正式展開工作，初期以在臺灣本島訓練游擊隊，執行突擊大陸的任務為主，訓練班設在淡水。[172]江浙沿海那時有各種反共游擊隊兩萬三千餘人，極需整合。蔣總統想到了父親，於三月十五日指示父親整理指揮這些有如散沙般的游擊隊，父親欣然接受任務。

四月四日兒童節，母親生下我的弟弟為善，父親正在家裡吃晚飯，一接到電話馬上趕到醫院探視，母親還在產房呢，看到父親滿心歡喜；但她那時不知父親又要離開她的身邊。

蔣總統於四月下旬親自召集中美混合游擊組織會議，與會者為保密局局長毛人鳳、國防部次長鄭介民、民航公司總經理陳納德（Claire L. Chennault），西方公司在臺負責人皮爾斯（William Ray Peers）等人，這也是日後父親在大陳時，關係最密切的幾個人。而陳納德在抗戰時期即在西安與父親訂交。七月二日，蔣總統召見父親，指示速作江浙游擊的準備，當天的日記則寫了找上父親的考量：「宗南對軍隊管理法頗有研究也。」[173]但國防部尤其參謀本部對大陳的戰略作用卻有不同的看法，遲遲沒有具體執行總統的指示，所以直到九月九日，父親才帶領少數隨從，從基隆乘中鍊艦出海赴大陳，他化名秦東昌，將各游擊部隊整理成「江浙反共救國軍」，並擔任總指揮。

在這之前，寫了遺書自願留在西昌指揮的羅列參謀長，於共軍迫近西昌時率領警衛營與第一師新兵營與追兵火拚，至四月一日彈盡援絕，官兵五百餘人大多戰死，羅列率衛士突圍身受重傷昏厥，後由忠義漢人掩護離開西康，傷癒後於一九五一年三月逃離大陸輾轉經香港來臺。父親知道羅列脫險後，欣喜

172 《總統蔣公大事長編初稿》，卷十，頁一一四。

173 《總統蔣公大事長編初稿》，卷十，頁一七二。

若狂。羅列馬上獲得蔣總統的重用，並且成為父親的副總指揮，留在臺北負責各項聯繫工作；隨父親赴大陳的是另一副總指揮鍾松中將（化名鍾長青）、政治部主任沈之岳先生（化名王明）、參謀長馮龍中將，及前第一師長袁書田和舊部曹維漢、劉慶曾、張銘梓、趙才標、楊炳鏞、夏新華、張政達等人。沈先生係父親請蔣經國主任推薦而來。

大陳任務與韓戰的關連

父親一到大陳，開始和西方公司的美方人員共事，這對他而言是新的嘗試，他因此寫信給身兼大陸工作處處長的國防部次長鄭介民，詢問西方公司的性質、中美在大陳合作的方針、計畫與目標，以及美援。鄭次長於九月十九日回覆如下：

「西方公司是執行美國政策的機構，美國對中共仍採主動立場，不欲我方影響其行動。

西方公司執行並要求我方的政策為：甲、積極突擊牽制中共的軍力；乙、讓各處均有破壞行動，使共軍風聲鶴唳，影響共軍士氣；丙、收集情報供行動參考。能滿足這三項要求，就增加援助，否則停止

蔣經國（右一）登上大陳，父親（右二）陪同。

合作。

兄處對突擊一項，美方滿意；對情報方在開始；對破壞工作如在大陸江浙破壞交通、通訊與倉庫尚未實施。如兄能對三項工作均有充分表現，彼必全力援助兄處。

……總之，中共猖獗，韓局殭拖，美方必實施新方案。無疑只要吾人有力量，到時他們必登門出價也。」

鄭次長這封回覆父親的信說得很清楚，就美方而言，大陳主要任務之一是因應韓戰以牽制中共；至於採取何種軍事行動則有三種，做得成功則美援就來。父親以化名方式前往大陳，以避免引起中共注意，四十年十二月，國防部核定「江浙反共救國軍」指揮部的編制，指揮部於十二月三十日正式成立。他並且從一九五二年元旦重新開始寫日記，彷彿他又開始一段新人生：「……歲月匆匆、憂心悄悄、往事勞勞、夢魂擾擾，從未記日記，從不敢記日

父親與西方公司蘭尼爾先生合影。

蔣經國（前中右）來大陳視察部隊，與父親（前中左）合影，此照片為蔣經國先生所贈。

記。（指自一九五〇年三月西昌撤退以後）

今日一九五二年開始，大陳前線亦已站住，一切一切皆須從頭做起，重新創造，故必有記錄，然後在生活、工作上才有檢討資料。」

父親於一九五一年十一月召集各游擊部隊首領，舉行多次會議，通過整頓方案，將五十多個縱隊、百餘個支隊整理編併為七個野戰大隊，每個大隊有官兵一千餘人，並分配了自願赴大陳的軍官戰鬥團團員擔任這些反共救國軍的營、連、排的各級教官，與游擊隊員生活在一起，再加上使用西方公司提供的裝備，使得游擊隊的戰鬥力逐漸加強。此外，各游擊隊原有的大小船隻三、四十艘也編成一個突擊總隊，下轄六個艇隊、官兵一千餘人。至於補給，父親爭取到每位游擊隊官兵都有最基本的主副食每月二元，大隊和艇隊也都配有燃煤、食鹽和公費，官兵的薪餉雖然只有象徵性的兩元，但意義在於已納入國家體制內。父親對於西方公司駐在大陸的人員也禮遇有加，重要會議均邀請他們參加，其中Redman的職位更是與副總指揮鍾松平行。西方公司的美國軍、文人員也都對父親十分尊重。

多年以後，鍾松中將告訴我，父親在那個年代對大陳的戰略大構想是，由於他在離開大陸之前就已經留了一些部屬在大陸打游擊，所以儘管我方的環境是如此艱難，大陳的經濟是如此貧弱，如果能趁著韓戰期間中共備多力分之際，趕緊加強大陳防務、充實戰備，逐漸增加駐軍，一方面擴大對大陸地下工作的布建與支援，一方面用反共救國軍不斷的出擊，來撼動中共在東南沿海的統治，同時與我方留在滇緬邊區的部隊協調配合、互為犄角，結合臺灣的主力，覓機對大陸軍事反攻，到那時大陳甚至應可容納數十萬部隊，以揮軍大陸。換句話說，父親當年對大陳的戰略思考，完全以攻勢為主，可惜臺北國防部提供的支持卻一直都十分有限。

在臺灣的母親信主受洗

母親從前一年九月就切盼父親回來團聚卻屢屢落空，她不斷地寫信，把自己的思念、孩子的照顧與成長，以及家裡的狀況告訴父親。她在孤獨中，愈發倚靠上帝，將父親的健康和安全都交託給上帝，並且常為此禱告。蔣夫人的好友戴師母（Mrs. Mary Dorothy Fine Twinem）[174]帶著她查經許久之後，她本來想在一九五一年底受洗，但士林凱歌堂的陳維屏老牧師告訴她，應該先參加教堂主日崇拜再領洗，讓她好生失望，在給父親的信中說：「也許這是上帝的意旨，要我等到你回來再辦。」一九五二年一月在過農曆年前三天的信裡特別提到，她與蔣總統意外見面的經過，這是關乎信仰的事。

一九五二年一月二十四日　母親之信

……昨天我們禱告會的會員全體請夫人吃飯，總統也來參加了。夫人當著眾人把我叫到面前去，一邊就對總統說：「Darling，這是宗南的太太。」總統馬上伸手來和我握手並且問我說：「宗南常常有來信嗎？」我告訴他有的。夫人就輕輕對我說：「他那裡要的棉背心我已全部送去，我並且寫了一封信給他，他在那裡很好，你放心好了。」我向她道謝而退。昨天他們兩位和我們歡聚一個半小時，總統情緒也很好，有說有笑真像是家人父子一同過年似的，大家都感到很愉快。

母親的基督信仰就是蔣夫人帶的，而除了戴師母的查經，禱告會更讓她持續接觸信仰、彼此成長之處。這年四月六日，她終於在士林凱歌堂受洗成為基督徒，她把整個受洗經過情形寫信告訴父親。

174 戴師母，一八九五年生於美國新澤西州，紐約大學碩士，一九一九年以長老教會傳道士赴中國，一九二三年嫁給刻在南京美籍牧師 Paul Twinem。Twinem 先生不久驟逝，惟戴師母留在中國教書並歸化中國籍，一九四九年隨國民政府赴臺。

一九五二年四月六日　母親之信

Darling，今天我終於在士林禮拜堂接受了基督教的洗禮，我終於做了上帝的女兒。我覺得非常的快樂和榮耀。今天受洗的只有我一個人，全體在教堂做禮拜的人都為我禱告，受完洗禮之後第一個來慶賀我的人就是總統。他老人家那仁慈的笑容和溫暖的握手，使我感覺到這大家庭對我的愛護和關切，使我覺得安全而滿足。

當今天早上我踏進教堂，一個人靜靜地坐在頭排時，我心裡有無限的感想。我回憶在二十二年前的這個時候，我自己還只是一個初中畢業的小學教員，一個未滿十六歲的黃毛少女，在這二十二年中，上帝真是愛護我，祂扶持我、領導我向人生的旅途上步步向前進，在學業上我完成了最高的學位，居然做到了最高學府的師表；在家庭上我居然得到像你這樣一個有完美人格的人為丈夫，而且有了這麼可愛的兩個孩子，而今天，在這耶穌基督光榮地進入耶魯撒冷的紀念日，我竟然能夠在這麼莊嚴的一個禮拜堂中，當著這麼多高貴的教友面前，被上帝接納為祂的兒女，我實在太幸福、太幸福了。

從今以後，我一定要盡心盡力追求靈性的生活，而在世俗的生活上，也必努力向上、美化自己的人格，俾符合上帝的願望，而也不使我的丈夫兒子失望。……

你的愛妻

她說到做到，也帶領我們全家信主。至於凱歌堂，過去一直是蔣總統因信仰而自設的禮拜堂；我這回到南京，參觀已成古蹟的總統府，在府內也見到「基督凱歌堂」，就更確定凱歌堂何以在士林官邸裡面了；母親在士林凱歌堂受洗，是極有意義的。

父親率游擊隊突擊大陸期待成仁

五月，父親搭乘美軍水上飛機返臺，母親與我終於盼到父親。父親隔了兩天赴士林謁見蔣總統，並花了三十分鐘報告大陳工作情況，總統跟父親講，你辛苦了。父親也在蔣總統主持的總統府軍事會談中報告大陳游擊隊的組訓情形以及期待包括一個正規師駐防在內的支援。不過隔天周至柔總長主持的國防會議，把父親的期望打了一個大折，除了九千人的補給可望獲得之外，海軍不願再增加駐防大陳、陸軍則僅決定派出兩個「軍官戰鬥團」接替海島防守之任務。[175]

由於大陳各方面已逐漸上軌道，父親於是積極準備作戰。六月的第一戰由父親自己率領，十日以數百人乘永壽、信陽兩艦及十餘艘機帆船，突擊溫嶺縣的黃礁，當地由共軍正規軍六十二師一八六團防守，配有各種火炮，但游擊隊在幾個小時內即攻下五八高

凱歌堂在大陸時期即設於南京總統府，我親往參觀。

175 大陸撤守之際，許多軍官來到臺灣而無部隊，國防部乃將之集合成立「軍官戰鬥團」，派往外島包括大陳，從事實際的作戰任務。

地，此時颱風將臨，父親下令撤退，白晝時敵前撤離而共軍未能追擊。此戰證明反共救國軍已實施登陸戰並熟練使用火砲，不亞於正規軍；父親再發動一連串的突擊作戰，其中較大的行動包括八月突擊南麂島、北麂島，俘獲共軍共幹近百人，當地百姓紛紛主動協助反共救國軍；接續突擊平陽、下馬海、福建沙埕港等，均獲相當戰果。母親過了好一陣子才聽說父親幾度親自登艇出擊，她擔心了，委婉地寫信勸父親：「……聽說你最近又到前面去了一趟，我覺得你的冒險精神也真大，其實有的時候也不一定要親自去的，你何必每次都自己去呢？我每聽見一次消息，總要擔心好幾天，直到打聽到你已平安返防才安了心。今天程太太來說你本星期一已有信給程先生，可見你已平安回防，大家也都放心了！」

其實父親如此做，除了作戰之外，有個人生目的——他希望能夠在前線成仁！以後有他的部屬在回憶文章中記載，父親率艇出去作戰，往往直挺挺地站在船頭，讓部屬擔心不已。可敵人的子彈也好像長眼睛似的，父親這輩子參加過無數多次戰役，卻從來沒有受過傷。

對於戰勝歸來的游擊隊，父親犒賞豬一頭以鼓舞士氣。值得一提的是，十月突擊寨頭、雞冠山、羊嶼等島的各戰役中，消滅了當地的共軍諜報根據地，擊斃共軍營長及官兵數百人，而且俘獲各式槍砲多種，也逼得共軍多人集體投降，俘虜達百人以上，各種戰利品隨即運回臺灣，在新公園博物館展示。事後指揮官馮龍獲頒寶鼎獎章，反共救國軍四十五位戰士獲選為民國四十三年戰鬥英雄，國內士氣大振，西方公司在臺總負責人杜蘭尼（Bob Dullaney）並發賀電給父親指出，「此為近年來國民政府對中共的首次及最大勝利。」[176]

176 《胡宗南先生日記》，一九五三年十月十五日。

這年年底，浙江省政府成立，父親兼任省政府委員兼省主席，下設溫嶺、玉環兩縣，由王相義和馮龍兼任縣長，同時發行大陳臺幣。父親鑒於教育是一切的根本，於是呈奉總統同意於九月間成立「東南幹部學校」，他自任校長，由儒將李惟錦將軍及原在西安擔任中正中學校長的高化臣先生主持校務及課程，調訓救國軍各級幹部參加軍事及政治訓練，期望成為日後發展成為大陸游擊軍事的核心。大陳逐漸成為國內關心之處，報章上陸續出現不少關於大陳的報導，母親常常擔心父親在大陳穿不暖、吃不好，因為她了解父親對士兵同理心而苦待自己的個性，她的擔心一點都不假。高化臣先生以後曾流淚告訴我，他被父親從臺北力邀到大陳後，發現父親經常吃的是鹽水泡飯！

軍政體系裡，對父親最支持的政府首長就是國防部總政治部主任蔣經國先生。一九五二年，父親在大陳為了突擊大陸，急需海軍派艦支援，於是寫信請經國先生推動提撥艦艇。經國先生鑒於反共救國軍的經費一直很困難，還主動向各處募款以購買醫藥用品送到前線，他經常到大陳視察，關心大陳的各種發展。

救國軍總部政治部主任沈之岳先生是父親經營大陳最重要的幹部之一，沈先生為了大陳人民的福利，深入民間，幫助解決各種困難，贏得了大陳百姓對政府的信任和愛戴。父親為了改善大陳整體經濟狀況，多次請沈先生返臺連繫，特別是經國先生。沈先生後來每次與我交談，回憶到大陳生活時，眼神裡總是綻放異彩，好像大陳就是自己的家鄉，令我動容。他也一再說，父親是他心目中最敬重的長官。

韓戰即將結束，美方態度轉變

一九五三年春天，我的大妹為美在臺北市出生。父親仍在大陳，卻已面臨整體環境的改變。上半年，韓戰歷經幾次停戰談判後，逐漸進入尾聲，此刻西方公司與我方的合作開始有了矛盾。

父親於四月間在下大陳與西方公司Mr. Gray談合作。Gray很明白地提出看法，一是韓戰結束後，臺灣方面（對美方）的「身價」就降低了；他也提出幾項對我方的質疑。[177]但是，父親旋接到鄭介民五月二十五日的機密電文指出，希望父親能夠積極進行突擊，美方已通知十月以前可交登陸艇三十艘。[178]

韓戰即將停火，中共把注意力移向東南沿海。五月底至六月初，共軍攻占了披山以西的大小鹿山、雞冠山及羊嶼，蔣總統注意到大陳情勢的發展，於五日的情報會談時指示，「大陳外圍與西北游擊隊逐漸削弱，應設法恢復原有態勢。」六月十九日，父親親自登艦指揮反攻，率陸、海部隊登陸羊嶼，又攻占了小鹿山，但大鹿山高地因易守難攻而遲遲無法攻下，且死亡官佐二十六人、士兵一百五十人，受傷則將近一倍，於是下令於拂曉前撤退。

以後親自參加反攻鹿羊戰役的池蘭森將軍回憶，他當年是二十四歲，是主攻第四突擊大隊的政治室主任，那場戰役打得血肉橫飛，二十一日晚上在披山地區司令部召開戰鬥檢討會，「秦先生訓示大略為：一、我游擊隊以這樣的裝備，能打勝仗，是值得高興和欣慰的事；二、大小鹿山共軍是三野陳毅部的一個加強營，他們才抗美援朝韓戰撤回來不久，我們四大隊能打共黨的王牌部隊而得勝，值得驕傲；三、我要你們撤回來，是因為情報發現，昨天晚上共軍增援部隊已到，船團正運送砲火到大鹿，我游擊

177 《胡宗南先生日記》，一九五三年四月廿日。

178 《胡宗南先生日記》，一九五三年五月廿五日。

隊絕不攻堅，打勝就走；四、突擊大小鹿山，其實我們這就是反攻大陸。」[179]

一個月之後，父親奉命調回臺灣，鹿羊之役成為他反攻大陸的最後一役。

隔了兩天，共軍在強烈砲火掩護下，登陸了積谷山，父親儘管命令陸戰隊增援，但海浪太大，運兵的舢舨被打破，連太平艦也無法靠岸，以致增援部隊無法出動，積谷山島因而失陷。

積谷山位於大陳西方，距離僅十餘公里，失陷後，西方公司人員顯然擔心留在大陳可能會受到砲火波及，馬上就有部分成員飛回臺北；七月八日，美軍顧問團一行八人由麥克唐納將軍率領飛抵大陳，陸軍總司令孫立人也率隊一起來評估，一行人看了一整天工事之後，十日在上大陳開會。

孫立人指出，大陳當前面對的匪情嚴重，希望能增加正規師及大砲，否則可以撤退。他看出以目前大陳的兵力以及設施，已經很難防守。不過父親回答，這是一般人的意見，但此地重要，不可撤退，必須增加部隊及砲兵。午後顧問團飛回臺北後，西方公司在大陳的負責人Robert Barrow流淚告訴父親，他們已奉令撤退。父親竭力安慰他，他告訴父親：「一些你們國防部的人希望您被共產黨抓走，他們不給您部隊及裝備，卻要您守住這個地方及扛起責任！」

十二日，西方公司在沒有協商的情況下，所有人全部撤離。當天，蔣總統決定調一個師赴大陳，但也開始思考如何加強大陳司令部以及防諜組織，因為他認為大陳諸島共諜充斥，十分嚴重；他也知道大陳防務的問題所在——離臺灣太遠，海空軍已無法掩護，而中共的海空軍基地皆在附近，他想要求美方第七艦隊協助防務，但美方不可能同意。

179 參見《中央日報》海外版，一九九三年八月二十六、二十七日。

二十七日，韓境停戰協定在板門店簽字，蔣總統決定把父親調回，改由登步大捷的指揮官第六十七軍軍長劉廉一接手。國防部先前赴大陳考察之後，建議裁撤反共救國軍總指揮部，改為大陳防衛司令部，也就是說，在新形勢下，國軍因應美方的要求，在大陳的攻勢戰略必須改為守勢戰略。

父親欲「死得其所」不可得

從蔣總統到臺北幾乎所有高層，都知道如此一調動，對父親而言是何等的不情願——大陳逐漸戰雲密布，而父親想要在此作戰至捐軀啊。父親發表調為總統府戰略顧問，總統府戰略顧問委員會主任委員何應欽上將特別寫信給父親，說已簽奉總統核准他晉升二級上將，並交國防部明令發布；雖然父親從抗戰勝利到此時都是「上將銜」，但他從不在意，何應欽先生後來曾在紀念父親的文章中提及此事，並表達對父親的肯定。蔣總統則於〈韓境停戰協定〉在板門店簽字次日，二十八日召見劉廉一，指示赴大陳的職務是大陳防衛司令兼江浙游擊「副」司令，「使宗南不致難堪也。」[180]

同一天，父親特別寫信給蔣經國主任交由返臺的沈之岳先生代轉，內容道盡他想留在大陳的心緒——

> 經國兄：弟之所以來大陳，為欲求一可死之地，免在臺灣而陷於自殺的悲慘之局，為共匪所笑！弟自知罪孽深重，但在大陸邊緣策動作戰，可死之機會正多，而贖罪之願望可達，故兩年以來，私

180 《總統蔣公大事長編初稿》，卷十二，一九五三年七月二十八日。

心甚幸。今忽聞有調動之信，兩年經營，將予幻滅，大陸線索，亦將中斷，實為可惜之至。

夫以如此堅強、忠實、有為之一群而黨不能保障其生命，政府不能愛護其力量，危疑重重，毀謗迭起，坐令困頓、挫折，以至於老死海上，此非中國革命之損失乎，吾兄賢達如何坐視？

大陳之決策，是否尚在睿慮之中，是否尚有挽回之餘地，盼即請示總統，迅即指示為感！

他應該也寫了類似內容的信給蔣總統，因為十年後，蔣總統自己提起來。三十一日，蔣經國主任奉命來大陳，傳達蔣總統指示，「秦東昌仍任總指揮、劉廉一兼任副職，浙江省政府也如舊」；不過，當天傍晚蔣主任親自把父親接回臺灣，父親就此告別大陳，他又停止寫日記。

一江山戰役，王生明將軍壯烈犧牲

父親未能在大陳「死得其所」，但他的精神卻由部屬發揚光大了。一年半之後大陳戰情吃緊，一九五五年一月十八日，共軍華東戰區首次以陸海空三棲作戰，猛烈進攻大陳北方門戶一江山，防守軍指揮官王生明司令是父親早在一九三七年對日軍淞滬戰役時便已經很欣賞的老部屬，王生明率領了一千守軍立血書堅守陣地，在中共三軍裝備及兵力均占絕對優勢的火海攻擊下，守軍大半壯烈成仁，王司令則把最後一顆手榴彈留給自己。國軍在制海、制空權都落入共軍，陸軍兵力也極度劣於共軍的情勢之下，還能苦守到第三天，使解放軍傷亡數遠超過國軍——後來大陸有人說超過萬人，由於在共軍對我唯一的這一次三棲作戰，王生明司令不辱使命，戰役悲壯慘烈，被稱為國共硫磺島戰役。他殉國之後，不僅追晉為陸軍少將，並且在高雄市鳳山區還有一條以他的名字命名的「王生明路」、一個「生明里」以紀念他的為國捐軀。

一江山守軍奮不顧身的激烈抵抗，不僅讓攻島共軍傷亡慘重，也激起國人同仇敵愾的士氣、感動美國朝野，美國參議院隨即批准了上一年十二月與我國簽訂《中美共同防禦條約》。在一月二十九日美國國會還通過了《福爾摩沙決議案》（Formosa Resolution），授權艾森豪總統可先出兵保護臺灣及其固有控制之島嶼，然後再報告國會。美國二月出動艦隊協助撤退大陳島軍民，更間接導致共軍改變後來的八二三金門砲戰戰略為「打而不登、封而不死」，臺海兩岸至今均未再有大規模的正面軍事衝突，基本確立今日兩岸的統治區域。

至於王生明的獨子王應文先生，政戰學校畢業後投身軍旅數十年，依然一心要中華民國富強，全心為國，不幸於二〇二〇年因病逝世。

西方公司成員對父親的評價

西方公司的美國朋友對父親有極高的評價。我於一九八〇年代在美國華府我駐美代表處負責國會聯絡工作時，結識了國會助理Mr. Larry Sulc，他於三十多年前曾被西方公司派到大陳工作一年多，每週總能有機會見到父親一次，他回憶當年就眉飛色舞，以能見到父親為榮。至於當年西方公司大陳負責人Barrow先生，後來竟升到美國海軍陸戰隊上將司令，退役後來臺訪問，由也曾在大陳服務過的我陸戰隊司令屠由信將軍接待。他告訴屠司令：「秦東昌先生——像他這樣在中國大陸統率百萬大軍的將領，能在大陳親自訓練游擊幹部，率領數百游擊隊突擊大陸，他對國家的忠誠、負責，個人表現的勇敢堅決，不是當時中華民國任何將領所可比擬，在西方現代將領尤難見到！」當我讀到屠司令在他的訪問紀錄中特別強調這段話時，心中極為感動。

大陳遷臺時，有部分反共救國軍改駐馬祖最北邊的東引島，如夏超將軍、謝久將軍等。他們為了懷念父親，特別在島上建了一個「東昌閣」，陳展一些當年與父親有關的照片與文物，以後成為東引的精神象徵。

父親終於結束大陳的職務。但他在移交報告中，並沒有不滿或灰心喪志，而是強調我們必須靠自己，自立自強。他寫道：「我們中國人的前途，終竟要我們中國人自己來決定的。自由是要求我們生命做代價的，復國是要我們的血淚來換取的。天下決沒有廉價的獨立和自由，也沒有僥倖的勝利和成功。須知反攻的機會是要我們全心全力來開拓的，復國的事業是要我們共同一致來爭取的！」

父親返回臺灣，八月奉命進入國防大學聯合作戰系第二期，繼三十年前黃埔軍校一期之後，重新成為學生，再求軍事上的深造，學號二〇九八。他以兩年時間全力在大陳組訓游擊隊，卻在尚未立下決定性的戰功前，就因韓戰結束而被調回臺灣；接著他奉命直接進入國防大學受訓。他沒寫日記，無從知道他的心情或際遇，但母親的信卻多少可一窺究竟，讓我有機會從信裡知曉父母親的心境。

母親對父親國防大學受訓提見解

母親於一九五三年八月去信給父親，她先寫了在家裡帶三個孩子的情況，再寫了近來在軍中熟人圈子裡流傳的「聲音」，以及她對父親的期勉。

一九五三年八月十日　母親之信

親愛的夫：

最近在有些你的熟人中間有兩種錯誤的觀念。一、他們以為兩年的時間白花了，覺得冤枉；二、他們以為你不必去再求深造，尤其以為那邊有些教官曾經是你的部屬。我覺得這完全是小氣沒有遠見的看法。

第一，我們的目的是為國服務，無論做什麼工作，我們都是為了國家民族而貢獻自己的。我們在兩年內辛辛苦苦的工作，總算替國家開闢出一個新的園地、建造了一個反攻的重要堡壘，我們的時間沒有白費，我們的二年苦有了收穫，今天我們居然能很高與地把這成績來交託給繼任的人，這是很光榮的一件事。我們總算對得起國家民族，因為我們沒有浪費時間和國家的人力物力，我們已經給後繼者做了一個好榜樣，讓他們也能像我們一樣地百尺竿頭更進一步，為國家創造出一個更有價值的新天地，那就最好了。

關於第二點，我以為時代是進步的，一個人如果不能隨著時代進步，那就必然的會被淘汰。現在已是原子時代，如果我們仍然停留在封建的觀念中，那我們是不得不落伍的。在軍事方面和政治方面，時間性尤其重要，如果我們要想對這個時代有所貢獻，對我們這漂流的國家賣點力氣的話，那我們必需要對最新的軍事知識和最進步的政治觀念有所了解。我們現在有這麼一個機會能夠充實自己，那真是上帝的安排，的確是感謝都來不及，還有什麼話說。至於說教官本是部屬，那更沒有關係，我認為這個世界上只要是成年而又精神正常的，人人都可以做我們的老師，因為人人都有他的專長的，也人人都有他所不知道的。如果他們有新的知識、新的學問能夠傳授給我們，那是再好沒有的事。我們有時還得向小孩子學習呢，何況他們都是專家；我覺得虛心求知只有增加我們的人望，決不至有損我們的尊嚴。你說是嗎？……

不僅是教官，這期同學真的也有許多是父親過去的部屬，見到父親就敬禮，然而父親不復以昔日長官自處，努力向學，並在當年親撰的自傳裡特別強調：「在反攻大陸之日，願為第一線之一兵一卒，以爭取黨國最後成功！」一九五四年二月，他以總平均分數九十一點七六分的優等成績畢業。

接著父親又奉蔣總統指示，參加在石牌實踐學社舉行的聯合作戰研究班第二期，這個研究班是由日本將領富田直亮以白鴻亮為名擔任總教官，招訓優秀的將級和校級軍官，磨練統帥能加及幕僚作業等，以及研究反攻大陸的具體方案。這期研究員共四十二位，如宋達、孔令晟、郝柏村、曾祥廷等都在其內，而以日後成為父親在澎防部的副司令鄭挺鋒為班長。由於父親的資望及階級均最高，蔣總統指示以「旁聽」名義受訓。聯戰班第二期於一九五五年三月十日結業，父親一本在國防大學校時不計名位，謙沖為懷及認真學習的態度，贏得白鴻亮本人在內的師生普遍的尊敬。

秋天，我的小妹為明出生，父親終能在母親待產期間，天天到醫院陪伴她。母親要同時照顧四個孩子，夠她忙了。

奉令接澎防部司令

參加高階軍事研究班，是蔣總統在臺灣所立下的軍職晉用必要條件。蔣總統對父親亦有深切的期待，特別是日後的反攻作戰，事實上，從蔣總統日記顯示，他在聯戰班第二期尚未結束時，於二月二十六日已在思考父親的職務出處；六月及八月間，蔣總統召見父親數次，垂詢軍事意見與近況，然後命令他接劉安祺出任澎湖防衛司令官。由於澎湖防區首長階級較低，只是軍長級的職位，又有些軍方人士認為父親未必願意前往，卻沒想到父親欣然赴任。

九月九日上午八點，他抵達松山機場，交通部長袁守謙、陸軍總司令黃杰等多位將領到機場歡送，空軍總司令王叔銘則登機親送，陪他在澎湖機場落地。就在這一天，父親又開始寫日記，展現了他重新燃起對軍職報國的期待，他不在乎這只是中將軍長階的職務。

第十七章 終列正氣・母親再起

一九六二 澎湖・臺北

澎湖位處臺灣與福建之間的海域，對於防衛臺灣本島具有戰略關鍵地位，父親出任澎防部司令官，把全副心力放在經營澎湖，先在周圍離島如望安、七美、虎井等處加強火力，然後在馬公拼北山籌劃構建堅強的核心陣地，足可抵禦強大的來犯共軍，作死守待援之準備；不過澎湖防區相較於父親過去三十年前線作戰的軍旅生涯，已算暫離戰火，父親無論生活、心情及任務都較往年輕鬆，他會打打橋牌、持續運動，也加強進修英文，與美軍顧問團保持密切連繫，一九五六年四月父親並奉令參加國軍將領參訪團，赴美參訪軍事。

父親特別重視部隊訓練及軍紀，所以軍民相處融洽，他也支持李玉林縣長和地方士紳，建設澎

父親在澎湖視察部隊。

湖。為了改進澎湖居民的生活環境，下令部隊植樹，數以萬計的喬木遍植各處；他也協助地方建設，舉凡修築馬路、裝設自來水、增建防風牆，他都照顧到了，增進漁民福利方面，尤有建樹，澎湖的跨海大橋，也在他的任內開始籌劃。父親並且籌建眷舍數十幢，讓有眷官兵得以安棲。澎湖原有飛機場狹小簡陋，父親認為澎湖實際上是支援反攻作戰的前進基地，也是拱衛臺灣本島的門戶，因此建議擴建機場，一九五七年起，馬公機場由民航空運公司以C—46型飛機開始營運，嘉惠了澎湖軍民。

鎮守澎湖期間，父親有個佳話，是接待了昔日部屬、現任參謀總長彭孟緝。彭總長原是父親的三級部屬，父親在西安任三十四集團軍總司令時，彭孟緝是砲兵旅少將團長；但如今彭已升為上將參謀總長，為澎防部司令的直屬長官。當彭總長赴澎湖視察時，父

八二三金門砲戰期間，澎防部成為最重要的後勤支援地。蔣中正總統密集到澎湖視察，在經國先生（立於船尾）與父親（右坐者）的陪同下，搭乘舢舨到離島視察八英寸巨砲運載至金門。

親堅持依體制接待，要求各副司令官一同到機場列隊迎接，並喊敬禮，彭總長在大禮堂向官兵講話時，請父親上臺坐，但父親堅持坐臺下第一排。這種尊重體制的謙沖作風，一時傳遍軍中。

父親到澎湖之後，發現馬公僅有可容四個床位的賓館一處，他認為蔣總統日後會有來此視察或指揮作戰的機會，於是起意籌資興建行館，在籌建的過程中，擔任臺灣省財政廳長的嚴家淦先生支持甚大。日後在金門八二三砲戰期間，蔣總統果然赴澎湖親自督導作戰。

蔣總統召見談羅列

蔣總統對於父親依然信任，只要是父親用的部屬，不論軍、政多能升上領導階層，尤其最精銳的海軍陸戰隊和裝甲部隊；只是在作戰方面，即將年滿六十的父親已然退出最前線。一九五七年一月十五日，父親在澎湖突然接到來自蔣總統那邊的電話，說會在下午派專機來接，直飛高雄岡山下機。下午專機到，兩點半起飛，三點抵達岡山。四點乘車開往西子灣總統官邸，晚上與蔣總統一起晚餐，餐後蔣總統和父親談話，原來是談羅列。蔣總統問羅列的人品、膽量與決心。

父親回答：「羅列人品純正、才能卓異，並能耐煩忍勞。」

「何以知道他有決心？」

「寶雞之戰，統帥為裴昌會，前線為李振六十五軍，先前一日，羅列就主張撤退，我認為他為何不早建議，今日撤退來不及，未准許。次日匪來攻擊，三軍覆沒，李振僅得隻身過河，此事我很對他不起，但於此益見羅列有判斷、有決心，而且有計畫。」

「何以知道他有膽量？」

「大荔之戰、涇渭河谷之戰，皆是他任參謀長時之處置，而戰果輝煌如此；即西安撤退、廣元之戰也都是他指揮。」

「羅列有沒有缺點？」

「沒缺點，當時我的部隊裡最著名的將領是陳鞠旅、嚴明，而羅列與他倆齊名，人品、能力、學問又有過之。」

蔣總統又和父親談到當前檯面上的軍事首長以及澎防部的將領，父親也一一據實以告。以後談到父親內心最痛的瓦子街之戰，蔣總統問劉戡、嚴明之死如此慘烈，怎麼沒有文字記載？沒有記載就是對不起他倆；至於幾次敗仗，蔣總統問為什麼沒有記載？不可因為失敗了而不記載，愈失敗就愈應該記載。以後，父親在澎湖親自撰寫了〈劉戡傳〉及〈嚴明傳〉。

話題又回到羅列，蔣總統再問羅列的背景。父親這回轉而談羅列的家庭：「羅列家裡有母親、弟弟，妻子和四、五個兒子，他母親很忠厚，是積善之家，單純厚道，勤儉持家並不需要很多錢，所以就環境而言，羅列沒有缺點。」

父親又提了副司令方先覺的孝心，因為家貧且母親老邁，而經常憂慮沒法好好照顧母親，甚至連日後安葬都有問題。蔣總統當即說：「去幫他，可以說我幫助他。」

父親把這次面會過程記載於日記中。可以見得他不會爭功諉過，面對領袖的談話裡，有功是部屬，有過則是自己。他向蔣總統推介羅列的人品能力，使得羅列成為重點培植的陸軍將領，當年就派往美國陸軍指揮參謀大學特別班深造，隔年調任第一軍團司令，之後於一九五九年升任陸軍總司令。

金門八二三砲戰，澎湖成為支援基地

一九五八年七月間，共軍在金門對岸調動頻繁，八月三日中共空軍移師到汕頭、澄海及福建連城，父親在澎湖也接獲情資。四日中共透過福建前線各電臺廣播宣傳「攻取金門馬祖、武力解放臺灣」；六日，中華民國國防部宣布「臺灣海峽局勢緊張，臺澎金馬地區進入緊急備戰狀態」，父親則在日記簡單記下「緊急戰備」，並且暫停游泳。十六日，父親巡視各砲兵陣地，積極備戰，特別是可能登陸之處，最重要的是連汶港，其次是菓葉海灣，再其次是豬母水、烏崁海灣，父親指示要修築工事，要塞部隊全部加入戰鬥準備，特別要防空降。

八月二十三日下午六點三十分，中共突然砲擊金門，短短時間內落彈五萬餘發，金門副司令吉星文、趙家驤、章傑殉職。二十四日晚上，三位副司令遺體運抵澎湖，三位將軍的家屬也在隔日下午抵達，父親安排公祭並慰問三位夫人，二十六日上午，即在澎湖安葬。其中吉星文這位抗日名將，在父親於一九五五年剛到澎湖任職時恰好是他的副司令，兩人相處極佳，從吉星文將軍的日記中充分看出他對父親的敬愛。

中共突然砲擊金門，對於臺灣民眾是有心理影響的。母親於二十六日去信給父親，她和周遭家眷真的認為臺灣可能遭到空襲，並且提到我家沒有防空洞要躲到哪裡等問題，對老一輩的人而言，防空洞是共同的記憶。

金門砲戰時，美方接受了我政府俞大維部長等人的提議，迅速決定運送八吋榴彈砲到金門。長久以來，外界以為總共十二門巨型自走砲是從臺灣直送金門搶灘，其實是先送到澎湖，再從澎湖登艦。九月十二日，蔣總統親臨澎湖，赴嵜裡檢閱這些砲車，然後每次三門、分批送往金門。短短不到十天，蔣總統飛來澎湖達四次之多，澎湖除了成為運送巨砲中繼站，也是金馬與臺灣之間的醫療、遺體、運補等後勤中繼處。當然，身為司令官的父親，每次都全程參與。

父親堅拒過六十大壽

這年十一月初，父親的至交羅列副總長與中央警官學校校長趙龍文先生連袂到澎湖來，他倆因為父親身分證上的六十大壽將至，打算給父親安排作壽。然而父親堅決反對，理由是：「從三十八年（一九四九年）至四十七年這一段時間中，實在是我最慘最黑暗時期，尤其在西昌、成都之時，較過去勾踐石室三年、餵馬嘗糞，還要慘淡黑暗而且難受。海峽偷生忽忽六十，慚愧而悲苦，怎能作壽呢？且待二十年後再說。」[181]兩位至友勸他勸了一小時無效，只好飛離澎湖。

六日是父親六十歲「生日」，他於晚上同副司令官方先覺等幾位部屬一起攝影紀念六十「生辰」，然後打橋牌，打到九點半結束，他大敗。至於晚餐，每人各吃一碗麵，沒菜，飲酒一杯，「歡敘而散」。母親則在生日之前寫了封信，祝賀他生日快樂。不過，十二月他返回臺北，七日應邀到老長官蔣鼎文將軍家裡午餐，他一到見羅列夫婦、趙龍文夫婦都在座，才知道這是特意安排為他補祝六十大壽，父親說：「今天宴會不簡單！」舉座大笑。

母親在父親赴澎湖之際，倚靠上帝愈深，並且傳愛周遭。她於一九五七年六月給父親的信這麼寫：

181 《胡宗南先生日記》，下冊，一九五八年十一月二日。

……我最近心裡覺得非常的平靜明朗。我相信這一定是上帝賜給我的。這一向來我每晚讀經祈禱，以前我總是為自己的事—自己的丈夫、自己的孩子、自己的家庭祈禱的，現在我已經能夠為別人祈禱了。我已替許多親戚朋友以及其他人祈禱了。所以我這一向的生活情形是恬靜平淡得很的，可是我內心真是平安。俗語說知足常樂，我最大的好處大約就是知足了。親愛的，平心而論，在這擾亂不安的時代，能夠像我們這樣的又有多少呵！

所以我祈求上帝只要使我們一輩子都能夠這樣那就很好了。物質生活畢竟是身外之物，何況我們目前也尚堪溫飽呢！昨晚我讀一篇文章說美滿家庭的祕訣就是一個字——愛！親愛的，昨晚我跪下去感謝上帝，因為我們的家庭的確有這個字。現在我更要把這「愛心」推廣到家庭以外，我們一定要做到「愛人如己」這個教訓。

母親希望父親也能認識上帝並受洗歸主；上帝的安排好奇妙——接替父親到大陳的指揮官劉廉一將軍有次到澎湖，向父親談起信仰，作了自己悔改信主的見證。父親恰好在此時認識來澎湖照顧痲瘋病患並傳福音的美籍傳教士白寶珠女士（Ms. Marjorie Bly），她先前到臺北縣樂生療養院工作，後發現痲瘋病患以澎湖為多，於是在一九五五年赴澎湖，幾乎與父親同時。白教士結識父親後，常談基督信仰，勸父親參加當地教會主日崇拜，教父親到海邊散步禱告，而父親也極為看重這位遠來我國獻身窮鄉僻壤的傳教士，不僅接待她、為她舉行茶會，她要暫返美國時，還辦了歡送會，這顯示父親的人生，也有了信仰與人道方面的新價值，即使在他即將離任的前一天，他還特別為白女士舉行茶會做為告別。[182]

182 白女士在澎湖奉獻半世紀，二〇〇八年在澎湖辭世前，陳水扁總統曾予贈勳。

父親接觸基督信仰

很特別的是經國先生。我於二〇一九年讀七十年前的王叔銘日記，看到他記載經國先生曾經希望父親死守、戰死在西昌，父親活著回臺灣，經國先生當時曾極不諒解；我看了馬上想到家裡珍藏的一本《荒漠甘泉》，這本《荒漠甘泉》來自經國先生，特殊之處在於整本是蔣總統指示經國先生自己抄寫一遍、並經蔣總統親筆修正的手寫本，裡面談基督信仰，勉勵讀者前進奮進。父親於一九五八年十二月在蔣鼎文將軍家過了意外的壽宴後，十二月十五日到松山機場要返回澎湖時，經國先生特別過來送機，並把這本極難得的手抄書做為父親六十歲生日的禮物，親手送給他。封面寫著：

謹以自編並經
家父修正之「荒漠甘泉」
奉贈
宗南老兄作為六十華誕之壽禮敬祝
萬事如意

小弟經國恭祝
中華民國四十七年十二月十五日於臺北

經國先生在親書的序言寫蔣總統的信仰：「……家父是忠實的革命者，亦是虔誠的基督徒。家父信仰基督教，是最澈底最深刻亦是最赤誠的。家父說：『信徒應當一無罣慮，你在基督裡，必賜你出入意外的平安』。又說：『神的行事，有程序與時候的。祈禱是下在地裡的一粒種子，還須用信心的力量去栽培他，才能生長』。」

這份慎重而意義深遠的禮物，讓父親十分感動，如今已因六十餘年歲月泛黃而易碎。經國先生對我家而言，關係是何等的深！他不僅和父親往來密切，還照顧了我和弟弟為善，出資讓我們大學畢業之後赴美深造。

母親也於那年十二月寫給父親的一封信，特別提到她對父親的敬愛、信仰對她及婚姻的影響，以及蔣總統在基督信仰的虔誠。

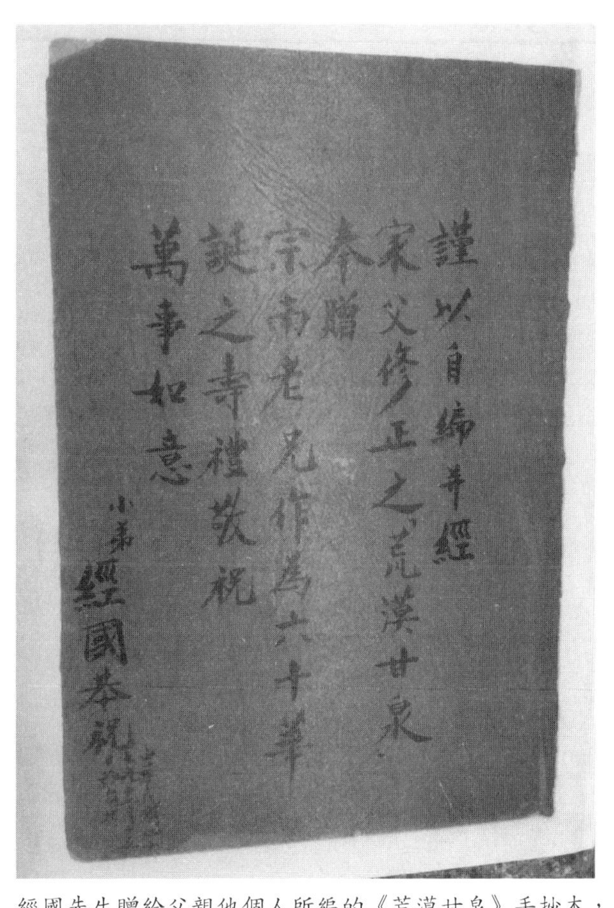

經國先生贈給父親他個人所編的《荒漠甘泉》手抄本，當作生日禮物。

……我覺得我自己的思想深深受了你的影響，如果有進步的話，也是你的功勞。我常常對我的兄弟和妹妹說，我是一個最平庸的人，可是我卻嫁到一位思想非常高超的丈夫。當我們剛剛結婚不久，我還沒有辦法澈底的了解你的想法，十年下來感謝你的耐心，更應感謝　神的啟示，使我們的思想愈來愈接近，現在我們——至少我這樣想——已可以彼此了解而又融成一片了。

……昨天祈禱會沒有開始時，夫人請我們吃蛋糕，那是為了慶祝她和總統結婚三十週年紀念的，我們的祈禱會開到一半，總統忽然駕臨，連夫人也事前不知道，（他是要討她的歡欣！）後來總統就在那裡聽我們的姊妹劉蘅靜女士講道，講後又和我們一同跪下去，為國家也為我們提出的許多人禱告。一國的元首、大軍的統帥在神的面前，就和別人一樣了。昨天這意外的一幕，也是很使我受感動的。親愛的，我真盼望你如有機會晉謁總統時，也能提出宗教問題，向老先生請教請教。

十二月〇日是小廣十歲整生日，我給他訂了一個蛋糕，於〇日下午課後約了他同班的十二位小朋友及級任劉老師到家裡來玩了幾小時。大家都玩得很高興，尤其是小廣，開心得不得了。我告訴他，媽媽因為愛他，所以每年都為他的生而慶祝，希望他也要不負父母對他的期望，繼續努力做個好兒子、好國民。十歲以後的生日，媽媽將每次請他吃兩個蛋一碗麵，直到二十歲再為他大慶祝。而等他三十歲生日時，就該他來請父母，替爸爸媽媽來慶祝一番。……

只可惜，我永遠沒有機會在生日時宴請父母。

父親自奉廉潔儉約，留下榜樣

這是母親對子女的教養與期待，也是父親擔任澎防部司令時，我家經濟上的景況。父親原來就不願過好日子，因此我家從來沒有寬裕過，甚至我在加拿大的舅舅冬天時挑選了兩套不錯的衛生衣褲寄來送他，母親很高興，但知道他的脾氣，寫信提了好幾次要他留下來穿，結果還是送人了。

據父親在澎防部任內擔任營務組長的梁廷琛先生回憶，當時在國防部管理軍中財務的吳嵩慶將軍赴澎湖視察時，以父親生活儉樸清苦，曾私下約見他及另一組長，提供二十萬美元給父親公、私方面使用，這應是現在的主官特別費概念來撥交，請兩位組長來處理，而且不必跟父親提；然而父親事後還是問出來，知曉後就囑咐，「在此國難之時必須刻苦，不准向上邊要一分錢。」二十萬元分文未動，在他任滿離開澎湖前交給李玉林縣長，做為修補澎湖漁民的魚塭之用，李縣長寫了收據並註記用途。

梁先生並說，父親身為上將，仁民愛物的品格獨一無二，常去離島探望士兵，去軍醫院協助生病官兵，美國軍艦來訪時所送的巧克力、洋酒，也一定送給離島官兵。而他的生活儉樸至極，食僅每餐一葷一素一湯；衣均著公務軍衣，冬背心及襪子都再三縫補；住則大床改小床、軟墊改為硬木板；行從不使用司令官的轎車，留給來賓用，自己只坐吉普車。

李玉林縣長曾經為文敘述親眼所見的父親起居生活：「……其持躬謹嚴，尤恆為常人所不及，清正樸素，安儉守約，廉俸之外，百無一取，廳事孤陋，陳設簡潔；足敷坐談而已。」李縣長指出，父親的浴室只有一木桶，他想為父親更換，父親卻阻止了，理由是他為未死之身，應該留在疆場上，所以不需為了身體上的享受而改變素來志願！

一九五九年三月二十六日，父親兩屆四年澎防部司令任期終了。四月，父親向國防研究院報到，成為第一期研究生，研究院設立目的主要還是在於為反攻大陸儲訓所需的人才，第一期同學總共五十六人，多為黨政軍、財經、外交、工程等人才，如孫運璿、連震東、沈錡、芮正皋等都在裡面。在這個時刻，父親還是不忘自我充實，他請留美的劉亘先生教他英文，每星期兩小時，這個英文課一直上到一九六一年十二月，他過世之前兩個月。母親後來告訴我，是因為蔣總統告訴他，可能外派他出任大使——以後他雖然沒有擔任過大使，我卻有機會做到兩任駐外特派代表，也就是大使，這也是一種繼承父親未竟之職吧。

這個時刻，海峽兩岸仍因金門砲戰而緊張，美軍屠牛士飛彈（Matador TM-61C Missile）部隊因此進駐臺南機場，父親曾於一九五九年五月二十九日赴臺南參觀，這種地對地飛彈當年極機密，如今證實裝有戰術核彈頭，父親在日記寫：「天雨不減緊張狀況……」[183]。隔了幾天，他又到淡水參觀勝利女神地對空飛彈。導彈的出現，預示戰爭型態已有所改變。

六月，我以第一名自再興小學畢業、弟弟為善也是學期第一、大妹妹為美考試第二，這都讓父親感到欣慰；七月三十日聯招放榜，我考取師大附中，他非常高興，特別請我吃頓午餐，「並請為美、為善及其母作陪」。父親回到臺北，母親大概最高興了，那兩年父親陪她看遍在臺上映幾乎所有中外影片，而父親則以高爾夫球健身，又常常帶母親遊碧潭。

以身體欠佳婉謝再出任高層職務

183 《胡宗南先生日記》，一九五九年五月二十九日。

蔣總統並非就此閒置父親。總統於六月間傳見，十分禮遇父親，並且告知要升羅列為陸軍總司令；當晚羅列將軍來拜訪父親，父親告以總統的誠摯之情，盼望羅列能在總司令職務上盡力發揮。因為那時中國大陸正因「大躍進」等冒進措施，逐漸形成大饑荒，毛澤東的施政已成為千夫所指、眾矢之的了，似為反攻大陸的契機；先前蔣總統也在總理紀念週分析大陸形勢，認為一年之內可回大陸。[184]

父親離任半年之後，蔣總統於一九五九年十一月二十日傳見父親，除了為人事取捨上聽取父親的意見之外，還說：「目前你調為戰略顧問，應該給你調一個實際的職務。」父親：「敬謝之，並請不必再調。」蔣總統回答，「再說吧。」[185]

到了一九六〇年二月，有天上午經國先生突然來訪，傳達蔣總統的意思，擬調父親為代理參軍長。父親十分感激，但還是表示自己有心臟病，「不能服此重務，囑代為申謝，並代為婉辭」。[186]他在前一年十二月間已感到心臟不適，並到陸軍總醫院由丁農大夫診治，丁大夫以後成為他的主治醫師。六月下旬，第八屆軍事會議開幕，蔣總統親臨致辭，父親也與會。經國先生又過來與父親談話：「總統又囑咐我來見你，我給你回了，說你現在有心臟病不能工作。」[187]這也顯示，蔣總統看重父親的識人能力，想把父親留在身邊、隨時備詢；但父親以自己確實有病婉謝。

184 《胡宗南先生日記》，一九五九年八月三十日。
185 《胡宗南先生日記》，一九五九年十一月二十日。
186 《胡宗南先生日記》，一九六〇年二月十九日。
187 《胡宗南先生日記》，一九六〇年六月二十三日。

主持國防研究院院務的張其昀先生，是父親三十年老友；另外何浩若教授也是好友，同期同學公推父親為學員長。一九六〇年七月一日，父親自國防研究院畢業，所寫的論文〈論人才與建國建軍之關係〉名列第一，畢業後被推為同學會會長，他熱心會務，以致一年多後逝世，大家為了紀念他，不再推同學會會長。

他開始到士林凱歌堂參加主日崇拜，第一次是一九六一年四月的復活節；在那裡他遇到張學良，西安事變二十五年來兩人第一次見面，張學良同他談了半小時，後來送了他一本《聖經》。父親也連續請母親的好友臺灣神學院陳竹君教授為他講解《聖經》，以求更了解基督信仰。

父親去世，蔣總統肯定父親附於正氣之列

父親在世最後幾年一直在服防止心血管硬化的藥；他於一九六一年四月二十二日的日記寫「心臟病開始」，五月起由丁大夫徹底檢查，檢查發現血脂肪、血糖、尿酸都偏高，身體不適的狀況逐漸增加，醫師要求節食，他就每天只吃蔬菜水果，身體也就瘦下來。這年十月十日，母親隨著父親首次參加閱兵盛典，十分興奮；十二月二十四日聖誕夜，父親也一同去士林凱歌堂一同敬拜，這是他生前唯一一次參加聖誕夜聚會。

時序邁入一九六二年，父親六十七歲。父親在家過農曆新年前後，每日每夜咳嗽無法安眠，大年初三丁農大夫到家裡來診治，堅持必須住院，他終於在下午住進石牌榮民總醫院，路上仍然正襟危坐。住院後，蔣經國副祕書長探視，蔣總統接著來探病，讓父親情緒激動。當時任蔣總統侍衛長的胡炘大使回憶，「胡上將見領袖蒞臨，躍然起坐，訴說『未能光復國土為憾』，又說『我是戴罪圖功，希望做任何

反攻大陸工作。』具見其敬事領袖，念念不忘以身報國……」[188]。醫師顯然對蔣總統說了真話，讓他在當天的日記裡寫下心中的憂慮：「……訪宗南病，恐甚危險為慮。」[189]

當何應欽夫人來探視並邀母親一同跪下為父親祈禱時，父親不禁感動淚下；而當他二、三十位部屬連袂來病房，他竟表示自己此次恐怕如浙江家鄉話所說要「死翹翹了」，但要他們全心全意幫助總統反攻大陸。他感慨的對羅列將軍說：「今日何日？此地何地？領袖需要我們，國家需要我們，反攻復國的事業需要我們，而我竟臥病床褥……」[190]我當時就在病榻旁親聞父親講話，但這些部屬沉默了，想是因為耳聞父親不祥之言而受到衝擊，最後還是羅列將軍低聲地勸父親安心休息養病後魚貫辭出。主治醫師認為病況有好轉的跡象，告訴母親，幾天後應該可以出院；然而情況急轉直下。

十四日凌晨三點，父親心臟病突發，他驚叫，旁邊以前的部屬袁學善探視，叫他已然不應，醫師為他注射強心針並且用氧氣面罩，母親當晚因為我重感冒、發高燒而返家照料，接到通知回到醫院，並在張靜愚夫人協助下，請住在醫院附近的謝牧師為他施洗歸主，但父親已陷入彌留，三點五十分逝世。

父親逝世當天，蔣總統得知消息後，在國軍幹部會議訓話時，親自宣布了父親逝世的噩耗，並且沉痛地說：「胡宗南同志已經在今天去世了！他是本黨一個忠貞自勵、尚氣節、負責任、打硬仗、不避勞苦、不計毀譽，革命軍人的模範。大陸淪陷前後，他曾經屢次寫信給我，說至今還沒有能夠求得一個死

188 胡炘，〈紀念胡宗南上將〉，收入《令人懷念的胡宗南將軍》，頁四一八。

189 《蔣中正日記》，一九六二年二月十一日。

190 李惟錦，〈培育人才，功在黨國〉，收入《令人懷念的胡宗南將軍》，頁一四七。

所，其意若不勝遺憾者。後來當他在大陳調職的時候，他又寫信給我說：『今後我恐無死所了！』宗南同志現在竟未能如其所願，使他自己的生命得到一個轟轟烈烈光榮戰死的死所，實在令人追思不置。他死已附於正氣之列，自不失為正命，亦可瞑目於地下了！」

父親生前期待領袖肯定他寧可為國犧牲奉獻、甚至不顧生命的志節，逝後終於獲得。我記得，在尋找父親墓園位置時，是陸軍總司令劉安祺和副總長羅列陪著母親和我去的，到最後決定在陽明山的紗帽山麓，蔣總統也同意了，墓園經劉安祺將軍督導構工完成，六月九日舉行葬禮。整個公祭結束，作為墳塋入口的墓碑一直未封，好像在等待什麼似的，我仍然可以見到父親棺木周遭擺滿了用來吸溼的木炭；突然間，蔣總統到了。

我和弟妹跪在墓園入口迎接，蔣總統肅穆地拾階而上，他繞著墓走了一圈，親自走入墓

父親安葬後，母親率我們兄妹在墓前合影。

我擔任國安會秘書長時，馬英九總統親赴東引參觀東昌閣，並向父親致敬。

裡，看看有足夠的木炭，又低聲問了旁邊人一些問題，才點了頭。他一走，工人就裝上父親的墓碑，墓就此封住，原來是等蔣總統過來看最後一眼。後來我看到蔣總統在當天的日記這麼寫：「黃埔一、二期學生皆忠貞之士……，而胡宗南與鄭介民二子乃忠貞之尤者也，今皆在臺先我而逝去為慟。」

隔了些日子，他又來到父親墓園，並在墓旁靜坐了好一陣子才離去。我如今回想當年，這是多大的轉變啊——七十年前的一九五〇年三月，當父親自西昌活著重新踏上臺灣時，蔣總裁甚至不願見父親一面！

父親逝後哀榮，不僅大陳島舊部在馬祖東引建了「東昌閣」以示感念，國防部近來整修並改名為「胡宗南先生紀念館」，馬英九總統也曾參觀過；另外蔣中正總統還在世的一九六七年，父親的銅像在澎湖樹立，以表彰他「以繼往開來救國救民為職志，毅然從軍，畢生追隨　總統蔣

一九六七年父親銅像立於澎湖，母親親臨致詞。

公，致力於三民主義國民革命大業」，並對澎湖做出貢獻。銅像當年揭幕時，母親親率我及為善弟參加。

母親再起，重返學術界到病逝

父親突然過世那年，我才十四歲，就讀師大附中初三，年底受洗為基督徒。而哀慟逾恆的母親，這輩子可謂嘗盡人間苦楚，她靠主得勝，並為我們四個兒女奮勇而起，她協助張其昀先生籌辦中國文化研究所及中國文化學院，就此重回學術界，擔任家政研究所主任、家政系主任，並歷任訓導和教務主任，及副院長；一九六七年春又奉派出任省立臺北師專校長，作育英才無數。

母親非常照顧學生，特別是僑生，因為知道僑生隻身來臺，總是寂寞無依。她沒有什麼儲蓄概念，只要學生向她開口，她是有求必應，想來也是受到父親用錢觀念的影響吧——例如中國文化大學教授王士儀回憶，他念研究所時負責管理學校伙食團，常常會有周轉上的問題，第一屆學長告訴他有問題就去找訓導長，也就是我母親，結果母親每次都打開她的手提包，「有多少拿多少，八、九百乃至上千」，從沒看到她面有難色，後來才知道其實她的手頭相當拮据，那是家中日常開銷生活費。[191]

十多年後，母親因癌症住院，最後九個月也就無法出院。那時我從事外交工作，派駐南非，回到臺灣探視時，她在病床上回顧自己走過的來時路，感慨地跟我說：「我少女時曾算過命，算命的先生說我這輩子會很苦，還真準啊。」我緊緊握著她的手，無話可說。母親於一九八一年八月十日逝世，那是我一生最痛苦的時刻。

我們兄妹在母親的銀行保險箱最底層，找到她於父親去世那年、四十八歲生日之時寫的遺囑，要孩子們在她去世後，於墓門刻下一句話：「這裡安息著一位忍耐一生永不屈服的女士，我們的母親」。她與父親從相知相戀到婚姻共二十五年，審視她歷經長年戰火之下，寫給父親信裡詠唱的生命之歌，及日後在教育上發光發熱，確實如此。

191 《教澤流芳：葉校長霞翟博士百歲誕辰紀念文集》（臺北：中國文化大學、國立臺北教育大學，二〇一四），頁二〇～二一。

終　章

尋訪父母如史詩的人生

二〇一九　南京中山陵．西昌邛海．臺北

這次大陸行，我們在南京「登陸」，中山陵讓我這個老黨員內心裡一陣激盪，見到總理孫中山先生安息之處，淚水不禁奪眶而出。我在下榻的金陵飯店將著作《國運與天涯》贈送給當地領導留念時，特地在扉頁題字：「南京是中山陵所在地，我民族全體同胞，宜仰瞻前賢，共創光明未來。」

從一百年前開始，促進中華民族的偉大復興，一直存在著兩條路線：一條是孫中山先生的三民主義路線，一條是國際共黨支持的階級鬥爭激烈路線。現在後者已有修正，但修正得不夠；而前者卻反而因民粹而晦暗不明——我

這趟大陸行的起站——南京中山陵。

內心裡一直在思索，要如何振衰起敝，但這幾年卻深深感覺，中國國民黨一向持守對國家民族的使命及作為是好的、對的，然而我們的黨魂，我們的軍魂，還有我們的國魂長久以來都沒有好好發揚，現在到了中山陵，終於得見國魂與黨魂的源頭與象徵。

中國國民黨的新挑戰

這些年來，因為一些執政者的操弄與言辭貶抑，國軍幹部變得不知為何而戰、為誰而戰，尤其是以群眾運動的民粹鼓弄之下把教育中最重要的歷史課程淡化，而且還將軍事審判權移到司法，進而影響部隊的統帥權。身為我國革命軍人的中心思想，竟沒有得到該有的重視。

近三十年間，在國家高層及許多別有用心人士的努力下，許多國民對國家認同感到茫然，中華民國國旗國號似乎失去了該有的尊嚴。直到二〇一八年開始，突然感到不一樣了，洶湧的人潮自動自發地從四面八方一次又一次的集合起來揮舞國旗，大聲地唱國歌，這才是我們應有的國家認同。雖然國民黨又在二〇二〇年的總統大選敗北，但我體會到大家其實是為自己而唱，也就是說，中華民國的國魂就在我們大家的心裡，因此國民黨一定要堅守一中憲法、愛國愛民，給中華民族、中國人民一個和平和安居樂業的機會。所以，兩岸關係至為重要，國民黨應堅持一向以來的「九二共識，一中各表」，以使中華民國在當前憲法架構之下，持續地擁有影響對岸的優勢，而不致兵戎相見。

為何要重新回顧七十年前悲痛的一九四九，乃至於一九五〇年父親的西昌最後撤離？我期待還原當年父母親那個時代所參與的保國作戰、為中華民族做出貢獻的客觀史實；其次是，我想尋訪父母親主觀的獻身報國、個人生命與國運相連心境，讓現代的國人明白，如此才是真正的愛國家、愛人民——這也是軍魂，軍人要有為國家獻身的準備與行動，才能真正保國衛民，進而彰顯我們的國魂。

當年中華民國政府退守臺灣，中國國民黨蔣中正總裁全力護臺，並於一九五〇年三月一日復總統職，這才穩定了七十年來的臺海局勢，否則連臺灣都要赤化了，哪裡還有臺獨主張以及現在的民主進步黨？這是難以用所謂「轉型正義」就一筆勾銷的史實。

蔣總統領導中國國民黨治臺，除了穩定財政、土地改革「三七五減租」和「耕者有其田」之外，由於在大陸時期知曉共產黨滲透與顛覆國家與社會的慘痛經驗，全力排除來臺潛伏的共黨分子，進而使臺灣政局得以穩定並開創經濟改革奇蹟。

中國國民黨幾十年來領導國家建設臺灣，讓中華民國得以躋身世界富足之國，而過去「黨國」體制在國家治理時有其歷史現實上的必要，以後才逐漸因民主體制革新而黨政分離，但民進黨完全抹煞中國國民黨對國家的貢獻——要知道，國民黨甚至曾為「兩黨體制」的理想，扶持過在野時期的民進黨。所以我們中國國民黨必須喚醒黨魂，團結起來重返執政，才能以守護我們國家中華民國，才能撥亂反正，尤其是對年輕的下一代的教育，必須劍及履及的從根救起，同時必須進一步認識現今中國大陸的優缺點，藉著兩岸交流讓同屬中華民族的大陸能夠更好。

中共要自我檢討才能繼承孫中山先生

另外，從近年來香港局勢之發展，更給了世人一個新的視角，就是上百萬的香港人，尤其是一九九七年回歸後才出生的青年們，參與反對香港當前政制和治理的示威遊行。這固然顯示香港居民對「一國兩制」逐漸地向「一國為主、兩制為輔」傾斜的憂慮，更突顯了由中共代表中國收回了我們國民黨早計畫收回的香港主權後，共產統治的思維在當前世界政治思潮中的局限與挑戰。

中國大陸當前發展，一方面在科技、建設、宣傳、軍事和執行力等許多方面飛速進步，並且隨著國力擴張而負擔了許多中華民族從未能夠做到的國際責任，令人佩服；但另外一方面，雖然已經摒棄了階級鬥爭，卻是因著各方面的進步和國內外的讚許而產生對自己能力和制度的過分自信自滿，從而看不到共產集權思維施政影響人的尊嚴的先天缺陷，反而與許多國人和外人產生不應有的隔閡、懷疑，甚至敵對，為我民族長期發展造成隱患。

隨著科技的進步，讓大陸人民生活及行動變得更加方便時，我認為中國共產黨要感恩，感謝目前科技的知識大部分是從國外引入的，感謝外國多年來慷慨大方地培養了千千萬萬個中華民族的人才；不但如此，中共要正視歷史，對孫中山先生創立的中國國民黨感恩，因為是中國國民黨領導了全民族，將艱苦的抗戰進行到底，才能與列強共同創立聯合國，而且在安理會上有了全球五強之一的「常任理事國」光榮席位，以至於為今天中國在世界上的地位奠定了基礎。另外，中國國民黨在臺灣培養了許許多多的人才，也在過去數十年間在中國大陸現代化的方方面面提供了貢獻。

因此，中國共產黨以在大陸已經執政了七十年之久的執政黨地位，更應放權，順從人性的需求，讓中國人民更加自由的發展，而不是更加緊縮地限制人民的權利，才能朝向孫中山先生的民權主義理想邁進，也才能與中國國民黨競爭，作孫先生理想的繼承人！

中國國民黨則一定要以真正復興我們中華民族為目標，而必須在重新掌權後，適時設法以合適的主張與行動，與中國大陸掌權者協調合作，積極參與對十四億同胞前途的擘劃，這才是「中國」國民黨的歷史使命，凡我同志，絕不能忘懷，更不能推卸！

父親之憾，正是建軍精神、愛國情操

父親有生之年，以未能將一己之生命獻給國家為憾，直至去世。父親逝世至今已經快六十年了，但他的朋友、部屬和學生們每年集會紀念他，從來沒間斷。

二〇一九年五月，是父親一百二十三歲的冥誕，父親在抗戰期間主持的中央軍校第七分校學生們所組織的王曲聯誼會，又舉行集會紀念父親。當然，隨著時間推移，參加人數自然從幾千人、幾百人到現在只能幾十個人，而每一位參加的會員也都白髮蒼蒼。主席是王曲聯誼會的會長——軍校十九期的畢業生孟興華先生，他也已經九十五歲了。

在紀念儀式結束前，孟會長忽然拿出一個紅包當眾遞給我，說是代表該會贊助父親墓園修整費用十萬元！我才想起前次和孟會長餐敘時，只是偶然提起父親墓園年久失修，不久可能要稍作修整；不料他老人家竟然把這話放在心上，將聯誼會原本只靠老兵們退休金維持的費用挪出這麼大的數字以表心意！這種對父親的敬愛是何等的深啊！

事實上，過去我和家人一再請諸位老人家不要每年勞師動眾的來紀念父親，但是他們堅持一定每年要舉辦，甚至要紀念到他們自己離開人世為止，這種情懷實在令人非常感動。記得前幾年七分校廿一期師兄楊廷華先生坐了輪椅到場，當我跟他握手的時候，他臉上的笑容好像就是見到了他的軍校主任——我父親一樣，但他夫人告訴我說，其實這位九十多歲的師兄根本就看不見了，而且他們還是遠從桃園中壢專程趕來。前年的紀念會上則是十九期師兄馮斌先生堅持要上臺講話，向大家報告他所知道的父親的生平和貢獻，等到他被人扶上去以後，他也說他今年已經九十多歲，雖然眼睛看不見了，但仍要頌揚父親無我的愛國精神和對國家的貢獻。

父親的學生部屬總有幾十萬人，不可能每一個人跟父親都有個別的接觸，但是為什麼他們一直到自己離開世界之前都要每年紀念他呢？這種大規模的、長期的精神感召哪裡來的呢？我只能解釋說是因為父親生前真正的做到了黃埔建軍的精神：「無私無我」、「親愛精誠」，為的是「實行三民主義，復興中華民國」，而他們都能體會的緣故吧！這種例子太多了，幾年前當我去探訪臥病在床、七分校十六期的師兄朱致遠將軍時，他一看到我，立刻掉淚，非常的激動；等我第二次再去看他時，他說，我上次去看他以後，他當天晚上就睡不著覺了，就一直想到當年在七分校所受到我父親的教導，彷彿又看到當年早晨在升旗前列隊，父親遠遠的騎馬從大門進來，一直跑到司令臺前漂亮的下馬的英姿，令他永遠不忘。

父親留在大陸的部屬學生也常表達懷念父親的心意。我不光接到來信，還有父親老侍衛官的孫女

父親在七分校騎馬校閱部隊。

來臺向我表達她祖父一輩子的思念；更有在四川被俘幹部的孫子，千里迢迢來臺轉達他祖父臨終交代要來告訴我，一輩子沒有投降叛變！

父親的學生們不但每年集會紀念他，還有在抗戰期間的七分校學生如張紫柏，和後來在大陳時代的勤務兵如陳德先生等人，都不約而同地在家裡擺上父親的遺像，每天行禮，直到他們自己在幾年前分別去世。不但如此，還有父親的學生們以父親的名字「宗南」為他們自己的兒子或孫子取名，以表示對父親無限的懷念和崇敬，這一切真是令我感動不已。這些事實顯示著，他們那一代是多麼希望把中華民國和國軍的精神在我們國家傳承下去！

中華民國丟掉大陸之際，曾經出現許多曲折、悲痛與遺憾的大時代故事。時序來到二十一世紀，我父母親在國難當頭時的生命與感情思量，過去從未真切地敘明，以致這麼多年來頻頻出現謠言，有些謠傳甚至令人髮指。

父母書信裡，如史詩的見證

以文字訴說七十年前父母在驚心動魄時代的生死與愛情思量，必得重讀他們的諸多書信。父親及母親所遺下親筆信函的字裡行間，宛如在我耳際輕聲地訴說一個悲壯又炫麗的國家興亡、兒女情長故事，其間的曲折與戲劇性，堪比任何小說劇情。特別是我父母的姻緣，起自於我祖父際清公對父親的痛責，然後由國民政府時期的傳奇人物戴笠將軍一手促成，安排父母親的杭州會面進而訂婚；卻沒想到因對日抗戰爆發而一延十年。

好不容易在國共內戰中結了婚，又因為戰爭失利，迫使他倆面臨是生或死的抉擇。這不僅是試煉，也是機會與運氣，父親基於民族大愛，願意為國家獻上一命戰死沙場，但蒙 神眷佑我家，在戰場槍林彈雨中，他沒受任何傷害，卻也因此受到自己以及外界一些人士對於個人志節的質疑，即使他已拚盡了全力。

可以這麼說，父母親的人生旅程，已成為在大時代下的一篇傳奇史詩。父母親如此的以生命為中華民國血淚路途奮戰，我接續進入政府為國家人民盡一己之力，這是我和我家數算 神恩典的歷史見證。

如果說，在中華民國失去大陸之際，殉國以成就志節是父親軍職生涯唯一歸途，我家日後的發展可能完全改觀。這絕不是母親所尋求的人生解答，在她的心目中，生命應該活出光與熱，這一樣是獻身報國，而非以死明志。父親即使未在成都或者西昌戰死，他十一年後只以六十七歲辭世，還是天不假年；不過他能來到臺灣繼續為國貢獻一己之力，有生之年已讓母親得到極大的安慰。

我在這本書的起頭披露父親寄自澎湖的一封信，預示母親的信會是書中重要內容，也印證父親最終肯定了母親諸多感情洋溢信函——她在抗戰期間乃至於國共內戰、時局極不穩定之下，毫不氣餒地努力尋求兩人愛情歸屬。父親在這封信的信末寫「盼復」，他想知道母親對他這些心思的想法與回應如何？母親其實沒多久就寫了回信，但因信件的日期不清楚，我們一直未找出哪封信才是復信。最近，我比對父親日記與日期，終於找到這封回信——雖然歷經生死掙扎，信裡訴說了他倆婚姻裡的人生旅途，卻是蒙 神恩典！那時他們互許終身到走入家庭已有二十年。

母親讀父親的信時，感動得熱淚盈眶。她的回信，洋溢著感謝、歡樂與祝福；然而我重讀這信，卻引起父親早逝的椎心之痛。我深深體會父母的壯志未酬，母親不知多少次向我提過她衷心想回大陸，卻未能實現的期盼和遺恨；我為他們悲嘆，我為他們那個時代和民族歷史悲嘆。我能為他們做什麼呢？我能為他們的志向做什麼呢？我又能為當前的局面做什麼呢？

一九五七年二月四日 母親之信

親愛的、親愛的南哥：

這兩天更是想念你，你二號的這封信實在使我太快樂了。我知道無論一句話或一個字只要出於你的口或你的筆都是很有分量的，你這封信告訴了我，你的千萬倍的愛情和深遠的期望，也證明你是如何欣賞你妻子的一顆充滿愛和期待的心。二十年來我是這樣的小心翼翼善事愛神，深怕她對我發怒拂袖而去。我的勤勞和忍耐終於得到了無上的補償，她已明確的告訴我，她將和我同住直到永遠。親愛的，我是多麼的幸福呵！今日醒來，想著你，想著我們的愛，我輕聲地感謝說：「上帝呵，你實在給我很多了，我將怎樣的報答你呢？」

親愛的，我們的孩子實在可愛。小廣每天一早起來就做寒假作業，他的功課從來沒有要我擔心，而且他有一個非常真摯渾厚的性格；小德是那麼的善良、多情，他的情感非常濃厚，只要我出去一趟回來時，他總要說：「媽媽，我很想你呢！」他也非常的聰明有智慧，你看他給你畫的畫和寫的字，親愛的，他今年還只有五歲呢！我們的為美，真是越長越美了，這幾天她那小臉上白裡透紅、嬌嫩無比，而那對秀麗發光的大眼睛、筆直的小鼻梁和那圓圓的小嘴，更是美的化身。親愛的，我們這個女兒將來長大了，我們真不知要怎樣的寶藏她才好！我們的小女兒為明現在雖沒有她姐姐美，但聰明面子重，將來大起來一定是極為能幹的。

我的好丈夫，你一定得和我一道信靠上帝做祂的信徒。祂對我們實在太好、太好了！我此生實無他求，但願天下太平讓我們快回大陸，但願上帝始終照顧我們，讓我們的子女順利地長大成人，也願天下的夫妻都能像我倆這樣恩愛，天下的父母都有像我們這樣的好兒女。親愛的，我要立志為善，我要實行耶穌基督給我們關於「愛」的那一課教訓。親愛的，請你隨時督促我、教導我，不要使我有一時一刻忘記了　上帝賜我的恩惠。

附上小廣給你的信，完全是他自己寫的，我一個字都沒有改，你看孩子自己會寫信了耶！小德的畫也完全是真情。爸爸，你有空就給他們回幾個字吧？他們的確很想你呀！祝你快樂，吻你。

你的霞　二月四日

於西昌接受「哈達」的意義

我們一如母親所願，在臺海兩岸太平時，回到大陸走了一趟，有如尋根。二〇一九年三月大陸行的最後一天，我們即將離開西昌，翻山越嶺經成都飛返我所熟悉的臺灣。這一天在邛海邊的邛海賓館餐廳，我意外見到一位藏族老先生，曾在西昌被父親接待過。穆文富先生，一九二五年出生，當年為二十四軍靖邊司令部獨立彝務團團長，父親到西昌後，他受邀與父親一同吃晚餐，談如何改善彝族生活。父親是因準備在西昌長期作戰，所以才會尋求與當地人建立關係。

穆老先生已經九十四歲了，一見到我非常高興，因為他依然記得七十年前和胡宗南長官見面的情境，如今看到兒子來了。我將傳記贈給他，他拿出一條白色絹布做成的「哈達」，越過我的頭披在脖上做為禮物，哈達象徵純潔、吉祥、繁榮的祝福，這是藏族文化；我們緊緊相擁，宛如擁抱父親生前在此

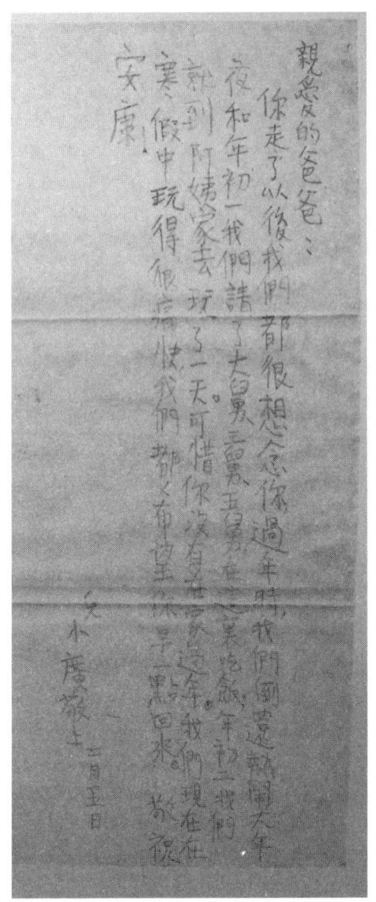

親愛的爸爸：
你走了以後我們都很想念你。過年時，我們團圓還熱鬧，大年夜和年初一我們請了大舅、三舅、五舅在家裏吃飯，年初二我們就到阿姨家去玩了一天。可惜你沒有在家過年。我們現在在寒假中玩得很愉快，我們都希望你早一點回來。敬祝
安康！

兒 小唐 敬上
二月五日

寫信時，我九歲；弟弟為善畫畫，時年五歲。

曾經在西昌親見父親的穆文富老先生，以哈達贈我。

地的歲月。我突然想起啟程之前，沈正以《聖經》〈詩篇二十三篇〉為我祝福，這不正是「**祂用油膏了我的頭，使我的福杯滿溢**」嗎？

這趟旅程，我們進入中共統治的大陸，走父母親曾經踏過的土地，尋訪只存心中的親情與沉潛已久的黨魂、軍魂和國魂，如此的精神再次回到我的思緒之中，最後由穆老先生贈我哈達，這是多美的旅程結束啊，我願上帝賜福我們的國家、我們民族在兩岸的土地與人民。

後　記

荊棘裡的玫瑰——思索愛情・生死的價值與意義

汪士淳

經由為真先生的口述、查考，並提出父母親往返信件為歷史留下真實佐證，這本傳記從他父親胡宗南上將的角度，記述七十年前中華民國悲痛一頁——在那段時間，這個理應受到世人尊敬的政權，卻在短短時間裡傾圮了，丟失了廣袤的大陸，只剩一葉臺灣。為真先生盡力蒐集相關文件等證據，以求還原和敘述關鍵時間裡，在朝野巨大的哀痛與惶恐中，他父親的經歷、遭遇與思量。

然而，人生並非剎那即永恆，是有許多面向的。胡將軍一生除了執著於國家、民族大義之外，他還得面對基於人子的身分、對長上之孝，由理解他的父親際清公對傳宗接代的期許，他也就在為國家民族馳騁沙場之際，經由民國傳奇人物戴笠認識了為真先生的母親葉霞翟女士。

葉霞翟女士也是精彩人物，她聰慧、有見識，並且堅貞於感情與婚約。她為了這婚約，不僅對愛情、婚姻有了堅持到底的期待，赴美深造轉修家政並取得博士學位，也成為未婚夫日後走入婚姻的動力，她為胡將軍建立家庭、守住家庭操持家務，不論從理論、從實務，她都做到了。在國家最為艱難、夫君的生命風雨飄搖之際，她以手織毛線背心盡中國傳統為人妻噓寒問暖的關懷，更以一己的生命必然同命，力勸丈夫留命繼續報效國家，不要因整體戰況無可挽回而自行了斷。

對於胡將軍而言，從他踏入黃埔軍校成為第一期學生伊始，就把生命獻給國家與領袖了。校長蔣中正、總理孫中山都強調了死節，而胡將軍自己也在畢業後首次出征對同學賀衷寒堅決地寫道，他獻身革命，「但願戰死」。「但願戰死」這個願望，他服膺一輩子，直到成為上將、成為幾十萬部隊的長官，都是如此；但是，也許是命運使然，他始終沒有作戰陣亡——中華民國丟失大陸，他未隨之獻出生命，竟然成為他以後歲月裡的最大遺憾，乃至於悔恨，直到辭世。

胡將軍在西昌寫信給蔣中正、蔣經國的信透露如此，兩年後在大陳作戰期待子彈招呼到自己身上。他在澎湖時拒絕好友為他過六十大壽，認為自己是「偷生」，李玉林縣長想為他簡陋的浴室添點設備，被他以「未死之身」不圖丁點享受為由拒絕；他這個思考，甚至為真先生幼年在家裡也經歷到，臺灣的夏天甚熱，當父親至友羅列將軍贈給胡家一臺舊冰箱，他認為這是物質上的享受，他和全家都不配得，堅決要求退回去。

即使到生命最後一刻，他在病榻上見到前來探病的蔣中正總統，還是情緒激動地表達未能以身報國、未能重回大陸戰場把命獻上的遺憾。這是何等的情操，當今世代，難以尋得。

我有如翻閱了這一對具特殊地位、而且有卓越智慧與人品的夫婦，難以想像又真實發生的不凡人生故事，國家受到重創的時代背景之下，他倆站在國家人民領導尖端，經歷愛情的洗禮、生死的考驗與抉擇，乃至於把個人、家庭與國家的命運牽連在一起。

胡將軍在戰場時以全副心力關注在國家軍隊發展、作戰勝負及幾十萬同袍的領導與照應，個人的福祉包括婚姻都是次要的；要不是未婚妻葉女士意志堅強、不屈不撓地傳遞情意，胡將軍在國難當頭之際可能難以成家、達到對長上之孝。而是生或死的價值取捨，不僅是報國之心的展現、人性的拔河，更是東西方哲學觀點對生命意義解讀的衝撞，這對夫婦對生死的思量與際遇，完全展現在後面幾章敘述七十年前的一九四九至一九五〇年之間，大陸變色之際。

然而，依照為真先生發現及閱讀父母親信件的過程，有個戲劇性的發展。在整個臺海局勢穩定下來後，父親先是難得表露內心情懷、去信肯定母親多年來文情並茂地寫出關於婚姻感情的諸多信件，這封信為真先生是早就看到的了；他在訪談及本書撰寫的最後時日，意外找到母親去信回應父親的信件，母親對　神最終賜下完整家庭、四位子女而愉悅且數算主恩的回信，恰好給了這本傳記一個喜樂結局——胡將軍留命在人間，不僅讓他能在軍事上繼續報國，而且對他的家庭所造成的影響是多麼大啊。

這本傳記，敘述胡宗南將軍與其夫人葉霞翟校長的「情到深處」。葉校長的情到深處，提醒久在沙場的胡宗南將軍人間尚有愛情，使得她願意以生命招喚丈夫珍惜自己的生命；胡將軍的情到深處，則是一身一命全為國家民族犧牲奉獻的大愛！

荊棘是基督教《聖經》裡的植物，從舊約〈創世紀〉到新約的〈福音書〉，都是苦難的象徵；從中華民國建國以來的苦難遭遇而言，我有幸閱讀並參與撰寫一個荊棘中長出玫瑰的人生故事，我期待國人能超越黨派和政治信仰，讀出胡將軍、葉校長夫婦為國為家對彼此的真摯感情，並足以成為典範，是以為記。

情到深處：胡宗南將軍與夫人葉霞翟在戰火中的生命書寫 / 胡為真口述；汪士淳撰 . -- 初版 . -- 新北市：臺灣商務 , 2020.03
320 面；17×22 公分

ISBN 978-957-05-3255-5(平裝)

856.186　　109001674

人文

情到深處

胡宗南將軍與夫人葉霞翟在戰火中的生命書寫

作　　者—胡為真口述、汪士淳撰寫
發 行 人—王春申
總 編 輯—張曉蕊
責任編輯—何宣儀
特約編輯—葛晶瑩

封面設計—王祥樺
版型設計—菩薩蠻電腦科技有限公司
營業組長—何思頓
行銷組長—謝宜華
出版發行—臺灣商務印書館股份有限公司
23141 新北市新店區民權路 108-3 號 5 樓（同門市地址）
電話：(02)8667-3712　傳真：(02)8667-3709
讀者服務專線：0800056196
郵撥：0000165-1
E-mail：ecptw@cptw.com.tw
網路書店網址：www.cptw.com.tw
Facebook：facebook.com.tw/ecptw

局版北市業字第 993 號
初版一刷：2020 年 3 月
印刷廠：鴻霖印刷傳媒股份有限公司
定價：新台幣 450 元
法律顧問—何一芃律師事務所